北京姑娘

止 戈 著

中国言实出版社

图书在版编目(CIP)数据

北京姑娘 / 止戈著 . -- 1 版 . -- 北京:中国言实出版社,2024.2
ISBN 978-7-5171-4757-2

Ⅰ.①北… Ⅱ.①止… Ⅲ.①长篇小说—中国—当代 Ⅳ.①I247.5

中国国家版本馆 CIP 数据核字(2024)第 049916 号

北京姑娘

责任编辑:郭江妮
责任校对:邱 耿

出版发行:中国言实出版社
   地 址:北京市朝阳区北苑路180号加利大厦5号楼105室
   邮 编:100101
   编辑部:北京市海淀区花园北路35号院9号楼302室
   邮 编:100083
   电 话:010-64924853(总编室) 010-64924716(发行部)
   网 址:www.zgyscbs.cn 电子邮箱:zgyscbs@263.net

经 销:新华书店
印 刷:北京温林源印刷有限公司
版 次:2024年6月第1版 2024年6月第1次印刷
规 格:880毫米×1230毫米 1/32 10.625印张
字 数:230千字

定 价:58.00元
书 号:ISBN 978-7-5171-4757-2

序

我曾有个当画家的梦想。这个梦想不像当作家,是半路杀出来的,主要是为了证明某些东西,我仅仅是这个梦想的载体。当然就没有实现,仅仅是个梦想罢了,特别符合梦想的本质。

这是个不谈梦想的时代,我也很少向人提及,也是我为数不多的不愿说的经历。我以为这样就会忘记,这个梦想会饶过自己。但岁月渐长,很多事反而愈发清晰。就像失恋,你以为已经忘记,实际上姑娘蹲守在你记忆的某个角落里。

记忆是诚实的,行动依然。实际上,自打到北京的第一天,有意无意,我就在干着和画画相关的事。比如我到北京的第一天去的是宋庄,第二天去的是798,尽管现在这些地方已经物是人非,尽管现在我的阳台上还摆着画架,藏着当年买的画册,每当看到和画画有关的东西,总会莫名其妙地关注。

人生在很多时候并不是由自己决定的,总有一股神秘、奇怪的力量,把你往某个方向推。摆不掉,逃不离。且面对,且安放。

从到北京的第一天起到现在,已经过去15年了。物是人非,但并没有事事休。很多奇奇怪怪的想法,若隐若现的梦想,还是会在某些时刻泛起,勾起无限的记忆、联想,并萌发出新的问题：如果当了画家现在会如何？如果……

对平行的另一种人生，和同性、异性、社会及长辈的关系，城市变迁，行业变化，这个时代与上个时代的关系，无穷的远方，无数的人们……我都充满好奇和想象，于是，便有了这个小说。

在完成"成长三部曲"之后，这个小说终于也要完成了。这个过程是漫长的。小说初稿完成于2019年底，新冠疫情三年期间经历了几番修改，2023年春夏定稿，一晃又一个五年要过去了。像是做梦的五年，尤其其中的三年。

幸好好奇一直还在。把一代人的成长做了一番长久的审视后，我开始把目光投向周围、朋友、父辈、社会、时代甚至全世界。想象和联想是个好东西，可以让我无拘无束、自由自在把一切串联起来，写出另一个平行时间和空间的存在。就像画一幅画，把自己投射进去，看看会发生什么。

生活大约就是这样，你以为的自己并不是自己，不断希冀，不断梦想，不断沉淀，不断安放，不断醒悟，不断求索，然后才有可能成为自己。

至于杨绛那句话，"我们曾如此期盼外界的认可，到最后才知道，世界是自己的，与他人毫无关系"。这是她的百岁感言，大多数人可能到不了那个年纪，但成为自己是一辈子的事。

我希望我完成了当年的作品。

止戈（张小武）

2024年5月于北京

CONTENTS / 目录

我	001
李一画	008
两代人的爱情	044
北京,北京	060
遥远的曼彻斯特	097
十年	107
我所遭遇的生活	149
再见即别离	187
东北往事	200
爱情与房子	219
艺术的可能性	227
莎的微笑	241
网红	265
存在	290
北京姑娘	314
后记	336

我

1

我高二时学画,是出乎很多人意料的。这出乎意料是对他们而言的,他们觉得无论从哪个方面,这种选择都是自毁前程。当然,并不是所有人都觉得惋惜,大多数人惊讶之后就开始忙自己的了,别人的事终究是别人的,还是应该多关注自己才是。这样其实挺好,我巴不得这样,正如我做出的这个选择。可我那时候才十八岁不到,完全一意孤行是做不到的。

首先是我父母。解释为什么这么做是没有任何意义的——实际上我也没想明白,可很多事一旦想明白就不会去做了,还好是这样的年龄,还有冲动这样的说辞。但说什么都没用,直到我承诺考上大学才罢——至于考上什么样的大学他们没有要求,也许当时他们气昏了头忘了提,也许在他们朴素的认知里,考上大学就好,至于什么样的大学无所谓,甚至还省去了给别人家的家长解释的麻烦,或者说起来更有发挥的空间。这种事对他们来说,既重要也不重要,就像好好学习很重要,至于学什么便不重要了。就像上大学毕业找个好工作然后娶妻生

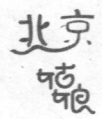

子很重要，至于你愿不愿意、开不开心便不重要了。否则，我也不会做出这出乎意料的选择。

他们醒悟还是在我接到大学录取通知书的那一刻。报到说明上一年不菲的学费才让他们觉得，允许我画画是个失误，要是上师范中文系多好，学费还低还稳当。我甚至赌气还提出过复读的想法，他们权衡再三，终于意识到复读的结果无法保证，先上了大学再说，这才是最重要的。

的确，这才是最重要的，我开始要活出全新的自己了，高考无非是个临界点而已。就像一艘飞船进入黑洞，一切都改变了。但我想的过于乐观，改变和寻找不是一个点，而是一条线，注定是一个漫长的过程。

2

在大学的艺术学院，专业课老师说全班同学中，我是最有可能成为"大师"的一个。我不知道老师说这话是对我的期许，还是对我造型的污蔑，抑或是对"大师"的侮辱。熟悉当下艺术现状的人都知道，造型算个屁，敢标新立异、敢自吹自擂才牛逼。所以不管老师信不信，我是信了。从那时起，"大师"就成了我绕不开的标签，至今我都恨说这话的老师，可这不妨碍我对大师的向往。再说理想还是要有的，万一实现了呢。

真的，就艺术来说，我属于先锋派。什么叫艺术？艺术就是突破常规，打破范例，创造不可能。艺术就是实现理想，而不是描摹现实，尤其在今天这个时代。当艺术不能让人们惊讶，不能给理想和想象以可能，那么艺术就完了，它早晚会被网络和智能代替，或者被其他一切可以按部就班的能力代替。这种艺术不限于绘画，也包含写作、音乐以及相关的一切。

但在大学的艺术学院，似乎没有人理解这些，从教授到同学，到处都是平庸的现实艺术者，大家都墨守一笔一线的刻画，陈规于造型，止步于描摹，像不像成了唯一评判的标准。我注定是孤独的，当我的造型一次次被质疑为不准确，当老师们不知道我画的所谓何物，同学哂笑我为"大师"时，我就知道我早晚要比他们更艺术一些。无数的事例证明，当你和别人不同时，艺术就诞生了。

我是以此来鼓励自己的，可是在具体的境遇中，仅仅靠自我鼓励是很难立足的，尤其在大学这种势利的环境中。加入社团、进入组织、成为某某教授圈子的一员，好在毕业后获得推荐留校，或者争取到待遇更好的工作，似乎是每个人所想的。我承认我也这么想过，可是当我被老师和同学们视为"大师"后，我开始为这种想法感到羞耻。我决定不仅要在艺术上先锋一些，在生活也要特立独行，比如也像"大师"——至于什么样的"大师"他们没说，有一次课间，他们围着我的作品指指点点，有的说是立体派，毕加索那一路的，有的胸有成竹说是野兽派，还有的说是抽象派……他们几乎罗列了各种流派，最后断定是印象派，因为看起来模模糊糊的，颜色大于形状，这

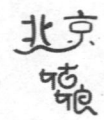

不就是印象么。这时一个仿佛观察了许久的同学，像发现新大陆似地突然喊道，对，对，印象派莫属了，从名字就能看出来，高梵，这不就是印象派代表画家的简称么？高更、梵高，看看，的确是有着大师的雄心啊，不简单！不过还有人反驳，印象派不是还有塞尚么？还有莫奈呢！《日出》绕不过去吧？应该叫高梵塞或者高梵塞莫吧？

我在他们背后听得清清楚楚，心想高梵塞怎么听着有点像纪希梵？高梵塞莫怎么听着像个日本人？当他们发现我时，本以为我会解释一番，但我不置可否，一笑而过，那时我和他们一样，也把高梵当作另一人审视和调侃，似乎和我一点关系都没有。殊不知，我是因为下决心学画才取的这个名字，就像历史上很多牛人，为了干某件大事之前总得先蓄发或蓄须明志。

此前我总是解释，我是高中时才开始学画的——言下之意基础可能没有你们牢固，造型没有你们扎实——这话一说出来我就觉得言不由衷，矮人一等，又像在为自己辩解，对一个大师而言这是致命的。于是我便不再解释，就像高二时选择学画。我不否认带有赌气的成分，最好的回答也许就是行动了。

师范大学艺术学院的四年，从刚进校时的石膏像临摹，到素描基础、国画甚至油画基础、人像写生、毕业创作，我都是与众不同的。我高尚地觉得自己追求的是艺术，而他们的只是将来谋生的手段而已——而这将是对艺术的侮辱。在毕业创作阶段，我早已知道自己的作品不会进入毕业展，于是我早早给自己放假，开始真正享受大学自由散漫的时光，到其他学院听专业课，有仇报仇有恩报恩，和暗恋的女生道别，想象未来进入社会的生活——那将是一种理想的生活，实现生活的理想。

3

在我的同学毕业前夕奔波于各种面试，削尖脑袋以求成为一名中学美术老师时，我已经来到北京。我觉得，如果哪里能承载我的理想，那一定是北京莫属了。

2008年是北京的高潮时刻，却是我的自慰时代。那年我24岁，大学刚毕业，从遥远的西安来到北京。我至今记得一件事，那年在我向别人介绍自己时，不止一次有人问，西安，很远吧？也许在他们看来，西安就像西伯利亚一样遥远。实际上，飞机也就是一个多小时而已。这可能就是现实与理想的距离，我与这个社会的差异。

我纯真地不把这视为他们的无知，而是自己与这城市的格格不入。不入就对了，我是搞艺术的，艺术就是不入俗的。尽管艺术家也要吃喝拉撒，看到大脚印也会心潮澎湃，但是一定要表现得不屑一顾。因为艺术是崇高的，艺术家也要表现得崇高一些，这就叫物化——尽管艺术家比俗人还俗。

我离艺术家还有很远的距离，但我想尽量显得不俗一些。我不把自己视为北漂，否则就俗了。我拒绝贴标签，尤其是地

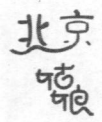

域性的,我想特立独行地活出一个流派来,就像艺术。尽管我后来发现,不管北什么,最后都成了悲催。

1

除了理想,那年我一无所有,当北京满大街都在唱《北京欢迎你》时,我知道这个你不包括我。不管是否欢迎,我在按自己的方式活着。

到北京不久,我去了通州的宋庄画家村和酒仙桥的798。当我发现画家村遍地都是画家,他们在尝试各种风格流派,都有可能比我先成为大师时,而798挂出的琳琅满目的作品很少和画家村的画家有关,艺术中心拍卖的作品我越来越看不懂时,我觉得我可能真正一无所有了。

艺术是崇高的,但搞在一起就显得不伦不类了。我把崇高存在心里,开始了不伦不类的搞艺术生活。不管按什么样的方式,首先是活着,我又没想做梵高,我还是向往美好的生活和美丽的姑娘,这也是理想。

我倾尽一切面试的技能,展示所有的艺术才华,极尽能事,终于应聘到了西三旗附近一所美术培训学校老师的职位。作为一个外地师范院校的艺术毕业生,这是我在北京争取到的最好工作。我剪去了所谓个性的头发,换下了所谓的奇装异服,刮掉了毛茸茸的小胡子,试着学做一名学生们喜欢的美术老师。

我把艺术藏在心里，过起了艺术家一样俗气的生活。我自我安慰，艺术不是一朝一夕的，艺术也需要生活的积累，再说生活本身也是艺术嘛。

就是在这样的境况下，我遇到了李一画。

李一画

5

我所在的这所学校名叫东方世纪艺术学校。名字听起来很宏伟，其实就是搞培训的。海淀作为地球上最强的教育区域之一，只要与之有关的行业，都火得一塌糊涂，培训尤其如此。从学校定位来说，主要是搞艺术培训的，和艺术相关的课程基本都涉及。别看很多家长非富即贵，住在昂贵的学区房，但是懂艺术的不多，只是看着别人家的孩子都来培训，那自己家的孩子当然也不能少。

可怜这些孩子，报了班后由他们的爷爷奶奶带着每周末加班练习，有些甚至隔三差五就送来，大抵是家里太忙，把艺术学校当成托管班了。我倒是很乐意，忙点好，忙点工资高，还有加班费。再说我从小学起就被海淀的各种教辅、各种名师压得喘不过气，现在终于有机会压一压海淀的孩子，何乐不为。某种程度上说，教师就是一个冤冤相报的职业，君子报仇十年不晚，难怪孩子们总唱"长大后我就成了你"，想来颇有深意。

我也不怕被家长投诉，他们送孩子来不就是为了这个么？再说有教师资格证并且真正艺术专业的老师太少了，像我这样的，如果不是蛰伏期，谁肯来培训班屈就？我进来是不容易，但我能看出，学校是很希望我长久留下来的。

学校的培训课程是 K12 体系的，这是我毕业后学到的一个新名词，就是指学前教育到高中教育。我面对的学生从 3 岁到 18 岁不等，每周从嗷嗷待哺到含苞待放经历一遍，经常有点恍惚。要知道，加上我自己，刚好是从幼儿园小朋友到大学毕业生，总觉得是把自己人生重来了一遍。除了单调就是无聊，而且还有一种不甘。就在毕业前不久，我还总在嘲笑我那些削尖脑袋想往学校里挤的同学，现在自己竟沦落至此，而且还是个没有编制的培训学校，真是没有对比就没有伤害，没有现实就无所谓理想——前者已经不可避免成为事实；后者是我不断提醒自己的。

海淀不愧为地球教育强区，素质教育的确走在全国前面。在我的同学经常抱怨学校里的体音美已沦为摆设，他们的课程随时会被语数英占用，他们在编只是所在学校为了"普九"达标和"两基"验收，所有的课程都以考试成绩排名，所谓的素质教育已沦为实质上的应试教育时，海淀还是素质教育的，最起码几大名校是这样的。我所带的几个培训班里，有相当一部分学生是为了走特长生路子，参加全国艺考临时突击的，当然也有一部分是喜欢，李一画就属于后者。

6

　　李一画是附近一所名校高二的学生。附近名校扎堆，像她这样的学生很多，在培训班里，她也不是很突出，起初我并没有注意到她，一是觉得现在的中学生长得都是一个模样，就像韩国明星，而且他们还穿着同样的衣服——这是他们所在的学校规定的。我从小学到中学再到大学，很少穿校服，很难理解学校为何这样做，也许校长有强迫症？后来才知道，当她们穿着"人大附中""十一学校"字样的衣服穿梭在北京的人流里，这无论对他们自己或是学校都是一种身份的象征，就像国贸地区的白领多穿阿玛尼套装、戴欧米茄表。

　　再者，我对他们没有幻想。对一个刚毕业的大学生来说，我喜欢的是那种成熟圆润、丰乳肥臀、体贴温柔的女人，对这种说个我爱你都要半天铺垫，接个吻都要半天前戏，拉个手接下来似乎就要一辈子的女生不感兴趣，她们和我大学时谈的那些女朋友有何区别？纯真、可爱？拜托，我最不缺的就是这个。后来我才知道，其实我想简单了，她们比我以为的要厉害得多。在她们眼里，我才是纯真、可爱的那个。

7

　　我第一次注意到李一画，是在周末的一堂课上。当时是一节素描静物练习，我随便在桌子上摆了一张布，放了个几个罐子，扔了两个苹果，临时又加上一个花瓶，想在花瓶里再放一束花，想想还是算了，大周末的，这些学生够累的，画完早点回家吧——其实也是在为我自己考虑。北京生活成本这么高，给他们上完课，我还想去北海公园或者后海酒吧门口摆摊呢，一幅人像五十块，二十分钟，不比上课挣得少。就是风险高，奥运期间，被逮就完了。再说还有城管，总之，高收入就要面临高风险。

摆完后我简单交代了一下，在教室晃悠了一圈，就做到门口玩手机了。那时候还没有微信，我用的也是一款所谓带键盘的诺基亚手机，用拼音打字发短信勾搭姑娘。在追求理想的路上，如果有什么不能舍弃的话，那就是姑娘。如果你是一枚火箭，理想是进入太空，那么姑娘就是助推器，她们在不同的阶段助推你前进。否则在没有进入太空前，你就会失灵或者解体坠落的。她们的温柔和关爱，才是你抵御前进道路上一切磨难的最佳动力，其他的，你自己的坚持或者目标都不值得一提。

教室不大，摆满画架后，二十几个学生就挤满了，中间连穿行都显得拥挤。这是个专业班，她们在进入这个班级前，已经过专业测试，具备了一定的绘画功底，有一定的造型能力，掌握了透视和明暗关系，给她们画素描静物不算太难。所以我并没有挨个辅导，只是在课程时间过半时起身挨个看看，给有需要的学生简单指导，仅此而已。

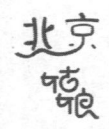

8

大家画得还算用心，我轻轻从他们身边走过，尽量不打扰，直到我走到李一画边上。我同样也没有打扰她，只是停下来而已，因为我发现她画的不是我摆放的那组静物，而是一张8寸左右的照片，小心地夹在画架的上方，和画板对齐，以防别人看到。为了更隐蔽，她时而还把目光投向静物一下，仿佛就是在画静物。我在她身后仔细看了下那张照片，一瞬间，我觉得边上这个女生从这些学生中跳了出来，我开始极力搜索记忆中关于她的一切，但是徒劳的，此前我并没有怎么关注她。她既不是那种丰满的，也不是那种不丰满的，也许有点漂亮，从照片看的确如此，可是……这样的学生太多了，和我又有什么关系呢。

她看起来比那些画静物的学生更加投入，我竟不忍心打扰。犹豫了一下，我从她身边轻轻走开。对一个爱美的女生而言，破坏她的自我描摹是残忍的。这和现在女生喜欢自拍是一个道理，谁会没有情商地去干扰呢。女生天生对自己都是有向往的，她希望她们比自己看起来更美，就像男生天生对女生都是有向往的，他希望他们比女生看起来更强，当然同性除外。

我没有打扰她，可是我在为她担心，如果下课时没有完成作业怎么办？这些练习作业画完后，要写上自己所在培训班的序号和自己名字，喷上定画液，然后统一交上来，我会在下次上课前评判一番，给出评语打出分数，直到他们不断提高为止。如果没有完成作业的，在学校看来就是不服从安排，这样的学生将来是不保成绩的。换言之，如果艺考考砸了，学校没有任何责任。对连续不按要求接受培训的，学校还有劝退的解决办法，前提是学费一分不退，这些都在入班通知中写得清清楚楚。这是一所颇有影响力的培训学校，不愁生源，同样这些来参加培训的学生也不愁学费，看似一场培训，实际上大家处在博弈的状态。不过，对那些纯粹是来学画的就不同了，他们没有艺考的压力，相对自由一些。可是像李一画这样的，也太自由吧。我在心里嘀咕。

我并没有走出门继续玩手机，而是站在她身后，看她到底怎么办？是不是下课就交一张自画像了事？如果真是这么干，我该怎么办？收还是不收？收的话，明显不符合作业要求；不收的话，这是个女生，人家是为兴趣来的，似乎也不好太为难……正这么想着，突然看到李一画在慌忙换画纸，动作之快超出我想象，但是已经来不及了，很快就要下课，任凭她功底再好，也不可能完整画完这组静物。索性，我走上前，用缓缓的口气说：要不，就交这张吧？说完我指了指她夹在画板边上的照片，她立刻明白了我的意思。沉默了一小会儿，侧过头对我说：老师，还有一会儿时间，要不我再改改？我点点头，表示同意。

9

平时我收了习作，都是拖几天再评，这次不同，下课后我

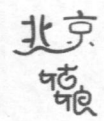

抱起一沓习作,出门打了出租车,回到家里后先翻出李一画那张铺在桌子上,倒了一杯水,站在画前端详。

一张半开的玛丽素描纸上,一个淡淡的女生自画像呈现在我面前:锋利的头发半掩着额头,眉毛像是贴上去的,倒是眼睛很大,甚至注意到了眼仁的刻画,故意留了一个反白的点,只是那个点没有任何明暗处理,乍看像从眼睛里射出两道白光。鼻子高高耸起,太立体了,看起来有点假。倒是两个鼻孔若隐若现,看起来很自然。嘴是那种轻轻微笑的,嘴唇显然还没有来得及细致处理,有点扁平,像是撇着的。下巴圆圆地弧起,显得脸有点婴儿肥。不过整体看,还算看得过去,基本呈现了一个青春期女生的样子。尽管我没有仔细看过李一画,但是我敢肯定她画的远远没有她本人好看——也许她并不这么觉得。出于职业的关系,我评判是否初学者的标准,是有没有比照片好看;评判是否有功底的标准,是有没有画出人物的特点;评判是否创作者的标准,是有没有画出人物的灵魂;评判是否名家的标准,是有没有再造人物——绘画评判的标准有很多,这只是我的而已。显然,从我的标准评判,李一画有一些基础,但也只是刚入门而已。幸好她不需要参加艺考,我轻轻笑了下。

说是自画像,实际就是一个头部临摹。对初学者,画头像是最容易上手的,全身的那种很难把握好比例,所谓的站七、坐五、蹲三半(一个站着的成年人身高大约等于他七个头长,坐着时相当于五个头长,蹲着时相当于三个头长),说起来简单，画起来很难，不是头重脚轻就是头轻脚重。艺术说起来是一个技艺活儿，都有规律和方法可循，实际上都是体力活儿，规律和方法很好记，实践起来往往会走样，每个艺术大家都是经过长期的训练走上顶峰的，一万个小时定律即是如此。

对李一画这种爱好者，最缺的就是长时间的训练，当然优势也是有的，比如热情、不拘一格等。她的这幅自画像，把她所有的优点和缺点都暴露得淋漓尽致。从画面上看，她明显喜欢日本漫画的线条，对造型也有一定意识，所谓画得像照片是她最终的追求，可是明显受功力所限抑或是受国画写意影响，造型有点扭曲，线条也太死板，看起来有点生硬。而且为了过分追求细节，在眉毛、眼睛、鼻子、嘴巴上刻画太多，有一种细节大过整体的感觉，有点好笑，就像某些动画片里故意夸大人物的某一长相特点。

最后我的目光在她的名字上停留：李一画。之前我在课堂上点过很多遍这个名字，但随口而过，没有任何在意，就像我点名时叫到的那些其他名字：子琳、君怡、晓楠、一凡等等，听起来是上口，比解放、国庆、建军、援朝洋气多了。可是我一个都记不住，我也没必要记住，我只是他们的培训老师，他们像韭菜一茬一茬过，与我何干呢，我只要保证让他们掌握基本的绘画功底，不被他们的父母投诉就行了。

可是，看完自画像，我对李一画这个名字产生了好奇。李一画，为什么会取这样的名字？一画是怎样的一画？和她的父母有何关系？难道她的父母也是画画的？或者有着其他的秘

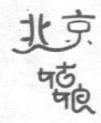

密……我承认自己想多了,不禁有点好笑。可是,好奇是一种很奇怪的心理,只要你产生了这种心理,在弄明白背后的原因之前,你会不自觉地继续好奇。这不是由你决定的,这是由好奇心决定的。于是,李一画便进入了我的关注范围,她不再是一个名字,而是一个立体的姑娘,一个让我开始想象的姑娘。

10

尽管已经是高二下学期,但这些学生的课似乎都不怎么紧张。看来名校的孩子的确厉害,轻轻松松就可以应付高中学业,即使高考就剩下一年时间也无所谓。想我当年,老师恨不得在高一结束时就讲完高中三年的课程,然后从高二就开始复习,高考从整整两年前就开始倒计时了,比奥运倒计时还夸张。比起这些学生,我觉得自己的中学时代太操蛋了,否则像他们,我也许就成名成家了呢。这样想着又觉得不妥,中学时代学业是紧张,是非人,可是好歹老师们把我们送入了大学。大学倒不紧张,可是看看这些老师们都干了些什么?要不然我也不会混成现在这样。说好听是北京著名学校的培训老师,说不好听是首都的街头艺人——街头艺人,在后海摆摊给人画像算么?

那些准备参加艺考的学生,是周一到周五利用课余时间上一次课,周末再来一次。他们在学校有特长班,但艺考还是有难度的,出来多强化一下是有必要的。李一画没有参加学校的特长班,只是周末来,她是将来参加全国统考的,周末艺术学校的培训班,对她来说,是真正的素质教育。我羡慕这样的孩子,从心底里来说,也更希望这样的孩子打好基础,走得更远,毕竟喜欢或者是兴趣,才是艺术真正的开端,而考试,呵呵,陈丹青已经说得很清楚了。

再一个周六培训课上,李一画提前来到了学校。她看起来有点期待,还没有等我开始点评,就问她的那幅画怎么样。我不忍评得太过,把缺点说得太多,初学者还是要以鼓励为主,如果喜欢是艺术的开端,那么热情和自信则是进步的动力,这都要靠鼓励来实现。其他学生的作业我已在此前的课上评完,便多给了她一些点评时间。我把问题简单说了,主要指明了解决的方法。让她带着问题去练习,但不要急,一周能解决一个问题就能取得很大进步。她不断点头嗯嗯,不断重复谢谢老师,看起来有点可笑,是可爱的那种可笑。实际上,我也只是比她大不到五岁而已。年龄通常来说意味着代沟,但年龄有时候也是优势,我享受着一个聪明美丽的高材女生的认可和恭维,第一次真正觉得,走上艺术之路也许是对的。

在给她点评前,我曾有不止一次的冲动想帮她修改这幅画,把这个美丽的高中女生画得像她本来的样子,也许再加入我的塑造——但是我不止一次理性地否定了。在这个班上,我很少给学生改画,一旦开了这个头,我将陷入无休止的重复劳动中。再者,这让其他学生怎么想?别看这些学生只有

十六七八岁，他们中很多已经有丰富的恋爱经历，换过的女（男）朋友比我还多，男女那点事，他们比我有着更深入的探索和实践。一旦给他们留下口实，别说我跳进黄河洗不清，就是辞职不干可能都不算完。从某种程度上说，他们这些中学生比我这来自偏远西北的大学生还成熟，还有见识，我是他们的老师，但这可能仅限于培训课上，此外的，在北京这个城市，他们可能是我的老师。

11

在李一画修改这幅画的间隙，我曾想以开玩笑的口气，问关于她名字的来历。但碍于其他学生可能的流言蜚语，我好多次欲言又止。只是假装若无其事在教室里走动，或远或近在她周围观察，想要从表象一窥她的秘密。但这注定是徒劳的，只是她的样子在我眼中不断清晰，乃至精确：她的个头在培训班上女生中算中等，身形是自然起伏的那种，留着陈鲁豫的发型，脸是圆中稍长，介于娃娃和锥子之间，有点难以描摹，这也给她自画增加了一定难度。这张有点难以描摹的脸上，眼睛和鼻子嘴巴恰到好处地分布，浑然天成，无须雕琢，透露出一种简单自然的美好。也许她并没有意识到这种美好，在练习的过程中，经常眯着眼睛或者翘着嘴巴，或者咬着牙齿，偶尔还张嘴笑出声音。当她意识到这是在课堂上时又赶紧捂住，把嘴巴撇着，装作不经意地把周围扫视一遍，看看别人的反应，直到发现大家都在忙于自己的习作，根本没有顾及她时，她又会翻一下眼睛，偷偷自乐一下，再继续投入习作中。

刚开始上课，她一直都是校服，后来偶尔上身罩一件帽衫，穿牛仔裤，脚上是平底的耐克或回力球鞋，看起来干净利索，可是一直给人匆匆忙忙的感觉，像是从家里逃出来。也许学业重，作业多，周末可能还有家务？我只是偶尔猜想一下而已，就像猜想她的名字，以及其他的一切。

我允许她继续修改自画像，但是在完成课堂习作的情况下。她有点不情愿地接受了，作为鼓励，我答应额外给她指点，直到她把自画像画到满意为止。但正如我前面所说，画画是一件实践大于理论的事，指点归指点，实践归实践，如果她跳不出自己的思维模式，那么很难画好，她画的将永远没有她本人漂亮。也许自拍、也许美颜相机可以弥补，但是对于这个自然美好的女生而言，那么机械那么毫无生机的自我呈现是一种亵渎。

我这样想着，但对她的自画像的创作无能为力，尤其是看到她来去匆匆、忙忙碌碌的样子。也许对一个只是喜欢画画的女生而言，这么要求有点高了。我只好给自己以释然。

不出所料，她的确是越改越面目全非了，活生生把一个自然美好的姑娘，改成了一个像整容失败的傻大妞。当我实在看不下去，决定冒着流言蜚语，决定不顾一切要给她修改时，李一画却没有出现在课堂上。

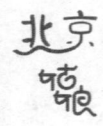

12

  培训班的学生来自附近好几所学校,他们彼此认识的不多,再说每次上课都有学生缺席,大家见惯不怪,毕竟培训班嘛。李一画的缺席自然也没引起大家关注,除了我这个老师,其他人若无其事。这也意味着从其他人那里打听关于李一画的消息注定是徒劳的,我一筹莫展,像丢了魂。

  不过,日常生活总能把你的一切心情抹平,不管你曾多么心绪难平,不管多么重大的事,都会被消解。也就一个星期而已,我几乎就要把李一画的事忘掉了,偶尔也想起,觉得人家无非是上个课外培训班,我又不是她的班主任,操什么心呢。还是多关注一下子自己的街头艺术吧。

  可偏偏就在这时,我接到了一个电话,一听是李一画的,原来,她拐弯抹角从学校要到了我的电话,便直接打给了我,约我下课后到培训学校后门见。那里离她们学校不远,但对我来说,要弯弯曲曲走差不多一公里的路。在北京这座城市,千万不要以直线衡量两地的距离,尽管两点之间直线最短,但这只是理论上的,走起来就成了各种曲线。就像在我老家,看着两个山头很近,但到达彼此,常常是需要翻山越岭的。我犹豫了一下,还是如约去了。

  李一画穿着清一色的校服,和附近随处可见的学生没啥两样。只是脚上一双平底鞋看起来脏兮兮的,像是有几天没洗了。这个年龄的女生还处在成为女人的前夕,她们关注的更多是自己的感受,而非别人的目光。再过一年,等她们进入大学就完全不一样了。女人天生是外在动物,她们的美都是展露出来的,不管前挺后翘还是清纯如花,多是外界贴的标签,并非都是她们发自内心喜欢的。相比男生就简单多了,只要看起来健壮而且将来能赚到钱就可以了。相比之下,还是中学生好应付,这不是她们单纯,而是他们相对自我。自我就好办了,满足就好。我当时就是这样想的。

可是李一画提出了一个让我无法满足的请求,让我去见她妈妈。这个请求差点让我惊掉下巴,可是按照她的逻辑,这么做是最好的方法。原来,李一画学画并没有经过她妈妈同意,而是每周末悄悄溜到培训班的,直到这次在家里改画,被她妈妈发现为止。

本来她妈妈是很尊重她隐私的。如果不经过她的允许,妈妈一般是不会进入她房间的。但是上周一晚自习回到家后她就在改画,一直到很晚灯都亮着,她妈妈提醒了好几次她都没听见,只好用备用钥匙开了门,才发现她正在涂涂改改,画一个看起来已经面目模糊的姑娘。

平时看起来还算温和的妈妈,发现自己女儿在偷着画画后,就像头暴怒的狮子,一把扯起画纸撕得稀烂,没有给李一画任何躲藏的机会。

李一画对此进行了近一个星期的抗议。刚开始是放学后不回家,住到同学家里。好不容易被她妈妈找了回来,但是却不跟她妈妈说一句话,甚至也不吃饭。这一招厉害,她妈妈担心

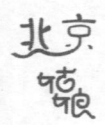

这么下去饿坏了身体，不得已跑到学校，向她的班主任求助，可是班主任也爱莫能助，毕竟这不是学校的事，也不是成绩上的事。恰恰相反，李一画在学校是好学生，连续几年都被全校表扬，最重要的是她的成绩很好，一直都在班级前几名，照此下去，考上北大清华完全没问题。要知道在北京这样的名校，全班一茬一茬考进"985"或者"211"名校已是常事，留学世界名校的也大有人在。从各个方面来说，班主任都不好直接介入，相反贸然介入可能适得其反。把一个各方面都不错的学生惹急了，从而影响自己的工作，这是再愚蠢的班主任都不会干的事。绕了一圈，问题又回到了原点。不过这一次，李一画从被动变成了主动，她开始提条件了。

13

李一画的条件很简单，继续画画。她妈妈自然是不同意的，母女拉锯半天，事情出现了转机，妈妈终于勉强答应李一画继续学画，但只能到高二结束，而且要见培训老师一面，这便有了李一画约我出来见面的事。

说完了事情的缘由，她不管我答不答应，直接提醒我，见到她妈妈一定要好好夸夸她的绘画天赋：什么您女儿有这方面的细胞，是个画画的好苗子，如果加以培养，将来一定能成名成家。您要做的是鼓励而不是阻挡，是加油而不是打击，否则您就是在伤害一名天才……如此等等，听起来天花乱坠，可是我发现，李一画的确是个不一般的孩子，她差点连我都说服了。我不由暗自惊叹，真是小瞧她了。

不过有一点我没同意，就是我不会主动见她妈妈。这么做不是矜持，而是直觉告诉我，不能主动掺和到这件事中，否则这算什么呀，而且万一……李一画看出我的坚决，意识到这事似乎没有再商量的余地，立刻表现出惊讶的失望，她似乎已经觉得这事我会百分之百答应的，没想到会是这个样子。她立刻转过身，气呼呼地迈着大步往前走，似乎连个再见都不愿意说。一瞬间，我意识到这可能是我们的最后一面，竟有些难以割舍。在我犹豫着想要挽回她时，她却先我一步回头，喊道："那好吧，老师，我让我妈来找您。"说完不等我反应，直接就扭头大踏步走了。这是我第一次听到李一画对我称呼"您"，以一种老北京的口吻，听着怪怪的。相比之下，我还是更喜欢以前的，"哎，老师"。

又一个周末上完课，我和李一画妈妈在培训学校附近的上岛咖啡见面。我本来以为这样的见面就我和她两个人，没想到李一画也在场，而且全程陪同。这给我的发挥空间很少，只能按照李一画的剧本来。此前我是打算来个先抑后扬的，或者从过来人说起，现身说法，再到培育新一代收尾，入情入理，效果可能会更好。也许，她妈妈觉得毕竟是第一次跟老师见面，

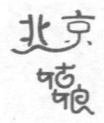

还是有个桥梁纽带才好，谁知道呢。

　　李一画的妈妈看起来高挑挺拔，穿着大方，尽管从年龄上推算也年届四十有半，可是面容上并不显得松弛，反而还有一种精致，一看就是标准的中年职业女性。从她开口说话，我又判断出，这可能还是个所谓的女强人，毕竟含笑不露，威严中带着亲和的沟通方式，不是一般的中年家庭女性具备的。相反，坐在边上的李一画就像是从另一个世界来的，穿着简单，坐姿随便，表情就像变魔术，一会儿一个样子，对她妈妈有意无意的提醒视而不见——也许，她是故意的，在她妈妈没有和我达成一致之前。

　　如果没有人介绍，从神态上看，很难让人认为这是一对母女，可是我很快就找到了她们的相似点。从面容上看，她们在某些方面有着惊人的一致，如果谁说她们不是母女我肯定会断然否定。当然，她们是姐妹也有可能——我也可以把这句话当作对李一画妈妈的恭维，但是对于刚走向社会的我来说，说出口没问题，随之配合的表情是很难跟上的，这是社会经验，我还需要不断历练。

　　同时看到她们，我突然发现忽略了一个事实，李一画此前临摹的那张照片不是她自己的，而是她妈妈的。不是她妈妈的现在，而是她妈妈的过去，也许是她这个年龄？也许是二十岁出头？我断定这是个事实，但直觉告诉我还需要验证。我看了李一画一眼，她显得若无其事，我抿嘴一笑，为她妈妈的开场做好铺垫，静候这个职场女性的演讲。

15

可怜天下父母心。李一画这样的妈妈，本来应该是在职场叱咤风云、指点事业的，此刻为了孩子的事，尽量装作平等甚至敬我一尺，诉说着一个妈妈的不易，让我有点受宠若惊，不知如何应对。她介绍姓沈，我便叫她沈阿姨——如果李一画不在场的话，没准我更愿意叫沈姐，这样交流起来也许就亲切随和多了。

沈阿姨不愧久经职场，说话滴水不漏，她先是从自己麻烦我不好意思说起，然后从李一画不懂事点题，但点到为止，评价李一画各方面都还是不错的，当然，她这个当妈的也没少操心（把母女矛盾定义成内部矛盾，是可以调和可以解决的，只要大家目标是一致的）。接着转了，称李一画处在高二升高三的关键时期，其他孩子都在参加各种辅导班、请家教，甚至还有孩子在准备 SAT（美国高考）和雅思，她却周末跑来画画，这肯定是不行的。学校竞争比社会和职场还激烈，关键时期可不能掉队，要不然得后悔一辈子。一番诉说，软中带硬，把一个当妈的良苦用心说得入情入理。

姜还是老的辣，这番诉说只是为她接下来的解决方法铺垫，但是在和盘托出之前，她把难题抛给了李一画，看看她的反应，目的无非是让她心服口服而已。果不其然，李一画似乎表现出了同感，可是又舍不得放弃画画，看看她妈妈，又看看我，喃喃地说："那怎么办？那怎么办？"一边反问，一边期

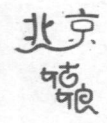

待这场对话能做出对她有利的裁决。

我显得爱莫能助,除了不停地重复"您说的是""有道理""是这样的",其他的,给不出任何反应——我能有什么反应呢。在这么强势的阿姨面前,我能做的是尽量呼应,再说这是她的女儿,我作为一个培训班的年轻老师,只能配合执行她的决定,仅此而已。我能看出李一画的失望,但是我只能承受。

说是沟通,其实就是沈阿姨自己的起承转合而已。看到铺垫差不多了,她终于抛出了自己的决定:一画,你看这样行不行?妈妈同意你继续来上培训班,但到这学期结束,然后全身心投入高三复习备考,争取考入理想的大学。说完,她看了李一画一眼,然后又看看我,说,老师,您觉得呢?

沈阿姨一口一口"您"让我觉得有点不自在。后来才知道,这其实不是老北京正宗的发音,她是半路学的。但当时这个不自在,主要是觉得把我架得太高了,我一个比她女儿大不了几岁的年轻人,怎么能担当起这么尊重的称呼呢。老师,您觉得呢——我能怎么觉得呢?也只能把目光转向李一画,让她决定喽。她们是人民内部矛盾,一切都好说,我不一样。

李一画沉默了一会儿,看已没有再争取的余地,只好悻悻不乐地点头。事情还算皆大欢喜,尽管我们都知道,现在离高二下学期结束也就一个多月时间,按四周算就是四次课,一次两节课就是两个小时,就算李一画一次不落,她画画的时间无非就是8个小时而已。也许8个小时之后,她和画画也就彻底无缘了。理论上进入大学也可以，但谁都知道，经过高中三年的炼狱，他们进入大学后多半会成为另一个人。花花世界，鸳鸯蝴蝶，谁知道会发生什么呢。

16

这次咖啡喝得还算愉快，聊完天，沈阿姨点了一些餐，我们吃了饭才离开。走到楼下，她从车的后备箱拿出一箱进口水果让我带回去品尝。我极力推辞，但是挨不过她两句劝让，只好收下。然后看着她和李一画上了车，互道再见，然后她开车驶向外面的道路。我发现那是一辆加长沃尔沃，银灰色的，看起来很气派。

走在路上，我极力回忆着关于沈阿姨所说的点滴，想一解关于李一画的种种好奇，可是想了半天不仅没有收获，而且还发现一些疑点：比如她不怎么提自己的家庭，只强调自己养育李一画的不易，唯一一次提到李一画的爸爸，也是简单的一句"她爸"带过，而李一画似乎也习以为常；她说以前也给李一画报过钢琴班和舞蹈班，可是李一画都没坚持下去；对于报绘画班，她说是李一画瞒着她报的，如果早知道，她是不会同意的——我几次想问，钢琴、舞蹈、绘画都是艺术，为何如此区别对待呢？而且明明李一画喜欢。再说，不让画画，那你为何给自己孩子取名一画呢……

细细想来，沈阿姨一番诉说看似滴水不漏，实则处处疑

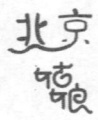

点——也可能我想多了,初次见面而已,人家有必要把家里事给你说得清清楚楚吗?我只是培训班的一个老师而已。但我的好奇心却愈加浓郁,想找个机会,好好了解下这个家庭背后的故事。她画她妈妈的照片是何意思呢?难不成是在照猫画虎?

越想越不明白,索性不想。倒是沈阿姨高挑挺拔的样子一遍又一遍在我眼前晃,不知怎么的,让我想起美国女星蒂塔·万提斯,想起她的万种风情,想沈阿姨不穿职业装时的样子。越想越觉得可惜,如果李一画不在的话,也许我可以叫沈姐了,这样也许能拉近彼此的距离,而不是像今天这样礼貌而客气,像跟合作伙伴谈工作。想到这里不禁莞尔一笑,也许成熟女人对我这样刚入世的小青年太有杀伤力,也许在这夏日沉醉的晚上,想象力爆发和蠢蠢欲动是自然不过的,李一画甚至我,谁不是想挣脱牢笼,去做自己喜欢的事呢。这样想着,我开始有点同情她了。

17

很快进入七月,李一画在艺术学校培训班的课快要结束了。马上她就要迎来暑假,过了这个暑假,就真正开始高考倒计的学习和生活了。自上次和她妈妈见面后,我和李一画之间熟络了很多,看起来不像是师生,而像是同学。的确,无论从年龄还是样子上,我们都像是同学。

忘了是谁先约的谁,在李一画倒数第二次培训课结束后,我们来到学校附近的一家德克士餐厅，叫了两份套餐，边吃边聊。

老师，我发现你很帅咦。李一画喝了一口可乐：像我爸。

我正在享受着前半句的恭维时，后半句像一个晴天霹雳，差点让我把塞进嘴里的鸡腿吐出来：卧槽，像你爸？你不是……我疑惑地看着李一画，把后半部分沉默掉，等她来回答。

是啊，像我爸。她看起来若无其事的样子，说：都有一点艺术气质。

艺术气质？你爸也是搞艺术的？我不解，继续刨根问底。

那是！李一画有点洋洋自得，就像她有艺术气质——不过还真是，她是有艺术气质的，要不然这近一个学期我不是白教了么。

不用追问，李一画已经看出了我深深的疑惑。她一边喝可乐啃鸡腿一边说：我爸从小就喜欢画画，中学时还是班上文体委员呢，画作还在北京市的报纸上登出过。后来他上山下乡遇到了我妈妈，结婚又回到北京，再后来就没怎么画了。

哦，那这么说你爸也是画家啊！怪不得你也有画画天赋。这句话是真心的，没有丝毫恭维的意思。李一画也许能听出来，这主要是在称赞她爸爸，顺带称赞了一下她而已。

那是，要是画到现在，我爸没准就是大画家了呢。这句话刚说完李一画就感叹：只是可惜了。哎……给我留下一个沉默。

原来……我猜猜……我敢打赌，你的名字是你爸取的，一画，一生画画，这是你爸的理想，是吧？我不由得意。

哈哈，好吧，恭喜你猜错了。李一画得意起来：相反，这个名字是我妈妈取的。你想知道为什么吗？李一画犹豫了一下，继续说道：当年我爸追我妈的时候，就是凭一幅画俘获我妈妈芳心的，这幅画就是我妈妈的少女画像。为了纪念他们的爱情，生了我之后，就取名一画喽。

哦……原来……原来，多美好的感情，一幅画就能俘获芳心，我画了那么多画……不知怎么的，我没话找话说出这么一句，说完就觉得后悔，不过觉得李一画并没有生气。

是啊，多美好的感情，但是挺可惜的，我爸和我妈现在分居呢，要不是因为我高考，他们也许就离了呢。李一画说起来显得很平静，不过对我来说又是一个万万没想到。联系此前李一画妈妈沈阿姨的介绍，我意识到这已是早就发生的事了，大家已度过阵痛期，时间在逐渐抹平残存的伤痕。

经李一画断断续续一说，我反而觉得疑问更多了，如果可以，我甚至能提出来十万个为什么。可这毕竟是人家的私事，李一画已经讲了这么多，并给予我足够的信任，我即使再好奇，也不能打破砂锅问到底，这不仅是做人的情商要求，更是出于对李一画的尊重。我第一次觉得，这个有点油画感的女生挺不容易的。

不过李一画继续喃喃：具体为啥我也不是很清楚，反正我知道的是，我妈把我爸当年给她画的那幅画烧了。而之前，一直都是挂在他们卧室的，相当于结婚照了。那之后不久，我爸就搬出去住了，很少再回家。

我一时不知道说什么好，为了表示安慰，我提议再给李一画要一杯可乐，再来一份炸鸡和薯条，李一画表示已经吃多了，我说没事的，大家一起分享。我趁端可乐的间隙稍微平静了一下，待坐到座位上时，已经显得见惯不惊。我想，表现出极大的同情或者安慰都是不合适的，我此刻适合做的，就是一个倾听者。这些事已过去许久，李一画说给我，既是出于对我的信任，也是向我诉说。不管什么样的事，一旦发生并且经历，此后它的价值就在于诉说和倾听。

但我爸还是很关心我的。李一画的脸上突然有了点喜悦的神色：再告诉你一个秘密，我上绘画培训班的学费就是我爸掏的，嘻嘻。

看来，你爸是支持你画画的，而你妈则刚好相反喽。我回应道。

那当然啦，要不然我也不会背着我妈上培训班，要不然我妈也不会找到你。哈哈，把你吓坏了吧，我妈还是挺厉害的。李一画哂笑。

那倒没有，只是……我喝了一口可乐，问道：他们如此截然不同，你压力挺大吧？

李一画不经思索随口而出：我还好啊，我做我喜欢的事就行了。

那你真是喜欢画画了？我问。

废话！不喜欢我能用周末休息时间跑来学画么？李一画似乎有点生气，不过还好，白了我一眼后，表情又安静了下来。

那是，那是，真喜欢，我故作开玩笑状，看李一画没在意，就继续问道：那你为何不按我的要求画呢？学画是有一个过程的，要分阶段掌握技能，系统练习，打好底子再创作。可我发现你经常在课堂上临摹一张照片，没学好跑呢就想飞，这肯定不行啊……而且，接下来就剩一次课了。

李一画对我这番说教不以为意，而且还振振有词：我知道呀，就是因为时间很少了，我才想赶紧把照片临摹完，谁成想越画越画不好……哎。说完她叹了口气，有些无可奈何。

那张照片是你妈妈吧？我不经意问道。这下李一画惊了：你怎么知道……停顿了下，她喝了一口可乐，有些得意地说：这是个秘密，不告诉你，哈哈。

好吧，对我而言，李一画说的都是秘密，但她有不能说的秘密，我又何必强求。不过我建议她：你可以让你爸继续教你啊，既然你爸差点成了画家，他的水平一定……还没等我说完，李一画就打断了：算了吧，要是让我妈知道了，那可就要杀人了。再说了，我爸已经好多年没画画了，整天忙忙叨叨的，他当年那点底子早忘光了，可能还不如我呢！说完，李一画有点愤愤不平，闷闷不乐，好似在感慨自己命运多舛、时运不济的样子。

快到晚饭时间了，李一画担心她妈妈打电话过来，于是抢先付了账，我们便走出了餐厅。本来说好是我请的，李一画建议下次。我不确定是否还有下次,马上高三来临,再说……

见我不以为然,李一画故作不开心:说下次就有下次的……怎么着,不愿意跟本姑娘吃饭是么?

我说没有,没有,只是……

哈哈,你是怕别人说我们在恋爱么?空气突然凝固了,没想到李一画竟来这么一出。我还没想好该怎么接,李一画又说:"没啥没啥,你没看见周围到处都是成双成对的么?"的确,不仅在德克士,在附近的麦当劳和肯德基,中学生情侣穿着校服公然勾肩搭背,牵手拥抱,互相喂食,甚至在犄角旮旯接吻,这都是见惯如常的事,我们这算什么呢,即使在恋爱,还怕别人说么?

当然是怕的,毕竟我是培训学校的老师,而李一画还是中学生。可如果我再这么夙着,肯定会被李一画轻看,就说:我怕什么呀?我一个恋爱正当年的人士,谈恋爱不是正常么?是你怕了吧?我顿了下,不知怎么的多问了一句:你年满18岁了么?可别害我啊。

谁说不满18岁就不能恋爱了?法律有规定么?……我算算啊……实话实说吧,本姑娘已经18岁零3个月了,是高中生的大龄青年。她甚至有点得意。

是么?你们不应该是十六七么?我问。她叹了口气,说得轻描淡写:说来话长。当年我妈生我时条件不好,上学晚,就耽误了喽。

原来如此。听到这话,我心里竟放心了许多。我本来还想再问,一看时间很晚了,就建议李一画尽快回家,要不然她妈妈找来我可担当不起。李一画嗯了两下,然后迈开腿往马路对面走,没走几步,她回头:你问了我这么多问题,我能问你一个么?

我笑笑,有啥不能问的,问呗。

你有女朋友么?她扭着头,似乎在得到答案前不会再扭回去。

哦,啊,哈,又是没想到。我本来想说有,但迟疑了一下,向她摇摇头。

到底有没有啊?她有些着急了。

没有。我回答。

哈哈,哈哈。她扭过头,很快绕过车流,穿到马路对面,往家的方向走去。

我站在马路对面,看着她消失在街角,然后怅然若失地站了一会儿,才想起叫车,往郊区的住处赶。

18

我回到郊区租住的地方已经很晚,可不知怎么的,竟然没有睡意。躺在床上,李一画的影子和她说的那些话一直在我眼前萦绕。尤其那句"你有女朋友么",让我心绪难平。没想到李一画会问出这样的问题,也没想到我会做出摇摇头的回答。我有女朋友么?这个问题其实连我都难以回答。

实际上我是有的。到现在为止，我和大学时的最后一个女朋友蕾还保持着联系——其实我们很少联系，只是我们还没有提出分手而已。我们同时毕业，不过我一毕业就来到北京，追逐成为"大师"的理想，而她作为信息学院高材生，毕业前就被西安当地的一家外企聘用，据说现在已经升任信息部主管助理。

这是我从其他同学口中得知的，他们还为我感到可惜，像蕾这样既漂亮又有能力的女生，何不早早在毕业前把终生大事定了呢，否则进入社会难度就大了。一来大家不仅考虑爱情更考虑面包；二来那些能提供爱情和面包的人多了去了，我们根本竞争不过。这社会不会等我们的。你可能会想等你功成名就了然后如何如何，可是这就跟"刻舟求剑"一样，我们刻下了目标，但轻舟已过万重山。也许你成为"大师"的那一天，蕾已经儿孙满堂了。

这话不假，蕾嘴上没说，但心里肯定是想过的，否则她也不会在我毕业时，力劝我留在西安，和她一起进入企业打拼，这样，也许不用等，我们很快就可以把终身大事办了。但我并不这样想，抛开艺术理想——尽管现在似乎谈这个已经成为屌丝的标志，可是我从来并不羞于谈及，而且我觉得那些不谈理想的才是屌丝。生命如蝼蚁，如果没点追求，那连屌丝都不如。我觉得我们的人生才刚开始，不能把终身大事就这么定了。我们应该去尝试一下，然后再终身，那也不迟……

不管我有多少理由，蕾都一概理解为我不够爱她，不想

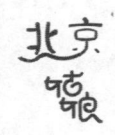

跟她结婚。对此我也能理解，只是我们才走向社会，大学时代的感情还在延续——我称之为感情惯性，也许在某一日，这种惯性的力量消失了，我们的感情就会戛然而止。也许在这个时候，大学时代才算真正结束。

不过，我总为给蕾画的那些画感到可惜。我能和蕾在一起，也许是她觉得我还算有点才华，于是我把自己的才华发挥到了极致，给她画了许多幅画，有些是根据她照片临摹的，有些是以她为模特写生的。其中我最喜欢的一张，是大三那年她生日之际画的。那时我们刚结束人物写生课，总觉得学校请来的裸体模特不过瘾，就怂恿蕾做裸体模特，仿照毕加索《在红色安乐椅上睡着的女人》，画了一幅蕾的裸体，把蕾有点不情愿但又无可奈何的表情夸大，把她身体的某些特点做了适当的变形，比如把她的脸画成锥形的，胸画成四方形的，而臀部就像一个漏斗……蕾刚开始一直怪我把她毁了，后来看习惯了，说像个女版的变形金刚，于是我称之《变形金刚蕾》。

从那时到现在，我和蕾很少再提到这些画，甚至我们很少再联系。偶尔联系一下，也是觉得我们毕竟没有明确提出分手，似乎彼此还有着联系的义务。可是联系归联系，大多都是因为忙而让这种联系流于形式。我们已经是两条路上的人，再回到一起是不可能的，只是等待时机，平静地说一声再见，然后简单祝福一下罢了。

不知道这些画对蕾意味着什么，对我而言，它意味着我对蕾的爱。也许某一天，蕾会觉得这些画放着无用丢了可惜，那时候也许她会还给我——我希望是这样，而不是像李一画妈妈那样烧了。

我又想到李一画妈妈，以及李一画爸爸，猜测他们之间发生的种种，又想到李一画，确信那个关于女朋友的回答是真心的，这才终于睡去。

19

每一个结束学生时代的人，都会对寒暑假恋恋不舍，进而对没有假期的工作耿耿于怀。暑假到了，学生们迎来了解放时代，而我则正式进入奴隶时期。培训学校的课比平时更多，我比平时更忙碌，而且单调。李一画已经结束了全部培训课程，开始了高中时代最后一个暑假生活，她不会出现在培训班了，旅行，补课，出国，还是——我怀疑自己陷入了相思，我时不时期待她的电话响起，她的短信过来，她出现在学校的某个角落，喊我去德克士或者麦当劳。

我相信人和人是有心灵感应的。不久，我就接到李一画的短信，让我给她画一幅画，要画好，因为这幅画意义巨大。她特意在巨大后加了叹号，不管我如何理解，在她看来，这幅画是非同小可的。我只好答应了。

对于去李一画家里，我一开始是拒绝的，画画么，哪里都可以。可是李一画坚称，要画好这幅画，感受一下她家的环境是必要的，尤其是她妈妈的生活起居，而且还要给我看关于她

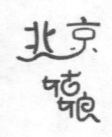

妈妈的照片。

原来，这是关于她妈妈的一幅画，描摹的对象是她此前在班里画的那张照片，那是她妈妈18岁生日时照的。她说，她爸爸就是根据那时的样子给她妈妈画的像，就是后来被她妈妈烧了那幅。现在，她要根据当时的照片再画一张，然后送给她妈妈。而在此之前，一切都是必须保密的。

李一画为此做了很多准备：她摸准了她妈妈不在家的时间，并把那张两寸的黑白照片彩扩了一下——她没有料到的是，彩扩后人像是大了，可是上面布满颗粒，细微处已经模糊不堪，这对刻画人物表情是致命的。不过李一画倒是想好了办法，她在照片旁找了个差不多高的凳子坐下，模仿她妈妈的神情，我可以根据照片画，实在拿不准的，就按照她的样子画。她说，我们都是18岁的模样，再说我是亲生的嘛。

这个办法在我看来的确天才，可是对我提出了极高的要求，静态和动态的人像结合创作，这在我的绘画经历还是头一次。为了保存，我建议画成油画，李一画一听就说对对，我爸当年送我妈的也是油画。可是油画创作时间上，万一……李一画说没事的，暑假还长，她可以全部时间配合当好模特。我不忍打消她的积极性，只好在约定的时间提着油画箱来到了她家。

20

李一画的家离学校不远，是个典型的北京板楼，外面看起来有些年头，可是小区环境整洁，好车遍布。后来才知道，这就是北京所谓的学区房，在这里有房子才能上附近的名校，房价自然比其他房子普遍高一半不止，而且一房难求，住在这里的，除了一些土著，多是一些非富即贵的。我想象着李一画妈妈为住进这样的小区，为李一画进入附近的名校做出的努力，越发觉得这个女人的神奇，以及李一画爸爸的神秘。

到小区楼下，通过门禁系统报了一下，李一画开了门，我进入单元楼，乘电梯到达9楼。我的样子看起来也许像个修理工，也许像个潜伏进小区发小广告的，我故意不让别人看到，这些楼的邻居也许就认识李一画的妈妈，万一走漏了风声，那可就……

按照李一画的侦查，她妈妈这段时间都不在家，家里就她一个人留守——即使这样，在9楼电梯口看到李一画，再跟着她进入家门，我心里还是忐忑不已。李一画似乎也觉得好笑，不停地说没事的，我妈离家好几天呢，在我们家随便点啊……换不换拖鞋都行，你先坐沙发上休息下，喝什么呀，我给你拿……

这是我第一次真正走进北京人的家庭，没有可比性，给我的感觉是，这个家可真是大，所谓的三室一厅，比我租住的小次卧大十倍不止。家里的摆设和装饰看起来华丽且实用，仔细观察，明显是刚刚打理过的。置身这样的环境里，我竟然有点手足无措，不知如何才好，就像陈焕生进城。

21

  喝了一罐可乐,聊了一会儿天,李一画拿出一个三脚架,我摆好画箱,对着固定在乐谱架上的照片开始起稿。我本来想把画箱摆在李一画的房间,这样安静些,可是李一画说她的房间太小,而且光线也不好,客厅大,光线充足,再说也没人打扰。客随主便,我拿出准备好的铅笔,眯着眼睛,观察着乐谱架上头像的样子,勾勒轮廓,先用几何体把人物的形象和特点标示出来,再逐渐由浅入深确定造型,再用颜料着色,最后刻画调整,直到画成。

  照片此前已多次看过,但站在创作的角度看,还是有点不一样:一个表情略显期待的女孩正面对着我。她似乎在微笑,也似乎在思索——不是蒙娜丽莎式的,而是杨飞云女学生式的。她没有扎辫子,头发是刘海式的,额头若隐若现。眉毛也许很浓,但彩扩后已经变淡,眼睛不算大,可是很有神,有点紧张,像在盯着照相机。鼻子耸立,和嘴巴呼应,像是在轻轻地呼吸。五官似乎各有特点,但组合在一起却又显得恰到好处,一个20世纪七八十年代的女生形象跃然纸上——这是李一画给我提供的信息,她告诉我,她妈妈老家是黑龙江佳木斯靠近中俄边境的一个地方,她爸妈就是在那里认识的。

  这是一种久违了的纯美,像是散发着自然芬芳的气息。这种气息李一画身上也有,不过毕竟生活环境不同,两者还是有区别,李一画明显多了一份物化和躁动。尽管李一画和她妈妈长得很像，细节部分我可以从她身上捕捉，但还是需要想象和加工。

照片背景是乳白色的，四边布满小齿轮，这是那个年代照片常见的样子。我想，也许这是李一画妈妈的第一张照片，她对生活的期待和想象似乎都能从照片里隐约看到。我也在想象李一画爸爸第一次画这个姑娘的情形，想象那种通过自己才华俘获一颗芳心的激动，想象这幅画的重要性，以及与此相关的无限可能——就像我在给蕾画像时那样。

22

李一画妈妈的出现是悄无声息的，不知不觉的。也许我们太投入了，也许我们太大意了，以至于一开始就猝不及防，不可挽回。当门被打开她站在我们身后时，我便已经明白了一切。不过作为职场女性，她并没有把事情弄的那么难堪——至少从表面来说。她甚至为自己的突然出现感到不好意思，说自己是临时回来的，早知道老师要来，应该提前准备下，为此还责怪李一画不懂事，没有做好招待，说着她就要去洗水果，甚至说要去买菜，招呼我留下吃饭。总之，做到了一个家庭主妇应有的待客之道。

我的尴尬与窘迫难以形容，那是我最糟糕的时刻之一，说什么或不说什么，做什么或不做什么似乎都不合适。李一画看起来也是如此，不过还好，这毕竟是她家，母女相残还没有开

始,她只是觉得不可思议,同时也好像对我不住。

我就像一个摆摊的小贩突然被城管发现,顿时慌忙错乱、语无伦次起来。可能离开是最好的方式,我把画小心放在画箱里,胡乱收起支架,故作镇定地喝了一口水,然后找了个连自己都觉得好笑的理由,匆匆出门离开李一画家,就像逃出生天。

后来的事情是李一画告诉我的:

你走后不久,我妈就开始发飙,质问我到底是怎么回事,就像十万个为什么,一连串一连串的:比如你为啥在家里画画?不是说好培训班的课结束就算了么?为啥还带培训班老师到家里?一男一女共处一室,趁着我不在家,你们想干吗呢……不管我们干吗,我妈都是不允许的,尽管我把事情都揽到了自己身上,并向她做出承诺,可仍然于事无补,她甚至连"你和你那住在外面的爸一个德行"这样的话都说出来了。

那天她真是大开杀戒,把三脚架和乐谱架都摔坏了,把那张彩扩后的照片也撕得稀巴烂——她可能都没有仔细看那是谁的照片。这还不止,她把家里所有可能和画画相关的东西,比如我收藏的画册,以及石膏像等,都找出来丢到了垃圾桶里,并且恐吓我,以后看到我再画画,就把我赶出家门,永远也不要回来——我妈说到做到,这个我见识多了。晚上我默默把现场打扫了一下,饭都没吃,躲在自己屋子里大哭一场。哭完了就睡，一直睡到第二天，趁她不注意到冰箱里拿了点东西吃，然后继续睡……其实就是在和我妈赌气，我觉得，如果不和她赌气的话就像便宜了她，哈哈，哈哈……

她们即使再相残，毕竟还是母女。相比之下，我就没有那么幸运了。

两代人的爱情

23

我是在大约一个星期后接到学校辞退通知的。我觉得挺突然的，觉得自己既有教师资格证又是正宗绘画专业高材生，而且教学期间没啥大事故，也基本受学生喜欢——在培训学校，教学质量只是一方面，更重要的是学生喜欢，人家花了钱，就要是要买个喜欢，这和公立学校没法比。

即使我觉得自己有一万个理由不会被开，可是学校似乎只需要一个理由，而且这个理由学校也不能拒绝，遑论我了。我是在签了离职协议后，才知道这个理由的，学校说得很含糊：你不适合继续留在这里了。我一下子就猜到：李一画妈妈向学校投诉了。至于她是如何向学校投诉的我不得而知，不顾师表和她女儿师生恋？偷偷跑到学生家里鬼混？不尊重学生家长……

我是如何也想不到李一画妈妈，那个看起来职业精干，看起来做事周全的人会这么干，我如何也想不到事情会弄到这个地步。我不想去猜测此事是否对李一画妈妈造成了巨大的无可弥补的伤害，我也不想去感叹早知如此何必当初，我在想的是，接下来该怎么办？我像个对社会满怀期待但却被残酷拒绝的孩子，深陷迷途，不知何去何从。

任何行业都有圈子，艺术培训也不例外，何况不大。按照我和学校签署的离职协议，学校多付我一个月的工资，我放弃其他赔偿要求，双方离职保密，可是很快，圈子里就开始流传"东方世纪艺术学校老师和女学生恋爱被开"的消息，越传越玄，似乎我主动跑到学生家里鬼混——我不确定这是从哪个环节透露出来的，也许这种事纸里包不住火，我确定的是，短时期内我不可能再找到其他类似的工作，这个圈子把我除名了。

我甚至一度冲动想找到李一画妈妈，或者跑到她家里，请她把事情说明白，这到底是为什么。可是想到这么做会对李一画造成更大的影响，便自怨自艾作罢了。这件事发生后，我甚至不再信任一切，除了李一画。刚开始李一画并不知道我被学校开掉的事，发来的短信多是对自己疏忽大意，以致被她妈妈发现感到抱歉，或者等熬过这一段请我吃饭，弥补对我的伤害——她原话就是这么说的，而且还在后面加了个搞怪的表情，在她看来，这事没那么严重，她请我吃顿饭就可以抚慰我受伤的心灵。从这些短信我能隐约感到，她认为自己在我心中是有分量的，我要做的就是承认这一点，然后做好配合就行。对此我只能苦笑，经她妈妈这一补刀，即使她在我心中的分量重过全世界，现在我也要掂量了。我告诫自己不要把她和她妈妈分开，把她和她的家人分开，可事实上这是做不到的，我相信她也做不到。

24

李一画是在暑假快结束时，才知道我被学校辞退的。其时距我离开学校近一个月时间，已经过了阵痛期。此前我短暂离开北京，到外地做了一次旅行，其实就是到全国几个有名的画家村看了看，成都北村、深圳大芬等，觉得和北京798、宋庄等区别不大，艺术在中国是分不同阶级的，比如雅俗，比如街头和画廊，但艺术家大都是一个样子，他们的生活状态和个人境遇往往连城中村的外来务工者都不如。也有被邀请参加各种展览，进入苏富比和佳士得拍卖的，比如张晓刚和方力均等，但那不仅仅是传奇而且是传说，多是激励绝大多数挣扎在生活边缘的艺术从业者的故事罢了。艺术，或者说当代艺术，已经不仅仅是天赋和才华，甚至是水平和技能的比拼，它已经成为金钱和资源，以及社会关系、艺术圈子的堆积，底层艺术家想要出头，不是比登天难，而是没有登天的机会。这个行业已经和中国的很多行业一样固化，清醒的艺术从业者已经开始画一些装饰品，换取基本的生活保障，而那些心怀理想的艺术家还在孜孜以求仰望星空，成为这个行业虚假繁荣的背景和陪衬。

再回到北京后，我开始有点羡慕那些已经在乡下中学干稳美术老师的同学，他们一开始就选择了面对现实，这也许是明智的，看看那些画家村的人就知道了。我虽然这样想着，可心里仍有不甘，只好在现实和理想之间晃悠，白天到三里屯或后海边上摆摊画像，晚上在蜗居的地方揣摩高更、毕加索的画册，过得红尘颠倒，黑白不明。直到再次接到李一画的电话。

电话接通后李一画沉默不语，倒是我像做错了什么，一直给她说没关系，都过去啦，别难过，我们都好好的之类，直到她哭起来。刚开始听着像在哼，逐渐声音变大，我知道那是啜泣，在我还没有想好如何安慰，她已经开始哇哇了，就像一首乐曲渐进高潮，我无法应对，只能随着节奏重复"别哭，别哭，别哭"，就像在配合她演出，事后不觉好笑。

这一通哭胜过万语千言，似乎又把我们的关系拉回了从前，不仅如此好像更进一步，因为我清晰地听到李一画最后说让我等她。等她？等什么呢？等她和我在一起？有那么几个瞬间，我似乎想过，可是很快就否定了，觉得像在开玩笑。以前或许有可能，可是经过她妈妈这么一闹，想让我跟仇人的女儿在一起？没门——其实我知道，这只是表面的，我们之间有太多的不可能。可是李一画的口气听起来坚定而又决绝，似乎我只需要做到"等她"就好，其他的不需要我考虑，好像她会把一切都处理好。我不禁觉得这个姑娘真的挺像她妈妈，不仅是样子上，而且性格上，都挺"强"。

那通电话是在我的劝慰下结束的，很明显，李一画是背着她妈妈打给我的，有了上一次的教训，我再次确信了一切皆有可能这个真理，无论我们的交往如何私密，都有可能被她老妈那双锐利的眼睛盯上。如果让她知道李一画还在跟我联系，我估计会被赶出北京——也许不至于，但面对这样一个厉害的中年妇女，有什么是不可能的呢。

25

　　我把李一画的约定当作最好的安慰剂,再加上时间的力量,伤痕很快被抹平了。我把自己的生活降到最低,除了白天在后海摆摊画像,还兼职了一份家教,偶尔还去画廊干艺术加工的活儿——就是画廊老板得到某个知名画家的首肯后,出面组织一群街头艺人,按照知名画家的风格进行创作,最后由其本人把关,合格的配上自己的签名和落款,再摆到画廊出售,这已经是行业公开的秘密。我们这些街头艺人虽然拿不到分成,可是比建筑工地上的工人挣得多些,尽管大家挣的都是辛苦钱。

　　总之,我还可以在北京过简单的艺术生活,我称之为艺术人生。能安慰自己的理由是:尽管自己过得辛苦,但还在追求艺术,比那些淹没在物欲中,已经失去艺术追求的人强多了——尽管我经常也觉得这不过是自欺欺人罢了。如果也给我淹没在物欲或肉欲的机会,不用犹豫和纠结,我是神往已久的。

　　我也会想起李一画,想象她在高三复习班淹没在书山题海的情形,进而想起自己的高三时光。这不是牵挂,而是一个念想。我以为这个念想会随着时间而消失,不料它经常出现,直到我习以为常。但我不会打扰她,只是祝愿,除非她发信息或打电话过来。事实上,进入高三后,她的信息和电话越来越少,直到后来变成一串沉默的数字,默默存在于通讯录里,变得和其他大多数号码无异。

26

高三的时光不能用飞快形容,它几乎是一泻千里,它几乎是从几套卷子开始,然后从几套卷子结束而已。2010年的高考瞬间到来又结束,如果不是李一画考试结束后给我发了一条短信,我甚至忽略又是一年过去了。我简单恭喜了一下,就又开始钻到忙碌的工作中——或者不叫工作,只是赚钱,以确保我晚上可以高枕无忧地临摹各种名家画册而已。

在浑浑噩噩无忧无虑过了二十多天公主般的生活后,李一画终于拿到了自己的高考分数,按以往的分数线,北大清华可能有点悬,不过人大和北师大稳操胜券。她想报人大艺术学院或北师大艺术与传媒学院,将来毕业从事艺术工作,可是相关专业都需要专业课考试成绩,她这个好不容易从普通高考独木桥上挤过来的高材生陷入了纠结。

更重要的是,她的想法遭到她妈妈的强烈反对,而且没有任何挽回的余地,这让她的纠结不仅显得多余,而且可笑。种种迹象表明,在她进入高三前,她妈妈已经给她安排好了高考后的路:留学。

李一画的同学中,高考结束后直接留学的不少,而且多是欧美不错的大学,他们的成绩和家庭经济能力,让这种选择看

起来再正常不过，只是她觉得，这不应该发生在自己身上。她在某一时刻也是有过留学梦想的，不过是在国内读完本科后，或者本科后两年去国外做交换生。总之，她无论如何也没有想过高中毕业就留学，她说她还有很多重要的事做，在这些事情做完前，她没有留学的打算。

生活的悲伤之处，就在于被逼着做自己不想做的事。又是一番冷战，持续了近一个星期的抵抗，李一画终于从命。但她并没有首先把这个决定告诉她妈妈，而是打电话约我出来，当面告诉了我。我除了表示祝福，其他不知说什么好。如果说此前我还有一丝和李一画在一起的奢望，现在已消失殆尽。随着她去往大洋彼岸，我们之间的距离越来越远，远到足以把彼此忘记。

但李一画并不这么想，她开始有了新的憧憬，开始在规划等她留学归来的事情，似乎那一刻我应该在首都机场迎接她，然后给她一个大大的拥抱，告诉她我一直在等……拜托，童话都没有这么写的吧。我不忍打破李一画的憧憬，我确信她的未来值得憧憬，但那更多是她自己的，不包括我。可是作为她此时此刻的好朋友，我应该沉浸在她的喜悦中，听从她的安排，就像这是我们共同的喜悦。

27

那天中午，李一画从喜悦中平静下来后，提出一个请求，让我陪她去看看她的爸爸。她提出这个请求前，连一点铺垫都没有，再说此前她也很少提到她爸爸，每次都是匆匆带过，或者欲言又止。所以，当她提出这个请求时，我一时有点惊讶，不知该如何回应她。

这看似一个请求，其实是一个要求或者命令，李一画在提出之前，就猜到我不会拒绝的。她猜对了，我只能答应她，尽管此前在她家里被她妈妈撞见的事，让我至今心有余悸，可是我想，也许她爸爸是不一样的。

28

李一画的爸爸的确是不一样的。他住在南四环外一个有些年头的小区里。小区是文化馆的家属区，始建于20世纪80年代，是那种典型的五层红砖板楼，由于年久失修，至少外表看起来已经破败不堪。听李一画说，她爸下乡回来后，好不容易进了区文化馆，专门创作老北京民俗画，铁饭碗，香饽饽，她爸干得还算不错。后来文化馆效益不好，很多人下海开广告或艺术公司，可她爸一直守着，直到现在，民俗不画了，都改印刷或喷绘了，她爸就留在文化馆管治安——说是管治安，其实就是找点事干，毕竟还没有退休呢，要不然也没有理由拿工资。

听李一画说，她妈妈回城后一开始在街道工厂加工衣服，东北女人嘛，从小针线活儿啥都干，心灵手巧，很快就在厂子里崭露头角，工资比她爸挣得还多，但还是嫌挣钱慢，尤其是

很多人都已经下海挣到了大钱。她不加工衣服了，在动物园市场和官园租了摊位，专做街道工厂的衣服批发，刚开始那几年很辛苦，后来雇了人手逐渐做大，挣到了钱。再后来批发生意不好做，她就把挣到的钱投到理财上，自己也从门外汉成了专业理财经理，一直干到现在。而她妈妈就是在干理财经理后，和她爸爸分居的。她妈带着她搬离了文化馆家属楼，通过按揭在西三环买了房子——那时还不叫学区房，也没有现在贵，但是也让她妈妈元气大伤，这几年才逐渐好起来的。

李一画的往事讲得很平淡——但难掩内心深处的忧伤。的确，任何人都不希望自己父母分开，生活在一个美满和睦的家庭是每一个孩子的心愿，但世上的事没有完美的，总是有那么些或多或少的遗憾。

安慰是没有用的，我做一个倾听者似乎是最恰当的。李一画似乎还有很多往事要讲，不过出租车已经停在了她爸的小区门前。的确，小区看起来比想象的还要破旧，我曾几次从这里路过，可是一次也没有留意。想到偌大的北京，还有很多这样的小区，还有很多像李一画爸爸这样曾经有故事的人住在这里，我对自己的浅薄感到抱歉。

29

事先通过电话，李一画爸爸在楼下接我们。他看起来不算老，至少和同龄人相比，不仅如此，他身上还有一点艺术气息，这让我觉得亲近。和典型的老北京不同，他说话没有感慨，也没有那种觉得自己见多识广，但一切都在不言中就让往事都随风的所谓达观，他是平静而温和的，不慌不惊，保持着自己的节奏，应对着世界的变化万千。

如果说时光留下了痕迹，那就是在这间房子里。房子是那种典型的老北京户型，南北通透，两室无厅——很多家庭都把进门后中间的过道改成了小巧紧凑的客厅，但这个屋子没有，我们一进门就被迎进了她爸爸的卧室，看得出来，这里平时就是卧室兼客厅的。房间里的布置很简单，一张床、一对沙发，沙发中间是一个方条的茶几，对面是一个老牌子的电视机，边上是一个衣柜和书柜，大件物品仅此而已。对着这个卧室的是另一间卧室，窗户紧闭，有些幽暗，我还在好奇为何李一画爸爸不把那间作为客厅时，厨房里传来了声音：一画还是喝汽水吧？是，爸爸，李一画不等问完就回答。说着，李一画爸爸端出两瓶汽水放到茶几上，说，一画，招呼你朋友喝饮料。

李一画边喝饮料，边和她爸爸聊家常，什么饮食起居，什么街坊邻居，完全没把我当外人。不过聊下来，一句都没有提到她妈妈，直到李一画说了留学的事。李一画说这是她妈妈的决定，她想了很久，也只能同意。有些事留几年学回来再说吧，我又不是被卖到了国外，她说着，又重复了一下，我还是要回来的。说完她看着她爸爸，期待着他的反应。

她爸爸没怎么说话，只是"哦"了一声，就像在说"知道了"，过了一会儿，他说，也好，去国外换换环境，有了西方

教育背景，无论在哪儿，对你将来发展都有好处。

我妈给我选了金融专业，看来以后一辈子只能跟钱打交道了。李一画悻悻地说。他爸又沉默了一下，说，那也不一定。说完他抱起杯子喝了一口浓茶：不过，兴趣也不能丢。爸爸支持你。说完，他又喝了一口浓茶。

本要留我们吃晚饭，不过李一画说妈妈可能会找，他爸便不再说什么。他把我们送到楼下，李一画说她把留学的事办完后会再来看他。她爸爸脸上有了难得的笑容，说好的好的，留学是大事，你先忙你的。说完往李一画口袋里塞了一张卡，嘱咐她在国外照顾好自己，平时不忙了随时给他打电话。李一画后来告诉我，那卡里存了十万块钱，是他爸爸给她留学用的，她没有告诉她妈，她知道，妈妈是不希望她去见爸爸的。

30

出了小区大门，李一画就给她妈妈打电话，说她同意去留学，接下来会配合她办好一切留学手续，然后乖乖地开始留学生涯。趁妈妈开心，她提出了一个看起来有些过分的要求，她晚上和同学出去玩，第二天再回去，让她不要再等啦。她妈妈起初想拒绝，后来犹豫了一下，提了三点要求：不能喝酒，要住在同学家里而不是外面，不能关机。李一画如捣蒜般一一答应，然后把手机甩出老高再顺势接住：解放喽！她恨不得尖叫起来。

李一画很容易就骗过了她妈妈，那天晚上，她一直和我在一起。我曾多次想过这一刻，但也只是想想而已。直到这一刻来临，我都不确定这是真的。但这就是真的。

　　那天晚上堪称李一画的成人之旅。我们打车到三里屯的一个酒吧喝了点鸡尾酒，然后双双跳进舞池蹦迪，一直蹦到几乎倒地不起。在几个看起来色眯眯的男人准备捡尸之际，我用尽最后的气力将她扶起，要了两瓶苏打水浇在脸上，清醒了一下，结账走出酒吧，在凌晨的街头找到一个小吃摊，大快朵颐一番，拦下一辆出租车，让师傅往李一画家的方向开。车上李一画坚决不同意回家，理由是这个样子会被她妈妈赶出家门。可是她也没有带身份证，没有任何一家酒店会同意我们住宿。最后倒是她想到了办法，去我家。我犹豫片刻，让师傅调头往五环外开。

　　李一画不胜酒力，已经醉的不成样子，紧紧搂着我，就像抱着一个布娃娃。我满身流汗，即使打开全部的出租车窗也无济于事，只能任由她抱着，祈祷早点到家。我知道，热是其次的，主要是心里忐忑，不知带这样一位姑娘回家究竟面临怎样的风险——也许是致命的，万一她妈妈知道，我可能死无葬身之地。我甚至能想到前排出租车司机感叹世风日下的表情，也许他已经在心里庆幸搂在我怀里的不是他的姑娘，否则⋯⋯

　　酒精的作用是巨大的。也许我不能怪酒精，它只是我的帮手而已，在它的助推下，我释放出那个犹豫不决的想法，并让它成为行动。李一画是知道的，如果说是她主动的，那我就太

没男人的风范了——但实际就是如此，这是两个人的事，我们是自然而然的。

在我凌乱的床上，我和李一画笨拙地抱在一起，就像两只狗熊。看得出她没有任何经验，但是作为一个从小在繁华世界长大的孩子，她即使没有耳濡目染，也知道这样的事情是如何进行的。我当然是有经验的，可我并不处在主动的位置，面对一个有主见的女生，我的任何冲动和粗鲁都有可能坏事。

我们顺势结合在一起，也许是酒精的作用，李一画甚至都没有觉得痛，她闭着眼睛，轻咬嘴唇，看起来既觉得紧张惊恐而又刺激神秘，不时发出阵阵喘息，脸上汗珠不断渗出。我就像一不小心进入另一个世界，新奇兴奋，来不及观察和思考，只能紧紧地抱住，机械地来回摇晃，生怕这世界突然之间消失了，直到我们筋疲力尽，横七竖八地倒在床上，然后第二天中午前醒来。

谢天谢地，李一画妈妈期间并没有打来电话，李一画也请她同学帮忙做托，看来这场成人之旅是安全的，只是我们自己担心会造成意外的伤害，比如是否会怀孕，不来月经怎么办……猝不及防而又无可逃避，所谓短暂的欢愉，漫长的人生……人们已经用各种语言描述了这种感受，我和李一画没有例外。

夏日的阳光透过玻璃，打在出租房的窗帘上，影影绰绰，或明或暗。从今天开始，外面的世界或许照旧，但我们不一样了。新的我们如何面对旧的世界——也许我不用面对，一画一世界，李一画从此就是我的世界，尽管她很快就要飞往世界的另一端。

31

经过中介加急办理，李一画的留学手续终于在开学前办完。期间，李一画一边在中关村的培训学校恶补口语，一边和她的师兄师姐联系，了解留学生活的点点滴滴，以便提前做好准备，忙得甚至没有时间和我联系。不过起飞前，她给我打了一通电话，并留下一封信，让我等她离开后再看。

9月那天的天空格外蓝，是北京少见的那种蓝。上午9时，李一画和她妈妈乘坐的飞机从首都机场起飞，晚上抵达伦敦，再转机前往曼彻斯特。李一画妈妈给她选的学校就位于曼彻斯特，据说是英国排名前10，世界排名前100的学校。可惜，此前我只在中学地理课本上对此地有过印象，说是英国著名的传统工业区，就像德国鲁尔。她妈妈给李一画选的是金融学，这也许和她自己一直从事金融工作有关。除了她家长式的作风需要质疑，不得不说，她选了一个让她女儿离钱更近的专业，也许她觉得这样，才是最能确保李一画过上幸福生活的。真是一位好妈妈。

傍晚，我约莫李一画已经到达伦敦后，便打开了那封信。她在那封信里写道：

真舍不得在这时候离开，因为我们才刚刚开始。我爸曾跟我说过，她和我妈妈也曾面临这样的难题，那年他调回了城，不得已和她分开，不过他们一直在等待，直到他们终于走到一起……

我们不是在走我父母的路，我们是在走我们的路。但我们的渴望是一致的，爱与理想，以及追求。我请求你坚信我们的未来，自私一点说，你是我的初恋，也是我的第一次。每个女孩都希望爱的第一个人也是最后一个。

正如我此前所说，我会回来的，我会找到你。我们不仅要找到我们的爱情，也要找回我父母的爱情。还记得那幅画吗？请你替我收好，假以时日我们会完成它，并把它作为让父母重归于好的纽带。这是我画画的最初动力所在，也是我们认识的开始。这一切是多么的奇妙，想到这些，我觉得留学这件事太糟糕了，如果我留在国内，留在你身边，也许会有更多奇妙的事发生。

很明显，我妈的这个决定带有惩罚的性质，她活在自己的世界里太久了，她太在意我的未来了，她从东北农村到北京，深知生活的不易，她不愿意让我走她的老路，她不愿意看到我们在一起，她要把我们分开……站在她的角度，她有无数个理由做出这个决定，但是对我来说，这个决定只是对我的一个考验而已——也是对我们的，你想必会有更深刻的理解。

尽管我刚进入大学，可是从我父母的经历中，我早就明白,爱情是美好的,理想也一样,但它面临种种考验,甚至失去才会明白,可是那时候挽回已经很难。我们作为年轻一代,也许能汲取经验,避开他们的失误,更好地走过这一生,也许这才是对他们最好的致意,最好的祝愿。

我爱你。等我回来。

我把这封信读了无数遍,甚至想拆解其中每个字的意思,直到我确信我完全理解了为止。我想象着李一画在万米高空期待我打开信的情形,觉得曼彻斯特并不远,甚至近在眼前。是的,一切都在眼前,我们要做的,就是守护好爱与理想,追求并且坚持,直至实现。

北京，北京

32

电视剧《北京人在纽约》里有这样一句台词：如果你爱他，送他到纽约，因为那里是天堂；如果你恨他，送他到纽约，因为那里是地狱。不知道曼彻斯特对李一画而言意味着什么，是一段留学经历，是一段生活，还是……她飞到那里后，我一直在想这个问题。想到最后没有答案，反而觉得很甜蜜。

这是一种恋爱的想象，看着李一画从 QQ 或 MSN 上发来的信息，比如晕机、比如倒时差、比如熟悉校园环境、比如分到新宿舍的喜悦，等等，等等。偶尔李一画也会偷偷发一张她穿睡衣的照片，或者刚洗过澡的，除了问美不美，再就是角度怎么样，画张画应该不错吧。的确，李一画有着油画模特的潜质，加之她自己就是个画迷，从专业角度来说，这些照片都适合画成油画。我一一存在手机里，告诉她，等她将来回来，我给她画满一屋子，甚至可以办个展览。

这些恋爱中的甜言蜜语，以及看起来不切实际的期待和承诺，中和了李一画初进大学的各种不适，让她在异国他乡不再那么孤独和无助，看起来恋爱——聊天和关怀以及思念的力量是巨大的。可是，遥远的距离、不同的状态、8个小时的时差是对这场恋爱不可回避的考验：当我早晨刚起床时，曼彻斯特还在凌晨；当我午饭时，李一画还没有起床；当我要进入梦乡时，李一画正处在一天中最明媚的时刻……这就是我们当时的恋爱，美好而又艰辛，后来听李一画爸爸讲述等待热恋中的来信经历的煎熬时，我觉得我们还是幸福的。

33

看起来距离产生美，时间产生爱——也不一定，我和蕾就是相反的例子。在李一画出国前，我就得到了蕾交了新男友的消息。这个消息不是蕾直接告诉我的，是她请别人"不经意"透露给我的，她向来处理这种事情很有技巧——一来避免了尴尬，二来给大家留了回旋的余地，做人留一线，日后好相见，大抵如此吧。在我的同学中，我还没有发现分手后还能继续做朋友的，大家都秉持着"要么恋人要么仇人"的传统恋爱精神，把我们相处四年的同学之谊远远抛在脑后，好像我们认识一场只有这两个选择，可悲可叹。我们忽略了一个重要事实，我们是先成为同学，尔后再成为恋人或仇人的。就像我们先是成为人，然后再成为社会上的各种人。如果我们自己或把别人囿于社会的各种角色，而忘记大家都是先成为人的这个基本事实，要么是我们入戏太深，要么是我们真的回不去了。

我向来认为，忘记前任没有什么了不起的，了不起的是和前任成为朋友。所以，当接到蕾群发的消息，说她将于不日在西安举办婚礼时，我没有犹豫就答应去了。我还是要回去一下的，之后才算是结束。

34

蕾的婚礼安排在曲江一家园林式五星酒店，很气派。到了才知道，蕾嫁的男人是她同事，他们公司另一部门的主管，比她大7岁。在短暂的一瞬间，我曾有过"哦，原来如此"的想法，然后就开始为蕾感到高兴了，这是从心底的。无论如何，这是一场婚礼，婚礼是需要祝福的，我既然来了这就是我应该做的，尽管站在穿着洁白婚纱、看起来幸福满足的新娘身边的人不是我——在某些时刻，我希望是我，但不是这样的方式，可能是一场简单的婚礼，可能没有这么气派，可能不会邀请这么多人，只要我们开心幸福就够了，然后开启我们共同奋斗的生活，养育我们的孩子，陪伴他们长大，一起慢慢变老，坐着摇椅慢慢聊——就像歌里唱的那样。现在看来这只是我的想法而已，太理想了，结婚这事是复杂的，每个人都会有自己的考量和选择，少奋斗20年和奋斗一生在本质上是不同的。也许婚姻是不存在理想的，它只是把现实包裹的看着理想罢了。

再者，自私一点说，恋爱和婚姻是要分开的，只在乎曾经拥有，不在乎天长地久——也许蕾的老公做了我的接盘侠呢。

想到和蕾的那些日日夜夜，想到我们也曾甜蜜过，而且把她青春美丽的身体留在画布上保存了下来，我就觉得平衡了许多。

那种在婚礼上把前任安排在一桌，并且请新郎或新娘畅谈感情经历的做法是傻×的，婚礼是人生新阶段的开始，只听新人笑就可以了，没必要让旧人哭。好在蕾的安排还算人性，我坐在主桌靠右的位置，桌上的人基本不认识，大家欣赏完新娘和新郎一系列所谓的仪式后就开始吃饭，直到新娘新郎结伴过来敬酒我才知道，这桌上还有一个我应该认识而没有认识的人，伟。

35

伟是那种有酒量的人，而且对婚礼上的敬酒套路了熟于心。按顺序先敬他，他还没等蕾介绍就开始嚷嚷：今天是蕾大喜日子，我特意从北京飞过来的，就为了这杯酒，你看，可乐就算了，交杯肯定不合适——他指着新郎说：今天我这小妹妹就交给你了，你要对她好好的，要是我知道有半点不好，你放心，我会让你看到我们交杯的。说着做了一个模拟的交杯动作，之快之娴熟，一看就是情场老司机。

空气短暂凝固，随着一阵看热闹的叫好声，大家又扮回了自己的角色，蕾推开新郎，有点激动地说：好，我先敬师哥一杯。你放心，我们一定不会交杯的。说完拿起一杯红酒一饮而尽，随即又是一阵叫好声，就像在德云社看相声。

师哥？我极力搜索关于这位师哥的点滴，也许是喝了点酒的缘故，竟然毫无印象。很快轮到给我敬酒，我看新郎故作欢笑，就端起酒杯和他碰了一下，请他随意，并示意蕾别喝了，我一饮而尽，随后蹦出几个字：祝你们幸福，算是和蕾就此别过。蕾的脸涨得通红，说，感谢你能来，真的，我以为……感谢你的邀请，祝你们幸福，真的……我又重复了一遍。

我觉得我的表现要比蕾的所谓师哥要优雅一些，或者得体一些。在婚礼上恶搞新娘和新郎是我们的优良传统和普遍习俗，但那要光明正大一些，不要借着喝酒撒泼，否则就是醉翁之意不在酒了。

36

的确，当晚回北京的飞机上，我才知道原来我和伟竟然有着同样的身份，前任，难怪蕾会把我们安排在一桌。看来大家都没免俗。借着残存的酒精，我们聊了一路。

伟的确是我们的师兄，他早一年从艺术学院毕业后就来到北京漂——他视为创业。按他的说法，他创业还算小成，参与创办了一家艺术品代理机构，代理一些刚出道画家的艺术品，转卖或租赁给北京的各大宾馆或者饭店，收取佣金或者提成，算是赚了一些钱，不算大成，算小成——他一再重复。

创业其实还是要感谢蕾，如果没有她激发的斗志，也许我早已沦落为街头艺术家了——我听着很不舒服，本想反驳，街头艺术家也是艺术家啊，摆摊画画总比泯然众人强，但他丝毫不给我说话的机会，继续道：我追了蕾一年，最后连手都没摸上。为什么？不就是因为我是个画画的？穷，没钱！所以我一毕业就下狠心挣钱，所以……

原来如此，原来如此。尽管他这个逻辑在某种程度上说是成立的，可是如果给我机会，我一定要反驳，当时我和蕾在一起时也没什么钱——人们总喜欢简单把成功的恋爱归结为感情，而把不成功的恋爱归结为钱或物质等原因，这么做是把复杂的事情简单化了，尽管我承认在大学里这是常见现象。

我无法把伟的现在和他与蕾的过去联系起来，这需要时间，也许的确如此，也许是伟的主观判断。要知道，单恋并最后失恋的人，往往是会把另一半想象的非常糟糕的，否则无法给自己一个安慰甚至交代。不过好像伟已经超越了这个阶段，他此行西安的意图很明显，向蕾炫耀并证明自己，潜台词是：看吧，你不是嫌老子穷么？老子现在有钱了。没跟老子好是你的损失……配合这个潜台词的是是数目不菲的份子钱，一串阿拉伯数字，红哈哈地登记在礼单上，仿佛那就是找回的尊严，让对方后悔的证据。

人们总是喜欢用现在的成功去挽回过去的失败，或者用现在的牛 × 去掩盖曾经的不堪，说好听点这是一种补偿心理；说难听点，就是一种"刻舟求剑"式的傻 × 行为。时移世易，大家都不一样了，活在当下不好么。这么想着，我觉得比伟强，也许现在我没有他挣钱多，可是我和蕾曾有一段美好的感情,而他顶多算是单相思罢了,就像我喜欢林青霞。看着他一幅醉眼迷离、往事不堪回首的样子,我竟然有点沾沾自喜。

可我又是矛盾的。蕾这个有故事的女同学,究竟还有多少我不知道的所谓前任?她和我在一起时,有没有第三者?她还有多少秘密是我不知道的……想起这个曾经脱光衣服坐在我面前、期待我画出她最美丽一面的单纯姑娘,我突然觉得我们的感情似乎很复杂——不过都过去了,随着蕾走入婚姻嫁作他人妇,我和伟这对曾经潜在的对手,在大学视而不见的同学,现在成了真正的朋友。下了飞机,我们在首都机场互换了联系方式,约定改日好好聚聚——我能看出伟不是客气,我也同样,我需要和这个所谓的师兄保持联系。

坐上地铁回家的路上,我想起李一画,想给她发个信息,一看表,处在曼彻斯特 0 时区的她此刻应该还在梦中。索性就没忍心叫醒她。我有很多话想对她说,可是却无从说起,也许说起来又没法准确表达自己的情绪,于是只好咽回肚子里,昏沉沉地靠在座位上,循环听着《董小姐》和《往事随风》,不知不觉间睡去。

37

没过多久,蕾寄给我一个箱子,里面有我们恋爱时我给她画的各种画像,她一幅不落地都给我寄了过来。很明显,她不愿意让这些画打扰到她现在的幸福生活,寄给我是个不错的选择。我出现在她的婚礼上，又礼貌地离开，交给我她是放心的，至少在我看来。

　　见证了她成为别人新娘的过程后，我就不再对我们的关系有一丝留恋，收到这箱画算是她对我们曾经恋爱过的馈赠，所以我没有任何失落。曾经的时光也没有在我眼前浮现，我只是觉得我的大学时代真正结束了——没想到的是，伟这个毕业比我早的人却纠缠不清，这是后话。

　　我租住的地方很小，不得已只好堆在衣柜上面的某个角落。也许过一段时间上面就会落满灰尘，然后在我某次搬家时，就会遗落或者被动地丢弃——这是一定的，很多看似有保存意义却无实用功效的东西都是这样处理掉的。

38

　　不确定是谁先约的，回京一个星期后，我按照伟提供的地址，来到798附近一个写字楼里。这个写字楼实际是一幢居民楼，很多都租给了大大小小的文化或艺术公司，还有广告和展览公司，总之，因为和艺术区近的缘故，这里形成了一个相对完整的艺术交易链条，伟的公司就是这个交易链条上的一环。

　　他的办公室不大，但布置的还算有些艺术气息。后来我才知道，他所谓的公司只是在这里挂靠而已，谈业务时临时借用一下，年末付一定的租金。不过当时，我从心里钦佩伟，在寸土寸金的望京艺术区找到立足之地是我从来没想过的，我想的

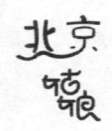

还是画出名堂，有朝一日在画廊展出，被人收藏，获得经济和社会地位，实现一个艺术家的理想……不得不说，这个理想看起来不仅遥远而且让人迷茫。倒是伟，他的这种方式是现实而又清晰的。我开始有点庆幸认识他了。

我和伟谈了一个下午，其实不能算谈，至少我认为的谈是双方的，而那个下午基本上都是他在说，我只是自觉地扮演了一个听众。尽管伟比我也就大一届，比我早一年进入社会，可是从说话中，感觉就像比我大十届，已经历过这个社会的一切，早把一切都看透了。他从自己的籍贯谈起，山西洪洞大槐树是他一切的起点，然后追溯到湖北的某个小县城，再到西安上大学，再到北京创业，可谓二十多年弹指一挥，变了人间，末了他总结道：什么他妈的理想和追求，说白了一切都是钱。钱，懂吗？得赚钱，没钱狗屁都不是。说着他甚至有些愤愤，抓起一根烟，曾经沧海难为水似地点燃。

这个总结没有出乎我的预料，可是他一番除却巫山不是云的慷慨激昂诉说后，我还是有点被洗脑了。我甚至心里嘀咕，这孙子该不是搞传销的吧？后来，我见识了真正的传销后，发现其洗脑和伟的方式刚好相反，它首先是激起你的理想，再唤醒你的斗志，再把这个斗志巧妙地附着在行动上——而我那时候，最不缺的就是所谓的理想和斗志了，我缺的是钱，这个一下子就被伟抓住了。

伟成功地说服我和他一起做艺术品代理。同时，为了让我的才华体现价值，他也建议我有时间可以多画一些订制品——

就是那些宾馆和饭店根据其风格向他订制的作品。我没有反对。不过，当他提出把我之前的创作也代理给他时，我没有立刻答应。他补充说：你知道的，宾馆和和饭店也是分层次的，有些附庸风雅的，你那些习作完全可以卖出去，说不定还可以卖到好价钱。艺术市场就是这样，每个老板的品味和角度都不一样。再说现代艺术嘛，哈哈哈，哈哈哈。

　　我们聊到很晚，伟说相见恨晚，但来日方长。我也有这种感觉，可是总觉得有点恍惚。那晚我们一起吃饭，伟叫了代驾送我回去。当他的宝马5停在我租住的小区楼下时，他拍拍我肩膀，说，兄弟，会好起来的。

39

　　隔行如隔山，这话实在不假。即便我和伟是一个行业的，他的艺术代理事业还是出乎我的想象，用他的话说，就叫OTO。简而言之，就是把那些街头艺术家或者艺术学院毕业生的创作收集起来，在网上建一个展示平台，吸引各大宾馆和饭店的人，以及装修和广告公司的人购买，从中赚取代理费或者差价。听起来很简单，无非就是把传统的艺术交易搬到网上而已，但不是简单就能做起来。

　　伟有着湖北人的精明，他深谙从街头艺术家或者像我这样的艺术毕业生身上是很难挣到钱的，他采取的方式是请他们免费在网上宣传自己的作品，如果被某些买家看中，他凑成交

易，从中赚取代理费用。这是理想的交易模式，大多数艺术品是很难被看中的，他就收归囊中——他称之为收画，但是不预付任何费用，只是名义上所有而已，如果将来卖掉，他和艺术家分成，如果过了很久还是卖不掉，要么把画拿走，要么留在他这里，直到卖掉为止——这种艺术品占伟代理的绝大多数，相当于艺术家把作品无偿给了伟，他没有任何成本，伟即使卖个白菜价也是挣钱的。

作为曾经的艺术毕业生，在京城艺术圈子混了几圈后，他发现绝大多数艺术家都是落魄的，但并非不能从他们身上挣到钱，于是便有了这种商业模式。伟用一句很糙的俗话比喻，苍蝇再小也是肉呀。而且伟还发现一个秘密，越是落魄的艺术家越看不起钱，他们的钱就越好赚，这和人越穷越大方某种程度上是一个道理——当一个艺术家到了范曾那个地位，你想赚钱就难喽。这是他的原话。这话让我汗颜，就在几天前我和伟吃饭时还非要埋单，为此争执了好久，当时在他的眼里，也许我就是一个傻×。

这个商业模式关键的一点在于买家。即使拿到艺术品是不需要什么成本的，可如果卖不出去一切都是扯淡。而这又用到了伟的强项，搞关系。伟天生就有搞关系的潜能，能喝会抽，能说会道，不仅知道如何找到潜在的客户，更深谙如何凑成彼此的交易。他经常跑各大宾馆或饭店举行的高端活动，像个名媛结交所谓的上流人士——在他看来，艺术这东西既不能吃也不能喝，更多是一种精神需求，多是那些有钱有品位的人享受的。但是品位还不能太高，否则人家就去佳士得或苏富比了。

　　北京这地方最不缺的就是所谓的上层人士。通过伟的观察，在北京这地方，光有钱是不行的，会被瞧不起，尤其对北京大爷或大妈来说。光有品位也不行，同样会被瞧不起，尤其对那些挖煤的暴发户来说。那么既有钱又有品位的最适合不过了，这就是所谓的上流社会。

　　伟进入上流社会颇费了一番周折，他穿着有着艺术品质的行头，穿梭于各个上流场所，有意无意地和别人交换着名片——那些名片设计考究，名头很响，即便如此，和他交换的也不多，能联系到的更少了。不过这种事就是这样，只要认识一个人，那么就会认识一群人，认识一群人就会进入一个圈子，所谓打开一扇窗，进入一道门。

　　一旦进入这个圈子，你就会发现大家其实都差不多，谁更有钱谁更有品位谁更有实力谁更有号召力，谁真正在意呢。这就是个局，大家都是局中人，逢场作戏，来来往往，各取所好罢了。而且浸淫其中久了就会发现，也许艺术是高尚的，但搞艺术并不如此。

　　公关的方式有很多，常见的就是所谓陪——这个动作可以有无数的想象，它也给被陪者无限的诱惑力，所有想要的都可以实现，无论男女，所以它实际上也是一种手段。陪加上回扣，软硬兼施，几乎所向披靡，没有什么搞不定的，尤其对那些公共机构的艺术品采购者而言。

　　为此，伟经常混迹于京城的各大商务会所和高端休闲中

心、洗浴中心，他能准确说出某个会所姑娘小伙子的名字以及生日，他坚持叫姑娘小伙子而非小姐少爷，他称之为上流社会的称谓。她对姑娘小伙子们很好，会在生日之际给他们寄送礼物或者适当的小费，姑娘小伙子对他也很好，安排的客户都会陪得很到位，以确保他的艺术交易。他甚至还能随口说出某个休闲中心莞式服务的流程、对应价格、时长，以及那里是相对安全还是绝对安全……总之，他看起来已经成功跻身上流社会，玩转了艺术品交易的圈子。

伟不止一次地对我说，画画是艺术，搞商业也是艺术，混迹上流社会也是艺术，这些艺术一点不亚于画画。所谓师傅领进门，学艺在个人，关键看你的悟性了。要根据现实变通，不要死守着不放，一个姑娘，一个行业，甚至一生都是如此，明白么？伟实实在在给我上了一课。我才发现，虽然都是搞艺术的，也许伟的才算搞，而我，无非是被艺术搞罢了。

10

伟的成功也是有代价的，他的纵欲过度是显而易见的。毕业才三四年，他就一副昏昏沉沉的样子，没有高档烟酒的刺激，他甚至很难打起精神。这种成功是我想要的吗？我承认我曾心动过，我甚至有一万个理由需要这样的成功，可是也有一万零一个理由拒绝，这多出来的一个理由就是李一画。午夜梦回时，我经常想起她在留给我的信里说的话：

北京，北京

爱情是美好的，理想也一样，但它面临种种考验，甚至失去才会明白，可是那时候挽回已经很难。

可是，我们大多数人的困境就在于，听过很多道理，但依然过不好这一生。就连聪明睿智的孙悟空，也在西行路上忏悔：曾经有一份真挚的爱情放在我面前，我没有珍惜，等失去的时候我才后悔莫及，人世间最痛苦的事莫过于此……何况我呢？也许失去后才会更加懂得珍惜，要不何来这段痛彻心扉的感悟和一万年的决心……经历了无数次犹豫摇摆，我终于决定跟伟搞艺术，先挣到钱再说，我安慰自己，就像伟曾经说服我的那样。

穷人和富人的区别不仅是钱的多少，也是挣钱的速度。在同样的时间内，谁挣到更多的钱，谁就有可能成为富人，相反就有可能成为穷人。这是个很简单的道理，可是自从我跟了伟之后才懂，并且越发觉得伟拯救了自己，否则像以前那样耗下去，不仅离富人越来越远，而且也会离李一画越来越远。用伟的话说，你们的距离不仅仅是北京到曼彻斯特，更是屌丝到中产阶级，而后者的鸿沟更大。什么爱与理想，什么追求与坚持，这些不仅不会拉近你们的距离，相反会让你们变得更加遥远。只有钱，只有钱才能填平你们之间的鸿沟，懂吗？伟刚开始说这些我还不以为然，甚至会加以反驳，后来我逐渐接受，并把这个确立为新的理想——在我和李一画共同理想之前的理想，我安慰自己说，这是理想的第一步。

一旦找到合适的方式后，挣钱就变成一件很容易的事。我凭着在培训学校积累的人脉，以及在后海摆摊认识的艺术家朋友，还有央美的同学，以很小甚至无偿的代价，拿到了许多有一定水准的艺术品，通过伟的运作，很快挂到了京城一些还算可以的宾馆和饭店墙上，赚到了所谓的第一桶金，从此一发不可收拾。伟看到我的潜质和能力后，便逐渐将我视为合作伙伴，我负责搞画，他负责交易。为了给客户提供选择的余地，我在伟的怂恿下，把家里藏货都拿了出来，包括蕾寄给我的那箱作品。当时我还犹豫了一下，觉得这毕竟是我大学爱情的见证，如果卖了青春真的就烟消云散了。可是我又想，这些东西在蕾看来已无任何意义，而且不可避免要在几年后落满灰尘，那么还不如让它挂在某个还算可以的宾馆或饭店墙上。或者某个老板觉得画得还不错，蕾勾起了他初恋的回忆，给了大价钱那就再好不过了——我越来越觉得，也许一切都是可以用钱衡量的，如果不能衡量，即使再有价值或者意义有什么用呢？那不是我所能把握的。

11

如果说伟是纵欲过度，而我则刚好相反。见识了伟给我描述的上流社会后，我就像在干涸的沙漠里看到了清澈的河流，有一种久旱逢甘露的畅快。我安慰自己，这不是纵欲，而是解禁后的正常反应，请上苍保佑吃完了饭的人民，请上苍保佑有精力的人民吧。相比之前卫道夫般的生活，我太需要在欲海中沉浮一下了：我在望京艺术区附近一个高档小区租了一套房子，每月的房租差不多是我之前一年的。逐渐，伟把我推到台前，让我以跑业务为名，开上他的宝马5，频繁出入京城的各大会所和休闲中心，逢场作戏，红尘颠倒，乐此不疲。

我发现了一种新生活的可能，觉得这才是生活，而之前只算是活着罢了。这种觉今是而昨非的感觉越强烈，我就在上流社会沦陷得越深，李一画也离我越远——在伟看来，我们之间从来就没有近过，我和李一画之间的关系，还不如他和蕾——如果实在要说强一点，无非是我睡了而他没有而已。这是伟衡量男女关系的一个重要前提，也是他对蕾念念不忘的原因。所以，他无论参加蕾的婚礼还是经常探听我和蕾在一起的点点滴滴，意图都很明显。而我对于李一画，完全没必要的。这是他的原话。

毕业才几年，伟已经从一个纯情的师兄，变成一个欲望至上的实用男。起初我对他不以为然，觉得只是通过他提供的机会赚钱而已，我们不是一路的。逐渐，我进入他的生活圈子，开始混迹上流社会后，觉得他真是过来人，对他的见识越发认同，抓住当下并及时享受才是最实在的，其他的都是过眼云烟。不是连古人都说人生若朝露，行乐需及时么。

42

就在李一画留学曼彻斯特半年后，我开始觉得她的确离我越来越远。我们似乎很快就度过了热恋——异地恋式的热恋，

无非是浓得化不开的思念而已。当时间越长,我们的生活被各种琐事填满,这种思念的表达形式,比如穿越时差的电话,通过网络的视频,QQ 和 MSN 各种消息的轰炸,以及随时想起的手机信息等等,开始逐渐变少。我不确定是谁先开始的,当我意识到这种变化时,除了感到惊讶——我们半年前还信誓旦旦长相厮守环游世界的,还有一种傻傻的感觉,我应该早意识到我们之间的不可能的,距离、现实,以及李一画妈妈,无论哪一个都是我不能逾越的。还好,在被后两者打败之前,先被距离打败,也算是长痛不如短痛了。

后来,用李一画的话说,是我先开始变得冷淡的。我反思了一下,发现的确如此,尽管在我看来,还是要装作若无其事,等待自然而然的。可恋爱中的女人是敏感的,再说,我当时的确误入了一个歧途,这是难以掩盖的。

43

在我总是靠一点酒精的麻醉才能够睡去,总是要靠烟草的燃烧才能够清醒,总是红尘颠倒出入各大商务会所和休闲中心后,我竟然遇到了莎。莎是我在培训学校的同事,是隔壁班的女老师。这样的女老师看起来应该很有故事,可惜的是,我们在学校接触不多——这非我所意,从内心来说,我曾无数次对她波澜壮阔,神魂颠倒。

莎是我喜欢的那种姑娘,大眼小脸,精致白润,轻巧阳光,永远是一头披肩发,搭配简单利索的衣服,不是牛仔裤就是碎花裙子,穿匡威的运动鞋或回力的平底鞋,浑身散发着淡淡的香味,似乎永远充满活力。奇怪的是,尽管她都是运动鞋,穿着并不暴露,衣服也普普通通,可是看起来曲线动人、凸翘自然、丰满韵致,每次看到莎,我都想起赵雷的《南方姑娘》,以及《戴珍珠耳环的少女》斯嘉丽·约翰逊。莎是她们的合体,她的美丽是自然的,她的性感也同样。作为女生,她拥有两大天生的武器,但是她却似乎视而不见,这更让人觉得可望不可及。

莎是我在遇到李一画之前认识的,她是温州人,和我毕业综合大学艺术学院不同,她毕业于位于杭州的中国美院,主攻油画,来北京也比我早,到培训学校也比我早,据说她的理想是去央美读研究生,但显而易见,无论学费还是考试,她都还没有做好准备。于是她边工作边积累,活得明确而坚定,从容而自得,否则也许我们之间早就会有故事发生。

从另一方面而言,我自己也没有做好准备。我刚刚谋得一份工作,租住在很远的郊区,没有任何积累,朝不保夕,虽然我也颇有理想,看起来也算有才华,可是这有什么用呢,她不缺这个——我曾试图以谈艺术和理想的方式接近她,但无果而返。我很快明白,作为两个状态相似的人,我们是没有机会在一起的,同病相怜相濡以沫不是泡妞的方式,也许有朝一日我出人头地如日中天就可以了,可是那时候莎会在哪里呢?如果说女人最悲哀的事,莫过于在最无知的年纪遇上了最愿意托付

终生的男人，那么我当时的悲哀就是，在最无助的年纪，遇到了这辈子最想在一起的女人。不过，幸运的是，兜兜转转，我又遇到了莎，在自我感觉最有力的时候。

44

我和莎注定是要有故事发生的。那天，我开着宝马5在长椿街的一个路口等红绿灯，中午时分，人不多，我百无聊赖地把头伸出窗外，竟然看到了莎。她提着黑色的大袋子，穿一身运动衣，不紧不慢地在马路边走。就像写小说，我有点不相信自己的眼睛，这毕竟是在北京的街头，两千多万人在这里来来往往、川流不息，这会是真的吗？这会是两千多万分之一的偶然么？如果是真的，那这种偶然将是必然的。

我喊了一声，没有反应。但我确信这个身影就是莎，毕竟我在学校里多次有意或无意地注视甚至凝望，偶遇甚至偷窥，追踪甚至想象，这个身影已经嵌入我记忆深处，自带搜索和锁定功能，一旦这个身影出现，我必然会做出自动辨别，直到在滚滚人流中把她找出。在红绿灯即将变换，我听到后面已经有喇叭声不断催促我时，我抱着坚定的信念又喊了一声，那个身影终于回头了，是莎无疑。

当晚我们在西单附近吃饭。莎告诉我，这是她难得的逛街机会，她已经从原来的培训学校离职，现在一家美术展览机构做策划，同时兼做一份家庭教师的工作，忙碌而充实，但似乎看不到什么希望。她的功底不错，美术史论也都基本掌握，就是英语让她头疼。你知道的，作为专业艺术生，我们中学时的文化课底子本来就薄，而且还是英语，你想——唉，她这样说着，叹口气，吐个槽，但并不气馁，自嘲般地笑笑后，又恢复如常的样子。

吃完饭我提出开车送莎回家，莎犹豫了一下，说她最近住在朋友家，所以……我没多想问了一句，男朋友？莎摇摇头，不，一个闺蜜。我哈哈一笑，那不是问题吧，也没人会吃醋。莎又犹豫了一下，有点远呀，我怕……

自从开了伟的宝马5后，远对我来说不仅不是问题，而且是种享受，而此前刚好相反，挤地铁乘公交的时候，我总是希望越近越好。人的改变是很容易的，一些外部条件的变化，很快就能让你天翻地覆，从而做出截然不同的选择。以前我把这叫作迷失，现在我称之为进化。适者生存，我情愿做一个在生存之上生活的适者。

除了市中心几家知名的会所，其他大部分会所和休闲中心都在郊区，经常开车陪客户往郊区跑不仅是我的工作，也是我的生活。我熟悉郊区的很多路线，也熟悉很多陪侍的小姐，以及她们出台常去的小区和宾馆。当莎提出她住在西南五环附近时，我二话没说启动了车子，往西穿过拥挤的街区，绕上环线送她回家。

车上自然少不了回答莎的各种疑问，即使她不问，我也会有意无意向她提起的。无论如何这都是一个吹嘘自己的好

机会，老天终于对我此前的痴情给予了怜悯和回报。我把吹嘘限制在合理的范围，或者说不叫吹嘘，如果我把真实经过讲出来的话，莎可能会认为那才是吹嘘。在莎听起来，我是厌倦了培训学校单调的生活，才转投艺术品代理行业的，刚开始很辛苦，后来积累了一些客户人脉才逐渐做起来，有了一点积累。但我并不止于此，我还有着艺术的理想，想成为一名职业画家，就像陈逸飞那样——那才是我人生的理想。我本来是想说高更或毕加索的，但我怕莎认为是在吹嘘，就临时拉了陈逸飞做榜样。总之，我的目的是向莎展示一个小有所成但并没有陷在物质中并且还在为理想奋斗的一个同龄人，一个有为青年。

我相信那晚我的行为举止和言语表露是得体的，否则也不会和莎有后来的发展。可是莎也并不傻，她并没有向我透露实情，直到后来的后来我发现为止。人生如戏，全靠演技，我们表演还算到位，但是我却很伤心。

45

我以为追到莎会很难，看起来这样的女孩不是凭物质就可以搞定的，还需要兴趣和爱好合拍，以及相似的三观，就是所谓的：喜欢一个人，始于颜值，陷于才华，忠于人品，痴于肉体，迷于声音，醉于深情。始于颜值不假，但我没想到的是陷于深渊。

基于我当时的状态，我只是想睡莎而已，就是所谓的泡妞。毕竟和在培训学校时不同，如果那时我们能在一起的话，那一定是喜欢。正如米兰·昆德拉在《生命不能承受之轻》中说，跟一个女人做爱和跟一个女人睡觉，是两种截然不同的感情，甚至是几乎对立的感情。爱情并不是通过做爱的欲望（这可以是对无数女人的欲求）体现的，而是通过和她共眠的欲望（这只能是对一个女人的欲求）而体现出来的。我理解的睡和喜欢就是如此，或者准确一点说，我当时对莎的欲望是建立在睡的前提下的，喜欢？睡了之后再说吧。

不过，肉体是会改变心灵的，睡和喜欢是相互促进的。在我使出各种解数，动员莎搬到位于望京的高档小区跟我同居后，我发现在培训学校的那种感觉又回来了。那时是可望不可及，现在她跟我同床共枕，我想把这些时刻和感觉永远保存下来。就是说，一瞬间，我甚至想到了永远，《色戒》就是这样的。

的确，这种感觉太美妙了。她的身体没有李一画那样生涩，也没有蕾那样紧致，同样没有我在各种会所和休闲中心体验的那样风尘和粗糙，她是柔软和弹性的，我想起一个词，吹弹可破，也许用这个俗语形容并不准确，可是触摸起来就是这样的感觉。抱在怀里就像抱着一块温润的玉石，生怕掉在地上。从头到脚，看起来恰到好处，好像女人天生就该如此。她的反应是自然而略带挑逗的，会随着你的阶段而生出不同的变化，引导你进入极乐的顶峰，结束后会利索地采取保护措施，她说这样做是对生命的尊重。然后抱着你，像一段上好的丝绸

把你环绕,你闭上眼睛,似有一种想永远停留在这个时刻的冲动,直到你不知不觉进入迷梦,第二天醒来,看到她丝绸一般的身体,禁不住想再来一次,直到你担心自己的身体可能会被掏空而作罢。

46

如果说女人是水做的,那么莎就是绸缎做的,看似有形,实则无形,可以有多种变幻,让你遐思。在我陷入这种感觉欲罢不能,甚至一度想拿着伟的营业款私奔了之时,我突然接到她电话,要钱,五万。

五万当时对我而言不多不少,但我向来没有不明不白给钱的习惯,于是争扯了一番后,她说是她借的钱,家人病了,急用,所以……真是……,哦,对方催的急……真是……莎在电话那头显得有些慌乱。

犹豫了一下,最终我还是按照她提供的账号把钱转了。当天晚上莎回来时,我本想把这件事问清楚,但是禁不住一阵缠绵,这事就随着彼此的欢愉声抛到了云外。精虫上脑,一个男人的理智是会随着欲望高涨而递减的,尤其是面对莎这样的姑娘。

那之后,莎在我的生活中就干两件事,白天神出鬼没,晚上方便时陪我睡觉。她说为了陪我,辞去了展览策划工作,不过周末还要去做家教,她说喜欢孩子,甚至说等将来跟我结婚后生一堆孩子——我当然认为这是玩笑,且不论一堆孩子计划生育是否允许,我自己也没有和莎结婚的想法——从来没有,我总觉得这个姑娘让人有点难以捉摸。比如各种买买买,尽管我很少陪她,但是钱都没少花,可是很少见她买衣服回来,问起来要么说为我省钱,要么没有合适的,要么就是交了定金,衣服要过些天才到。偶尔也买一两件,但不是那种很贵的,普普通通而已。我有时候也怀疑自己想多了,女生的心思都不好猜,只要她还在我身边,随她呢。

47

很快莎就消失了。消失之前我又接到一个电话,说莎在医院里,是一种很奇怪的急病,让我转十万块钱做医药费。我那时正在外地出差,听到这个电话心里一紧,不过冷静了一下,坚持让莎接电话,对方说莎在抢救室里,要是再不汇钱的话也许就见不到了。我没理他,坚持让莎接电话,要不然就不汇钱。拉锯了几回,对方看汇钱无望,挂了电话。一时间我觉得事情蹊跷,又怕真的如其所说,想让伟替我去看看,不过想到伟这种人去不合适,他知道我陷在感情里,肯定会把我骂个狗血喷头,李一画的事他还经常嘲笑我纯情小生呢。对这种实用主义男,谈感情是浪费的,男女之间除了床上床下,其他都是扯淡。

两天后我回到家时,发现莎已搬走,她的东西一点不剩,

不过屋子里并非一片狼藉,而是收拾得整整齐齐。她在桌子上留了一张纸,上面写了几句话:

　　此前我觉得我们是两条路上的人,永远不会再有交集,毕竟大家都是一晃而过。这城市太大,人太多,来来往往,终是过客,直到在北京的街头听到你叫我的名字,直到我们再次遇见。
　　对你来说这可能是一种缘分,对我来说并不如此,我没有想到遇见,也没有期待,这只是一个偶然。现在我回到原来的生活,也祝愿你一切如常。我没有什么值得可爱的,我只是有自己的方向,并且已无法回头。生活对我来说,只能向前,无法停留。也许将来会再见,也许再也不见,总之,祝福。
　　我无法置喙你的生活,不过我觉得在我们这个年龄,也许有更重要的事做。挣钱的目的是生活,而生活的目的不仅仅是把挣的钱花掉,也许还可以干别的事——说到钱,你的五万块钱算是我借的,我会想办法还,但并不是必须还——这取决我的境况,如果实在还不了还请抱歉。
　　这首《偶然》,算作再见。
　　(徐志摩)
　　我是天空里的一片云,
　　偶尔投影在你的波心——
　　你不必讶异,

更无须欢喜——
在转瞬间消灭了踪影。

你我相逢在黑夜的海上，
你有你的，我有我的，方向；
你记得也好，
最好你忘掉，
在这交会时互放的光亮！

48

　　莎的偶然让我如坠云里，不知所措。她的电话已无法接通，她身边的人我都不认识，培训学校也早没有联系，西南五环我曾去过一次，她原来和闺蜜租住的地方也换了主人，而且听新住进来的人说，他是从一个男生那里租来的，从没见过什么所谓的闺蜜。事情有点蹊跷，我想象了各种可能，但最后一一被我否定。我发现，在内心深处我是情愿莎是因为感情才离开的：或者她发现我不够爱她，或者她觉得跟我在一起感到压抑，或者我物流横流的生活让她没法接受……我甚至一度陷入没有给她汇十万块治疗费用而感到自责的境地，也许是因为莎真的病了但觉得花费太高而不愿连累我呢……尽管我初衷只是想把莎睡了，但我仍然认为我们在一起是因为爱情。毕竟我是喜欢过她的，否则那就是自我否定，这是我不愿意承认的。

不管偶然也好，必然也罢，总之，莎在我的生活中悄然消失了，留下一个谜。任凭我如何寻找或猜测都是没有意义的，人消失了，似乎一切都消失了。但伟不一样，他自认他的寻找或追逐是有意义的，因为人还在那里，而他一直不可得，这就成了一块心病，甚至成了他需要用尽心思，甚至全部力量要去解决的问题，尤其是在他觉得自己看起来已经很有实力，而且什么都不缺，就缺这个的情况下。就像一只狗对着一块肉垂涎已久，现在终于机会来临要尽力扑上去。这看起来是疯狂的，而疯狂是出事的前奏，伟未尝不知，只是他已经无法回头了。

49

纳兰性德曾有一首《木兰词·拟古决绝词柬友》：

> 人生若只如初见，何事秋风悲画扇。等闲变却故人心，却道故人心易变。骊山语罢清宵半，泪雨霖铃终不怨。何如薄幸锦衣郎，比翼连枝当日愿。

如果伟和蕾的人生停留在初见的那一刻，就不会有后来的秋风悲画扇——我没有见证过他们的初见，只是听伟说起，根据我的判断，这又是一个很俗的单恋故事：

伟在大学的某一刻遇见了蕾，然后刹那间点燃了爱的火焰,从此开始了各种穷追不舍,而蕾不为所动,和一个中文系的男生恋爱了一年后,又投入我的怀抱,直到大学毕业,没有给伟任何机会。伟坚称这都是因为他穷,的确,学生时代有钱的没几个,穷是一方面;另一方面,泡妞是一种艺术……伟始终对这话不以为然,这也是他参加蕾婚礼的动机,据说他光份子钱就凑了一万,成功占据蕾婚礼礼单的榜首,这还不说来回的机票钱。按他的话说,他终于向蕾证明了自己的实力,让蕾觉得当年没有跟他在一起是何等的遗憾和后悔,他甚至发现蕾竟然为此哭了——我反驳那是婚礼上的正常现象,哭也是因为幸福而泣,他坚信那是因为错过了他。

对一个陷入情网的人,任何反驳都是没有用的,他会把各种风牛马不相及的事情联系起来,以自己的逻辑证明彼此的感情,你需要做的就是假装祝福或者一笑而过,毕竟大家都有过这样的时刻。基于此,我对伟是理解的,甚至有点同情。如果我知道如此,我甚至可以把蕾让给他。而且我也多次有意无意地向他透露,蕾没有他想象中那么好,不值得他如此痴情,可是在他看来这就像是安慰和怜悯,他需要的不是这个,而是行动。

之前我总觉得,即使伟再痴情,也应该到参加蕾婚礼后为止。可是我忽略了一个单恋男的决心和勇气,那场婚礼只是他行动的开始。用他的话说,蕾是他大学毕业后唯一没有实现的理想,他要在进入中年之前争取一把,要不然他这辈子会死不瞑目的。这是他的原话。

看来伟也是个有理想有追求有上进心的人，只是他的追求一开始就偏了。

50

我是无论如何也想不到伟会拿蕾的画像搞事的。原来，伟拿到了我当年给蕾画的那些画像后，发现有好几张都是裸体写实的，尤其是其中一张，一看就是蕾无疑。那时正在人体写生阶段，白天我在艺术学院顶层的写生教室，和班上同学一起画从郊区找来的各种模特，晚上回我和蕾租住在郊区的房子里，就把画的作品给蕾看，经过蕾多次不屑一顾后，我便怂恿以她为模特画。终于在一些周末，蕾脱了衣服，摆好造型，我关上出租房的门窗，就像维米尔画《戴珍珠耳环的少女》那样，画了一幅《坐在床上的蕾》。那幅画是用了五个月左右时间陆续画成的，是我用时最多的一幅油画作品。

用时这么长时间，除了蕾要求一定要画得像她，我当时深受王沂东、冷军等人的影响，对写实着了迷，希望能在这幅画上有所体现。还好，这幅画得到了蕾的认可，她一度藏在自己的衣柜里不肯拿出来示人，搞得我向别人吹牛逼都得用照片展示。不止一次蕾给我说，将来结婚后，她要把这张画挂在卧室里。我说那岂不结婚合影照就省了，蕾说那不行，这是两回事，结婚照代表我们的现实，她这幅画代表我们的理想——其实是她的理想，在她看来，没有比这个能更好留住她美丽迷人的身体了。

　　此后,处在热恋中的我们又创作了多幅人体写生,都是以蕾为模特的,她身体的各个特写、每个有特点的表情都留在了我的画布上,这些画多以《蕾的早晨》或者《不穿睡衣的蕾》这样的标题命名,后来我们大学毕业搬家时,算了下整整有二十多幅,装满了一大箱子。那时我已准备去北京,这些画都暂存在蕾那里。直到她结婚后,发现这些画放在家里不妥,万一被她当主管的老公看到,无论如何都是解释不清的。于是她就把那些画全部寄给了我,直到我在伟的怂恿下一股脑拿出来交给他代理,直到出事。

　　据伟说,他看到这些画后,第一次有了收藏的冲动。他搞代理这么多年,还从来没有收藏过任何一位画家的作品。他已经看透了所谓的艺术理想,艺术作品对他来说,和市场上的百货没任何区别,都是需要流通和变现的,否则没有任何意义,你不会想到去收藏一捆白菜或者一瓶酱油吧。他经常说。可是看到关于蕾的那些作品后,他心动了。他说那是他的想象第一次有了具象的支撑,多少个孤枕难眠的夜晚,他都是想象着蕾的身体,灌着酒精入眠的。思念不仅是一种病,思念也是一种动力,他说自己画了很多的女人身体,但最想画的还是蕾的。如果蕾能脱光衣服坐在他面前,他愿意用任何东西去交换。在偌大的艺术学院,她梦寐以求、如痴如醉等待,直到毕业都没有实现,直到蕾结婚嫁人,他发现这辈子可能都无法实现了,直到他看到了这些画。

这些画不仅勾起了伟的大学时光，也勾起了他的欲望，这也符合伟所谓的艺术现实论。我能理解他，天天端详着曾经穷追不舍但一无所得的女人，任何人都会有欲望。毕竟时过境迁，大多数人的欲望可能仅仅停留在意淫阶段，但伟付诸了行动。的确，他被欲望迷住了双眼，而且他今非昔比了。没想到的是，他竟然用了最赤裸裸的方式。也许蕾赤裸裸的身体在他眼前晃动后，他的一切行为都变得赤裸裸了。

51

伟的做法很简单，把这些画用高清相机拍成了图片，并且在一些敏感部位做了放大处理，然后用手机发给了蕾，并向蕾提出了赤裸裸的要求，和他见一面，否则他就将这些照片发到网上，或者发到蕾所在公司的论坛上。和伟说的见一面不同，蕾说他提出的要求非常非常下流，已经超出了一个朋友的界限。她曾电话请求伟不要这么做，都过去很久了，大家毕竟还是同学……可是伟已经被自己赤裸裸的欲望束缚，并且威胁日甚，这在蕾看来，就是明显的敲诈，否则她也不会报警的。

在警方看来，这是一起典型的敲诈勒索案，不过案情很简单，简直就是送给他们的破案大礼包。不到一天时间，警方就发布了案情通报，无非是：

根据我区某某女士的报案请求，西安警方立即侦查，通过相关证据，很快锁定了犯罪嫌疑人某某。在北京朝阳警方的大力协助下，西安警方连夜赶到北京，用了不到一天时间就将犯罪嫌疑人某某抓捕归案。经审讯，犯罪嫌疑人对自己通过裸体照片勒索他人实施犯罪的行为供认不讳。目前，审讯工作正在进行中，后续进展我们将及时通报。感谢社会各界对警方工作的关注和支持……

我至今都不清楚到底伟向蕾提出了何等下流的要求，不过从定罪上看，他属于强奸未遂，不是我以为的敲诈勒索。据说法院提取了他的手机短息，发现他没有索要钱财的要求，只是要对被害人身体进行侵害……我不懂法律，如果不是这个强奸未遂缩小了我的想象空间，我还以为伟是想给蕾画一幅裸体画，就像我画的那样，可惜……

我更是在为自己可惜。如果不是我把画提供给伟，也不会……如果追溯，甚至我会感叹如果当年没有和蕾认识该多好，就不会发生后来的一切，以至于让我们都受到伤害。相比蕾和伟受到的伤害，我的更小一些：警方在调查阶段询问了我几次，除了确定画作是我的，由我提供给伟的，其他和我没有关系，除了对我警示教育一番，无非是要尊重别人的隐私，不要乱交朋友，发现违法犯罪行为要及时制止，其他的也不好多说什么——道理很简单，借刀杀人是犯罪行为，但造刀的人是无辜的，否则这社会就没有什么道理可言了。

我同样认为对伟的判罚也是过重的，尽管伟花重金聘请了律师，但是经过控辩双方来回拉锯，还是认定为他强奸未遂，一审判了四年。伟不服提起上诉，不过还是维持原判了事。这意味是伟要在监狱里度过四年，在他大学毕业四年后。我甚至想安慰他，就把这当作再上四年大学罢了，等出来就是博士了——但我在探监时始终没说出口，只是鼓励伟好好改造，争取减刑，也许用不了两年就出来了，出来后我们兄弟接着干，毕竟还有那么多资源，那么多人脉，东山再起会有时……我说得自己都有点激动。但是伟的反应一直木讷，看似对一切都没有了兴趣和信心。我只好作罢，约定将来再去看他，然后离开。

52

事实证明我的确乐观了。我所谓的那么多资源、那么多人脉，随着伟的最终宣判而烟消云散。不仅如此，还让几位所谓的大师级画家受了牵连，其中一位被查出吸毒，另一位因为售卖假画惹上了官司。

原来，警方在调查伟的公司时，发现有些艺术品交易存在问题，便找了伟的合作伙伴了解情况，竟然发现其中一位在市场上标价甚高的国画大师，已经上了警方的戒毒人员信息库，并在其家里搜到了毒品，直接就被带走。另一位大师的作品被鉴定是伪作，该大师直言是其他画家模仿的，自己并不知情，但调查发现这是经过他首肯的，而且印章和题字皆出自于他。此前市场上已经传闻该大师的作品都是流水线作业，不过从未被证实，这次算是揭了老底儿。事后据说在几十场官司中被列为被告，一度引起相关部门重视，展开了一场艺术品交易市场打假风暴。

53

我最关心的是那些没有任何名气，无偿把作品交给我们代理的艺术家，其中就包括小何。比起那些所谓的大师，我更愿意称他们为艺术家，因为他们的确是为了喜欢和理想在画，艺术就是他们的生命。这说起来有点矫情，甚至一度连我自己都觉得不太现实，这毕竟是北京，如果作品不能换来物质，谁还能潜心其中？很简单，生活怎么办呢，总得活着不是。直到我认识小何。

小何的作品是朋友推荐的，据说他自己从来没有向市场上挂出过自己的作品。我找到他时，他还住在大山子附近的一个半地下室，那是他的起居之地和画室。面积还算可以，就是光线有点暗，他支起高高的画架，以便让画作离窗户更近些，便于他根据自然光线调整明暗。屋子里到处弥漫着快餐和颜料的味道，画作摆满一地，几乎无从下脚。他显得有点不好意思，说有画廊的人来看过几次，但是这些作品自己还不太满意，也就没挂出去。不过在我看来，那些作品完全有资格挂在五星酒店的墙上，比那些所谓大师的作品更显真诚和用心。

经过几番拉扯，小何终于同意让我选几幅，如果卖不出去还要送回来，有些作品他还要继续抠——这是他的原话，和中学时最早教我画画的美术老师说的一样，意思就是要不断深入，让作品达到自己最满意的境地。这是一种主观的艺术理想，在大多数人看来就是追求完美，只有处女座并患上强迫症的人才会这么干。可是在他们看来，如果一幅作品不能使自己满意，那么就不能称之为作品，就不具备艺术价值。

小何对艺术的追求让我深感惭愧。我当时决心把他的作品好好推一下，如果能改善下他的生活状况，也算是我做了一件有意义的事。没想到，他的作品挂到网上不久，伟就出事了，公司被查封，所有交易冻结，公司被清算，我们的代理事业走到了尽头。我特意从库房找出了小何的作品，想按照当初的约定把作品还给他，但是我来到他所在的地下室时，发现门上已经贴了封条。问了小区居委会才知道，原来当地集中整治外来人口治安问题，一律封了外来人口聚居较多的地下室，小何的起居室兼画室也未能幸免。我打了电话并委托朋友找他但毫无踪迹，我只好把那些画先存在自己租住的地方，期待还能得到关于他的消息。

那些天里，我一边收拾伟留下的残局，一边红尘颠倒，用烟草和酒精麻醉自己。夜深人静时，我会循环一首汪峰的《北京 北京》，直到黎明来临：

    当我走在这里的每一条街道
    我的心似乎从来都不能平静
    除了发动机的轰鸣和电气之音

北京，北京

我似乎听到了它烛骨般的心跳
我在这里欢笑 我在这里哭泣
我在这里活着 也在这儿死去
我在这里祈祷 我在这里迷惘
我在这里寻找 在这里失去
北京 北京
咖啡馆与广场有三个街区
就像霓虹灯和月亮的距离
人们在挣扎中相互告慰和拥抱
寻找着追逐着奄奄一息的碎梦
我们在这儿欢笑 我们在这儿哭泣
我们在这儿活着 也在这儿死去
我们在这儿祈祷 我们在这儿迷惘
我们在这儿寻找 也在这儿失去
……

54

为了向蕾赔偿精神损失费，伟的公司大部分财产都被查封和拍卖，我的那一份也未能幸免。本来以为这能换回蕾的原谅，进而对伟轻判，没想到我们过于乐观了，蕾在法庭上哭哭啼啼，说这件事影响了她的工作、生活甚至一切，她才结婚不久，但是已经面临离婚的危机，如此云云。最后经过法官充分讨论，做出了对蕾进行充分赔偿的民事判决，伟的资产在他奋斗了四年后又转移给了蕾，也包含我的那份。一切又回到了原点。

  我的生活也回到了原点——准确说跌到了认识李一画之前。一切都像是在做梦，现在梦醒了，我却还有点恍惚，不知何去何从。尽管如此，有件事是我必须要做的，因为在遥远的曼彻斯特，还有个人需要我认真对待。

遥远的曼彻斯特

55

　　距离这种东西，本质上是和爱情相左的，距离让人分开，而爱情让人在一起。所谓距离产生美这种说辞，都是一帮没谈过恋爱的人的美好想象而已。适当的距离也许会产生美，但遥远的距离产生的一定是误会和嫌隙。距离一般被视为爱情的考验，我们赞美一段爱情，总是会说，虽然他们相隔遥远，但是如何如何。不过，久经考验总是会出事的。

　　北京距离曼彻斯特近九千公里，飞机要12个小时，往返机票小一万块。李一画离开后，我想过各种恋爱的方式，但从来没想过坐飞机去看她，毕竟飞一趟我两个月就得不吃不喝了。我期待的是李一画假期回来，可是当年的第一个假期，她妈妈飞去陪她，我就像闰土，期待下一个假期的来临。在这期间，我们都是通过网络维系，聊天内容多是这样的：

　　李一画：我妈来了，什么都管，真讨厌（一个嫌弃一个抓狂的表情）……

我：是么，好不容易去一次，好好陪陪吧，尽管我不喜欢，哈哈（一个大笑的表情）。

李一画：大姨妈来了，难过（一个流泪的表情）。

我：哦，宝贝，多喝点开水，注意休息（一个心形表情和一个拥抱的动作）。

李一画：唉，上课真困，昨晚追剧了（一个可怜的表情）。

我：眯一会儿吧，用书遮掩一下（一个坏笑得意的表情）。

李一画：作业好难呀，一堆数字（一个难受的表情）。

我：慢慢来，别着急（一个安慰的表情）。

李一画：刚看见一个大长腿，比我腿还长（一个色色的表情，一个嫉妒的表情）！

我：还是我家宝腿长，胸还大（一个色色的表情，一个得意的表情）！

李一画：刚在校园里听到了枪声（一个害怕的表情）！

我：是么？万恶的资本主义，你小心点，听从学校指挥（一个担心的表情，一个拥抱的动作）。

李一画：进一个同学的宿舍，发现她和男友在干那事，若无其事的（一个震惊的表情）。

我：好尬，宝贝别介意，回来我给你补上（一个尴尬的表情，一个爱的动作）。

李一画：有个傻×竟然用英文骂我，还以为我没听懂（委屈的表情，难过的表情）？！

我：怼回去（一个愤怒的表情，一个加油的表情）！

李一画：学校里帅哥还真不少啊（一个色色的表情，一个得意的表情）！

我：只能看，不能摸啊（一个生气的表情）！

李一画：什么留学呀，大家都在谈恋爱，怎么这样啊（一个疑惑不解的表情）？！

我：……（一个无语的表情）

李一画：我好像病了，你要是在我身边该多好（一个可怜的表情）。

我：你妈妈还在身边么？有药吧（一个关心的动作）？

李一画：留学好难熬啊，我真想回去（一个无助的表情，一个抓狂的表情）！

我：别瞎想，等你学成归来，我去接你（一个安慰的表情），才看到信息。

李一画：今天曼彻斯特天气真不错，我们去郊区玩了，原来有钱人多住在郊区。

我：好好玩。才看到消息。

李一画：在学校看到一个招聘，好多伦敦大金融机构，汇丰、花旗、渣打、巴克莱，要是我将来能进去工作多好（一个羡慕的表情）！

我：你不是要回来么（一个不解的表情）？

李一画：你在干吗呢？

我：工作上的事忙了一下。才看到消息，你那边凌晨了吧，好梦。

李一画：跟我妈又吵了一架（一个郁闷的表情）！

我：吵不好吧，还是要跟她好好谈，毕竟……（一个关心的表情）

李一画：跟我爸聊了一会儿，开心多了。

我：是吗。那就好。刚忙完工作。

李一画：我爸还问起你，问你是否还在画画。

我：谢谢叔叔。我还在画，不过……刚看到信息。

李一画：你工作很忙么？发现你不关心我了（一个委屈的表情）！！！

我：哪有，一直在关心，别瞎想（一个安慰的表情，一个拥抱的动作）。

李一画：下午一直在忙。信息刚看到。

我：没事的宝贝，在北京想你。

李一画：才看到信息。

我：没事的宝贝，我就是看天气预报说曼彻斯特会降温，你注意身体。

李一画：才看到信息。

我：没事的。

李一画：才看到信息。

我：嗯。

李一画：我放假不回去了。

我：嗯，也好，好好休息下。

李一画：今天去了大英博物馆，真的是好大。

我：是么，向往已久。

李一画：看到了一幅中国画家的画，突然想起了你的画。

我：啊？我得努力了。

李一画：英国乡下风景真好，怪不得出那么多有名的画家。

我：那是。

李一画：我突然有一种想在这里写生的冲动。

我：挺好挺好，支持。

李一画：还是你教的那些底子。画笔早拿不起来了。

我：有时间可以先临摹一些画册啥的，慢慢来。

李一画：你吃饭了么。

我：还没。才看到消息。你呢。

李一画：才看到消息。上课呢。

我：我有点喜欢上这里了，觉得这里挺好的，什么都不用想。

李一画：是么？

我：你好好工作吧。

李一画：嗯。

我：你好好上课啊。

李一画：嗯。

我：嗯。

李一画：嗯。

我：在忙。

李一画：没事的。

我：好好的啊。

李一画：我会的。

我：嗯。

李一画：嗯。

……

56

　　我和李一画的感情，就是在这样的聊天中一点点耗尽的。刚开始我们巴不得每天在线，打字已经无法充分表达我们的思念，各种表情包被我们用了个遍。不知不觉间，我们从废话不断到寥寥数语，"嗯啊"已经成了我们聊天的常用字。再后来，似乎我们真的难以克服 8 小时的时差，"才看到信息"成了我们最好的说辞。再后来，我们开始自说自话，她开始喜欢上曼彻斯特，我沉于生活，放任自流。最后，我们彼此祝福：你好好上课吧；你好好工作吧。

废话是恋爱的副产品,要么给钱,要么给爱,要么滚。无论从哪个角度判断,我似乎都应该滚。加上伟的怂恿和我的沉迷,这便自然而然了。到最后我和伟的创业跌入低谷,一切回到我认识李一画之前,便觉得这种自然而然是再合适不过的。原谅我红尘颠倒,原谅我放荡不羁,但归根结底,我们扛不过距离和时间。我们先是败给距离,然后败给时间,败得一塌涂地,甚至都没有给李一画妈妈的机会——刚开始,我们都以为会败给她。就像一首歌里唱的那样:

> 故事的开头总是这样
> 适逢其会 猝不及防
> 故事的结局总是这样
> 花开两朵 天各一方
> 一个人的记忆
> 就是一座城市
> 时间腐蚀着一切建筑
> 将高楼同道路全部沙化
> 如果你不往前行
> 就会被沙子掩埋
> 所以我们泪流满面
> 步步回头
> 可是只能往前行

57

　　李一画到曼彻斯特大约两年半后,我们便不再联系,不确定我们是否明确说过分手这样的话,总之我们之间的关系烟消云散。那一年多她没有回国,似乎适应了假期她妈妈飞去陪伴的生活,后来是否回国就不知道了,相距遥远,北京偌大,我们像断了线的风筝分隔两边,无声无息。

　　尽管如此,相爱过的人还是会留下残存的痕迹。过了很久之后,某一天,我突然想到可能李一画的生日快到了。我莫名地想起她,在百无聊赖中打开网络,输入此前的密码,没想到还能进入她的空间,还能看到她写的日记:

　　Mon. Manchester, clear to overcast, 5℃
　　时间真好,验证了人心,见证了人性,懂得了真的,明白了假的,没有解不开的难题,只有解不开的心绪。没有过不去的经历,只有走不出的自己。人生,努力了,珍惜了,问心无愧,其他的交给命运,如此,甚好。不要动不动就倾其所有,与其卑微到尘土里,不如留一些骄傲与疼爱给自己。其实,有些相见,不如怀念,好久不见,不如不见。

　　Wed. Manchester, foggy, 7℃
　　原来一直巴望着毕业回国,现在觉得待在英国也不错，Manchester 潮湿的天气也能忍受啦。也许毕业找份工作，也许继续读研，也许去社会实践，也许去旅行……总之，选择很多，真是有很多可能的。

Sun. Manchester, cloudy to overcast, 10℃
　　那个叫布莱尔的小伙子挺有意思，他竟然去过中国，还能说出北京的一些地方，我的天，遇到英国故知了……我们聊了很多，比起他的成熟，我简直……他似乎不想明天，也没什么目标，但是生活看起来很开心。而我，怎么总是觉得有点不切实际呢……似乎有点喜欢这种实在好玩的人了。

Tues. Manchester, sunny interval, 5℃
　　没想到，没想到，向我求爱的竟然是布朗，那个布莱尔的好友——布莱尔你是派来打前站的么？尬死……难道外国人求爱都这么直接么？当着那么多人的面说喜欢我，你究竟是几个意思？好吧，我承认满足了一点少女的虚荣心。可是布朗——怎么说呢，怎么觉得有点像我前男友？哈哈，哈哈，但愿不会被布朗看到。

Sat. Manchester, sunny interval, 3℃
　　恋爱中的女生都喜欢想象么？原来觉得就谈一场恋爱，其他的不想，风花雪月一场就好，没想到还是各种乱

想,我们回中国么?还是以后就在英国啦?会结婚么?婚后会幸福么……哎,又想起爸妈,老天保佑,千万不要让我经历他们的婚姻,否则我宁肯不结婚。想起爸妈就想起很多事情,有点难过。

……

通过李一画的点滴日记,我很容易把她在曼彻斯特的生活串联起来,总之没有超乎我的想象,只是不管她提到的布莱尔还是布朗,我总觉得是一个人,就像她跟英国首相恋爱了。

恋爱,结婚或者分手,再继续,然后沉入生活,归于平静,和自己越来越远,和社会对我们的要求越来越近,偶尔感叹时常安慰,周而复始,如是而已,我们绝大多数人都难逃这个命运。如此想想,我也便释然了。

就这样,时光转瞬而过,一晃十年。

十年

58

　　从时间上说，十年也许是一个人一生的几分之几，但从变化上说，它足以抵得上一生。如果你现在经历了大学毕业到走向社会的十年，你会发现，这十年不是青年到中年，而是青年到老年，青年到终年。十年后，也许你就死了。就是这样的，工作挣钱，结婚成家，当爹当妈，孩子长大，可不嘛。沧海桑田、物是人非这些词，已经不足以形容一个十年，它让一个人变成另外一个人，让一个模样变成另一个模样。它改变的不是量，而是质。

　　过去也许不这样。李白和杜甫一生都在写诗，诗人是他们永远的标签。木心从文艺青年到文艺老年，苍井空从 AV 演员到孩子他妈，他们大抵都没怎么变。从前慢，一生只够爱一个人，干一件事，现在不一样了。现在我们十年爱完所有的人，干完一生的事，剩下的要么晃晃悠悠，要么按流程来，走完流程，一切结束，新的流程又开始了。

　　世间一切的力量都抵不过时间。从前的人在缓慢的时光

中，还能找到一点永恒的样子。现在，我们在如梭的时光中灰飞烟灭。不要怪时间，时间还是时间，只是我们面目全非，转瞬即逝罢了。

我是在十年的倒数第二年逐渐懂得这个道理的。如果说时光流逝带给我什么的话，除了面目全非，就是这些。奇怪的是，我并没有觉得阵痛或者不适，或者遗憾，而是稍稍落寞了些之后，就开始接受时间的安排，过起了一种并不怀念过去，也不期待将来的生活。这和生活在当下有点类似，不过更精准一点说，是介于晃晃悠悠和按流程来之间。

我还没有做好按流程来的准备，只能继续晃晃悠悠一阵子。按流程来是必然的，只是时间问题。我偶尔也想到所有人都走同一个流程的可怕画面，就像生产制造机器人，一个步骤接一个步骤的，可是又想到大多数人都这样，就释然了。

经历了从22岁到32岁的十年，我成了现在这个样子。很自然。

59

这十年发生过很多事情，因为无论如何，生活还是要继续的。期间我做过很多工作，销售、推广、家教、设计、策划、广告、装修等等，当我发现这些工作离自己的兴趣越来越远，每天只是按部就班地挣钱，然后用挣来的钱行尸走肉般活着，我突然觉得应该做出改变。在之前一位画家朋友的推荐下，我用四瓶茅台换来一家美术家杂志编辑的职位,从此干起了美术编辑的工作。

这是一家协会下属的美术杂志,由一家民营文化企业承包运营,号称新锐艺术家的聚居地,看起来是我喜欢的工作,可是进入后才发现并不如此。美术编辑看似和美术沾边,实际和美术相差很远。我要做的工作,主要是从各个渠道筛选新锐艺术家的作品,联络其中一些在我们的杂志上刊登,也可以让他们成为封面人物,在杂志上进行专题介绍,请一些行业大家点评,对他们进行包装和宣传。然后,他们就可以在自己的资历中,醒目地加入"某某期新锐美术家杂志封面人物"这样的介绍,然后把自己的大头照印在画册或者展览广告以及招生宣传页上,大肆分发,恨不得全宇宙都知道。

当然,这一切都是付费的,基本上就是谁给钱多就上谁的封面。我以为这些所谓的新锐艺术家都比较穷,我的工作会比较难做,没想到的是,每期杂志封面人物甚至挤破头。原来,他们背后多有所谓的贵人支持,要么是公司老版,要么是各种大哥或者大姐,甚至干爹和干妈之类的,和娱乐圈差不多。我才发现,有钱人不仅喜欢娱乐,还有真喜欢艺术的,尽管他们多是爱屋及乌而已。

比如上我们封面的一位新锐女画家,长得像韩国三线女星,年龄 30 岁不到,的确够新,作品也是如此,看起来像是中学生的习作。可是从她的简历看,已经参加了全国看起来很牛 × 的展览,有些甚至不乏国字头的,只是我不确定真假。

而她的作品甚至受到过行业最牛 × 的一些大师的指导和肯定，在国际上甚至有一定影响力。后来我接触多了才知道，这位女画家有一位所谓的"师傅"，只是这位"师傅"除了不懂画画，其他似乎都懂。刚开始我对此不屑一顾，即使把他们放上了封面，我也不会多看一眼，相反，我有一种看戏的心态，所谓众人皆醉我独醒，世间皆浊我独清。如果假以时日我有机会，我一定会用实力揭穿他们的真面目……

60

我们的总编辑很快发现了我的这种心态，用他的话说就是浮躁、沉不住气。我们封面上了那么多人，难道都是靠花钱的吗？难道就没有一位有才华的新锐画家么？你要抱着欣赏的态度，而不是看热闹。你知道这些封面人物养活了我们多少人？再说，人家能上封面那是人家的本事，你上一个试试？给你定一个指标，如果拉不到三个上封面的人物，立马给我走人。我就不信了，有啥张狂的？这是他的原话。

有指标当然就有压力，有压力就会有动力。在动力面前，我那消极张狂的心态顷刻荡然无存。为了完成总编所谓的指标，我在圈子里拜望了各路大师，在他们的推荐下，终于邀请到了五个新锐画家上了我们的封面，为此还小赚了一笔，并为我日后升任总编辑助理提供了条件。从此我不得不承认，原来我是一种典型的酸葡萄心理，如有人花钱请我上封面，我一定会把握好机会，并且对此人感恩戴德，即使叫此人亲爹亲娘都愿意。和大多数行业一样，在艺术圈，决定艺术成就的不是艺术本身，而是艺术之外的东西。我想起小何，想起莎，不由得一阵叹息。

61

时间真是个神奇的东西，随着时间的流转，我开始把原来坚持的东西，转换成原来唾弃的东西，开始把原来认为对的换成原来认为错的，开始把原来的理想换作如今的现实，就像郑智化在《水手》中唱的那样：

> 如今的我
> 生活就像在演戏
> 说着言不由衷的话
> 戴着伪善的面具
> 总是拿着微不足道的成就来骗自己
> 总是莫名其妙感到一阵的空虚
> 总是靠一点酒精的麻醉才能够睡去

人生如戏，全凭演技，只是演着演着，我自己已分不清真假，那个真实的自己也开始逐渐模糊。我开始重新打量一切，以现实为最终意义。随着每次搬家，我有意无意开始丢弃各种

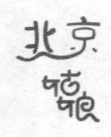

所谓没有现实意义的东西，比如初恋女友送我的手串，蕾第一次写给我的信，还有李一画临摹用的各种画册，一些画作，比如我在李一画家里画的那张画，就是在某次搬家时弄丢的。

　　还有一些人。那些可能与我没有现实交集的人我已陆续不再联系，比如各个时期的同学，还有暗恋过的女生，以及所谓一些志同道合的知己，一些画家朋友，甚至亲戚，还有父母。以前我总是很在意这些人，我觉得他们的喜怒哀乐、悲欢离合与我息息相关，我自以为是地觉得他们也这样以为。但后来，经过几次利益来往，大家似乎都没有了再联系的想法，电话号码躺在手机里，看似很熟悉，但却不再响起。正如一句话所说：不要总是以为自己朋友多，借一次钱你就知道了。

　　其实，如果仅仅是利益往来还好，信息泛滥时代，彼此不打扰也算是尽了朋友本分。但是有些朋友自认为过得幸福开心，也想让你幸福开心一下——如果你不像他/她那样做，似乎就是不知好歹，无药可救。

62

　　我那时有个叫翔的朋友便是如此。我们认识时大学毕业不久，都是孤家寡人，处在性苦闷的蛮荒时代，对女人有着丰富的想象和热切的盼望，觉得如果哪个姑娘能跟我们好，那我们必然是死了都要爱。

　　有一天半夜我接到翔的电话，欣喜若狂，哥们儿我结婚啦。这当然是好事,我以为是要请我过去喝喜酒,我正在考虑如何凑一个适当的份子,可是这兄弟接下来话锋一转,说:哎呀,我告诉你吧,赶紧结婚吧,结了就知道有多幸福了,我现在就后悔结晚了,早知道,哎呀真的。你得赶紧哪,兄弟,结了你就知道啦。

我当时以为他喝醉了,故意显摆,没想到一通聊下来的确如此,总之他列举了结婚的十大好处——如果我不阻拦的话,他在电话里能列出一百甚至一千个好处,劝我赶紧结婚,听那口气比我爹妈还着急。我只能唯唯应对,再三说如果结了的话一定告诉他,请他过来喝喜酒,见证我的幸福。最后他在连连叹息恨铁不成钢中挂了电话。

过了不久,也许是半年,有一天又是半夜,他又给我打电话,这一次我以为是他迫切和我分享年少得子的喜悦的,没想到一张口就来了一句,哥们儿我离婚了——和当初告诉我结婚时一样都是五个字,但语气截然相反,心情截然不同。我没有一点幸灾乐祸的意思,也没有觉得这哥们儿傻×,就是有点同情。我早就知道会是这个结果,很明显,他对于婚姻的理解有问题,张爱玲在《倾城之恋》中说得再清楚不过。而实际上,没有哪个姑娘愿意这么做,尤其是在这哥们儿当时几乎什么都没有的情况下,所以他们离婚是必然的。甚至我都觉得半年时间都太长了。

还有一位朋友,颇有才华,踌躇满志,当我以高更为目标时,他以达·芬奇自居,号称不出十年将震惊国际艺术界。为

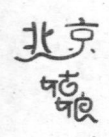

了见证他十年的开始，我还特意参加了他当时的婚礼，新娘据说是他的人体模特。我在想，也许要不了十年，又一幅《蒙娜丽莎》将横空出世。没想到的是，十年后我又见到他，发现他干了汽车修理，穿着背带裤腆着个肚子，把自己弄得满身油污，一打听，妻子早已离婚，带着女儿跟了别人。我不忍提起十年前那个达·芬奇式的自居，倒是安慰自己，达·芬奇除了是个画家，也是一位工程师，他们还是有相似之处的。

63

奇怪的是，我父母竟然对此熟视无睹，用尽各种心思和方法催婚乃至逼婚，恨不得买个姑娘直接扔到我床上。在他们看来，年轻人除了结婚生子其他的事都是扯淡。尽管在我的左邻右舍，张三李四家的孩子早已成了留守儿童，王二的老婆跟人私奔，麻子成了鳏夫，都没有动摇他们的决心。于是，相亲便成了我生活的一部分。

想来，我很早便被有意无意地安排各种相亲，早到刚工作时。那时我刚到培训学校，还没有认识李一画和莎，就被学校办公室的一个阿姨盯上，非要把她好朋友的姑娘介绍给我，就像拉郎配。给我的感觉是，似乎双方见一面，下一步就要结婚似的。我当然婉拒了，代价是可能给老阿姨留下不识相的印象，因为此人再看到我，总是一副当我不存在的样子。现在想来那时太年少轻狂，的确不懂事，即使虚与委蛇一下也好，也免得此后我在学校差点混不下去。一般而言，办公室的老阿姨能量是巨大的，得罪此人往往就等于得罪单位里的所有人。最重要的是，那时我一无所有，有人给你介绍姑娘，无论说什么都得应承着，万一被姑娘冲动相中了，就免了后来所谓房子车子各方面的附带条件，顺利完成人生大事，何乐而不为呢，何必弄到现在被逼婚的境地。

我后来反思，还是所谓的直男观念作祟。那时觉得刚毕业，以为有大把的姑娘可以选，男人嘛，先玩够了再说，至于结婚，那当然是千帆过尽，觉得所有的姑娘都一个样子，对她们不再有期待之后才要考虑的事，否则匆匆走入婚姻，也难免朝三暮四，那样对婚姻也不负责任。我这种朴素的想法遭到很多人嘲笑，甚至嗤之以鼻，他们觉得我想多了，婚姻这种事没有那么多前置，也没有那么多自以为，只要两个人合适了，其他的都不用考虑。浪漫的说法是，金风玉露一相逢，便胜却人间无数。直接点的是，就像赌博，就她或他了，买定离手，类似的等等。

可惜，我至今还没有找到那个所谓合适的人。我曾经以为李一画算是，后来又觉得莎算是，现在看，只是自以为是。更悲哀的是，我曾觉得自己是不需要通过相亲这种古老而传统的方式找到另一半的，我会和一个姑娘在恋爱的基础上谈婚论嫁，然后生儿育女，男耕女织，白头偕老，可惜，随着时间的流逝和年龄的徒增，我也不能免俗。但我安慰自己，这都是为了满足父母的心愿而已，再说，以光明正大的名义约姑娘，这

件事还是有些吸引力和想象空间的。

　　的确，这几乎是相亲吸引我的最大动力了。某种程度上，这也是对学生时代禁止恋爱的报复。那时不要说约个姑娘，就是传个纸条都得跨越千山万水。毕业后倒不必了，可是姑娘好像更难约，尽管姑娘好像看起来很多，可是都在别人的怀抱。这方面的原因很多，还有一个著名的效应来解释这种现象——但不管如何，天平依旧是倾斜的，姑娘依然占据优势——直到相亲阶段来临，男生似乎第一次才有了真正可以和姑娘讨价还价的底气，而且可以光明正大谈关于恋爱的一切。恋爱，第一次迎来了所谓的男女平等。大家都可以互相挑选而不必背负之外的压力，更重要的是，你甚至有一种很多姑娘扑面而来的感觉，你甚至觉得这些姑娘在排队等候你——这当然是一种错觉，可这却是必要的，这几乎是走进婚姻之前所能感受到的最大快感了。再说，这就像凡人的生活过腻了，偶尔也可以做一下神仙的梦想，毕竟，生活还是需要有期待的。

　　以相亲为名，在这种动力驱使下，我主动被动见过很多姑娘，那感觉就像翻过一道道牌子，总是充满惊喜，尽管之后是无尽的失望。也正因为见得太多，就像整晚都在翻牌子，筋疲力尽甚至眼花缭乱，到最后好像觉得姑娘都一个样子，随便找一个都可以结婚——当然如果对方同意的话。一般而言，选择恐惧症和结婚恐惧症往往是相伴相生的，一方面你会觉得，还有那么多好姑娘，结婚可惜了。另一方面你会觉得，有那么多好姑娘，该选谁走进婚姻呢。

比如我曾见过一个姑娘，觉得各方面都挺好，从姑娘的反应看也是如此，她也希望我们能进一步发展。据说世界上最幸福的事，莫过于你喜欢的人刚好也喜欢你。我那时已打定主意，就这个姑娘了，见完第一次，就想着接下来应该进入谈婚论嫁的正题，否则便对不起这份幸福。结果第二天就有一个大姐发来另一个姑娘的照片，我嘴上说着不见，可还是暗暗把照片放大了多倍，觉得见见无妨，也许更坚定了我和上一个姑娘走进婚姻的决心，俗话说，不怕不识货，就怕货比货嘛。结果可想而知，这个姑娘比上一个姑娘更好，各方面的，我一方面对各种好姑娘接踵而至感到不快，另一方面也未能免俗开始和后面这个姑娘交往——但这种事情就是这样，你觉得好的别人也觉得，自然追求者众，自然而然姑娘便逐渐远去，杳无音信，无影无踪。再回过头来找上一个姑娘，结果也早已有主，到了快要领证的阶段——当然，你也可以做时间管理大师，时不时把认识的有意向的姑娘雨露均沾一下，没准哪一个就会阳春布德泽，直至万物生光辉。这的确是个建设性的意见，甚至可以解决上面遇到的所有问题，而且可以鱼和熊掌兼得，有百利而无一害。可是你能想到的，别人也能想到，这其中不乏优秀的姑娘，时间管理的水平和能力，让人叹为观止，遥不可及。最主要的，以为大家都是一对多或者多对一，心知肚明但又不好说破。这就像你明明知道不是自己一个人在战斗，却往往奢望胜利只属于自己。

再比如，相亲时我曾认识一个姑娘。这么说吧，如果不

是通过相亲的渠道，我几乎是很难认识这个姑娘的。颜值、气质、学历、能力都在线，最重要的是还知书达理，不作，性格也好……总之就是天上掉下个林妹妹，相亲能遇到这样的，也是意外之喜，就像你本来想买奥拓，结果买到了奥迪。按常理，这样的姑娘追求者甚众，不经一番寒彻骨，怎得梅花扑鼻香。可是我明显觉得这个姑娘是喜欢我的，而且主动，时不时嘘寒问暖，动不动电影喝茶。男追女隔座山，女追男隔层纱，在我很快就要就范时，一个知心的大哥以过来人的姿态信誓旦旦地提醒我小心为妙，先观察观察再说，没准下一步就姑娘就该告诉你她怀孕了，或者她的父亲或者母亲紧急住院，需要你立刻打钱，往往还都不少，一般五万起步。或者这个姑娘会有意无意说她喜欢上了一款化妆品，你觉得人家已经这样了，自己也得赶紧表示一下，于是脑子一发热，于是……这样的例子很多，你当然会说自己是男的，没什么可担心的，而且这是别人介绍的，大家都是奔着结婚去的……这是那个大哥的原话，他看我不相信，于是把该说的都说了。于是我只好听了他，就像不谙世事的小和尚遇到美女后，听老和尚一番教诲，然后幡然醒悟。于是我只好感叹，庆幸，然后敬而远之……可是后来介绍的那个大姐把我一顿臭骂，说好不容易给我争取了一个好姑娘，结果被白白错过了。现在那姑娘已经领证了，对方是一个比我差很多的男的，她甚至用了一句糙话：好白菜都被猪拱了。我一脸懵逼，但深知已无挽回的余地。于是只好把疑惑抛给大姐：那么好的姑娘，我以为……孰料大姐一脸恨铁不成钢：再好的姑娘也架不住年龄大了，家里催哟……你以为都像你们男的——给我的感觉是，好像男的年龄大了家里不催似的。

催得越急，你越想抓住机会把这事了了，毕竟目的早已经定了，你只需要为这个目的确定一个对象而已。有时候你会觉得相亲这事和当年贩卖黑奴类似，又像是去市场里买宠物，无非是一个挑选罢了，至于爱情甚至都不需要考虑，你只需掂量自己有什么，对方有什么，双方是否搭配，在一起后能否搭伙过日子——据说一般从这个角度考虑婚姻的，结婚后都比较牢固，而那些不知道自己要什么，甚至虚无缥缈地想在相亲过程中顺便把恋爱也谈了的，往往不可能相亲成功。被现实敲打了无数次，甚至被介绍的叔叔阿姨、大哥大姐教训了无数次之后，我甚至开始以这样的视角看待相亲，从而尽快实现结婚的目标。可是我毕竟修炼还不到位，还做不到一上来就谈房子车子存款以及是否需要彩礼是否需要赡养父母等等，总觉得这样的话还不如自己在相亲角摆个地摊，然后把条件都写出来，告知条件符合者直接领证即可类似等等。

人的悲哀往往就在于既想又想，既要又要。在我抱着残存的希望，期待在相亲中哪怕遇到一丝丝的爱情，然后在此基础上再谈婚论嫁时，没想到还真遇到了。

这个姑娘是我在某个相亲网站上认识的，属于那种一眼就想白头到老的那种。具体说来，温柔可人，知书达理，胖瘦相宜，气质优雅。最重要的是，经过几次聊天，发现姑娘和我爱

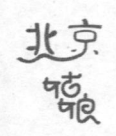

好相投，趣味相符，两人对生活有着近乎一致的看法，对诗和远方有着同样的期待，这已经不是三观一致那么简单，而是简直觉得此人就是为你而生的——当然，如果对方也这么觉得就再好不过了。

这样的姑娘当然是值得花大力气追的。我像陷入初恋般魂不守舍，几乎每时每刻都在想这个姑娘，巴不得时时刻刻都可以和她联系，成为她生活的一部分。这种感觉从学生毕业以后，我还是第一次感受到。我深知这样绝对是危险的，过来人告诫我，越是在相亲中觉得好的姑娘，你越要拖着，装作不感兴趣的样子，这样才有可能占据主动，就像老司机经常开玩笑，要想拿住妻子，新婚之夜不要同房——我至今也不太明白其中的精妙，但我知道这似乎有一定道理，就像买东西，心里越是觉得好，越是觉得想要，嘴上越要挑毛病，越要表示不感兴趣，这样在后面才有可能谈个好价钱。

可是恋爱中往往是晕头转向的，一旦被姑娘迷上，再理性的人也会失去方寸。道理都懂，可依然飞蛾扑火——据说这才是爱情的样子，那种各种算计、各种理性的，往往不是爱情——姑且这么安慰自己吧。

除了一日三餐问候，除了早晚的关照，除了时不时分享生活中的所谓美好的瞬间，我给姑娘订了几乎周边所有好吃的好喝的，鲜花玫瑰每周都有，各种所谓的节日都安排了精致的礼物，还时不时向姑娘许各种看似不切实际但自己却信誓旦旦的诺言，似乎未来就是为我们而来的。种种种种，可谓无所不用其极。很多朋友都说我这不属于相亲，属于老房子着火，简直无可救药，免不了人财两空。但我不为所动，甚至常常为自己的痴情而感动，觉得这才是爱情，那些相亲的奔着目标去的，简直就是买卖。

这么做还是有效果的。比如刚开始姑娘不为所动，早上发的信息要么晚上才回，要么几天后才回，要么偶然回一句在忙，类似等等，我知道这都是敷衍，但我深知追的精髓，深知精诚所至金石为开的道理，决定以诚待人。坚持了一个月，我发现姑娘及时回复信息了，时不时还分享一些照片，让我对未来生出了更多的期待，甚至产生了后来看完全不切实际的幻想。

就在我沉浸在单恋的欢乐中时，姑娘突然联系不到了，即使我穷尽各种方式依然杳无音信，这时我才发现，我竟然还没有见过这个姑娘，而且不知道她姓甚名谁，住在哪里……一度我曾怀疑，这个姑娘到底是男还是女，当我看到网上所谓各种大妈阿姨甚至大叔扮演小姑娘和别人聊天相亲时，我甚至有种想吐的感觉，为自己当初的疯狂感到难堪。

还有一个姑娘，我们见面后，都觉得彼此合适，之后便开始频繁约会，恨不得天天黏在一起，不是电影就是吃饭，不是公园就是爬山，我们几乎把彼此的爱好都尝试了一遍，就像一开始就陷入了热恋。而且我们在一起几乎有说不完的话，从天南说到海北，从古今说到中外，从三皇五帝说到溥仪退位，彼此都觉得上天眷顾，在谈婚论嫁的年纪竟然还遇到了爱情，实

在奇迹。巧合的是，那段时间我们都在读明史，于是便开始对明朝历史上那些牛人进行评头论足。我的观点是，有明一朝，牛人的排序大抵是王守仁、朱元璋、朱棣、张居正、于谦、孙承宗、顾宪成、杨涟、等等。但姑娘认为不同，在姑娘看来，排序应该是朱元璋、朱厚熜、朱棣、严嵩、魏忠贤、马皇后、李自成、沈万山、等等。我对这个排名惊诧莫名，朱元璋是开国皇帝还说得过去，可是朱厚熜为何能排第二？朱棣为何才是第三？严嵩、魏忠贤是怎么个排法？李自成为何也能入列？沈万山也能入选，难道是因为有钱么……

　　姑娘振振有词，说朱厚熜的厉害之处在于把无为而治做到了极致，让人感受到了无政府主义的魅力，这是当皇帝的最高境界，让人觉得自己好像不存在似的，但是却无处不在，简直是皇帝中的极品。朱棣就不用说了，要不然我们现在也逛不了故宫。严嵩和魏忠贤看似大奸实则大忠，还有高超的处世技巧，能在言官动不动就上书弹劾，各方面围剿不断的情况下屹立不倒，实在是值得学习，尤其是我们这些职场人士。马皇后嘛，这是明朝优秀女性的代表，既能共苦还能同甘，你们男人不都喜欢这样的么？李自成嘛，大名鼎鼎，这是农民兄弟的榜样，那句顺口溜怎么说来着？可以说，明朝可以不知道朱元璋，但是不能不知道李自成呀，闯王闯王，这名字一听就让人羡慕爱慕。沈万三嘛，富豪一个呀，据说长得也帅，妥妥的高富帅，谁不爱啊，这可是多少姑娘的梦中情人，王思聪可没法比……

难得姑娘有这么深刻的认识，看来也算是读过一些书，不是傻白甜，于是窃喜，觉得总算是找到一个秀外慧中的，于是我便把钱谦益和柳如是的故事讲给姑娘听，希望能激起姑娘对美好未来的向往。孰料姑娘不以为然，说再怎么说也是妓呀，而且这都是你们男人的意淫而已，可能满足了你们那些不可告人的欲望吧，对我们女生而言，这是一种剥削和压迫。什么时候历史上出现六七十的老阿姨找个十七八的李白，那就说明时代进步了。

为了驳倒姑娘这种自以为是的危险观点，我充分发挥直男本色，讲道理摆事实，从头到尾，把为何我的那个排名是正确的，而姑娘那个排名是错误的，以及何为正确的历史观，以及我们应该从中汲取哪些经验教训，从而指导我们的生活，类似等等，给姑娘讲了一个滔滔不绝天昏地暗，心想终于把一个女权主义者掰了回来，否则将来娶回家可受不了。讲完我以为姑娘会以崇拜的眼神看着我，第二天就可以把姑娘拿下，结果当天晚上回到家，我还沉浸在美梦中时，姑娘给我发来信息，说我说话太快了，她跟不上节奏，觉得这样下去两人不可能幸福，便祝我找到更好的另一半。我就像上一秒还在满怀期待憧憬未来，可是下一秒却希望破灭现实冰冷，顿时如跌万丈深渊。悲喜一念之间，我还是勉强挤出了一个信息，也祝你早日找到更好的另一半——我后来才觉得这话其实暗含了并不是自己不好的意思。后来我除了反思自己太过直男，就是觉得千万不能再给姑娘讲历史，姑娘的历史和我们是不同的，那是她们

想象的历史,是一种情感投射,这可能是穿越剧看多了的缘故,和这样的姑娘在一起,你需要时时小心她把你变成历史上的某某某。

相比这些停留在口头上的相亲,进入实质阶段的也是有的。我曾在一个饭桌上听一个前辈说,他当年相亲的时候每次都能得手——我不太理解这话的意思,以为每次都能被对方相中——但是这更让人疑惑,因为这个前辈看起来实在一般,既无潘安之貌,也无邓通之财,不理解姑娘到底看上了哪点。又喝了几杯酒,前辈才解释,说得手的意思就是每次都能滚床单——我更加疑惑,想进一步学习其中的经验奥妙,结果前辈一阵诡笑,说这需要再安排一场饭,需要两瓶茅台。这顿饭当然没有再安排上,原因是他那次喝醉去了洗浴中心,被媳妇猜忌,此后便不准他再出来喝酒了。

榜样的力量是巨大的。有了这样的前辈,听了他这样一番话,我便觉得之前的相亲实在幼稚可笑,像个不谙世事的纯情男,请姑娘好吃好喝一顿,然后献殷勤一番,以为可以谈婚论嫁或者进一步发展了,没想到这时候多半已被当成了备胎,再过一段时间,你就会发现连信息也没有了,更有甚者再发信息过去时,已经被删除了好友,连最后的一丝念想也荡然无存了。

于是我便绞尽脑汁,想学前辈哪怕万一。有时候就是这样,你越含蓄可能越被动,越直接可能越主动——相亲中,大家都是摸着石头过河,你摸准了,过河便不是问题了。这就要说到珊。珊照例是我在某个相亲平台上认识的姑娘,这样的平台很多,一般情况下,如果你关注了对方,对方也关注了你,这便有了进一步交往的基础。我和珊就是这样的,例外的是,她先关注的我,这在好长一段时间内让我狂喜,因为一个女生主动关注一个男生,这说明好事已经成功了一半。

于是在某个时间,我便约珊见面,第一次见面我们聊得不错,毕竟微信后大家都开放了朋友圈,对彼此的喜好也有了一定的了解。那顿饭我请客,而且表现得主动且绅士,尽管后来看起来很作。但这是相当必要的,否则你给女生一种大爷的感觉,那么就不会再有后来了。即使女生再喜欢你,你也要迎合且给予适时的反馈,否则你可能会饱食终日孤独终老。

第一次约会后,珊给我留下很好的印象,她是那种身材曼妙,凸凹有致的姑娘,尽管不很丰满,但看起来也令人心神荡漾。这样的姑娘按理不愁嫁,但是我明显能感受到珊的压力——她说家里一个妹妹早已结婚生子,人就怕比,一比她就觉得天都要塌了。珊尽管是个不错的姑娘,也是我喜欢的那种,但我却没有想和她结婚的打算,这不是渣男,而是通过观察,她不是那种可以一起生活的人,比如不会做饭,不喜欢小孩子——这点男人是敏感且理性的,在一起可以,但一旦涉及家庭,大家想的就多了,这也是相亲的悖论所在。

珊似乎也看出来了,在这种事上,女人的敏感比男人更甚。但是大家似乎又觉得不至于一刀两断,于是我们有一搭没一搭地聊着,像在放风筝,忽高忽低,远远近近。这便有了后来的种种。俗话说，做人留一线，日后好相见。相亲中大致可以分成几种：一种是珊这种的，即使不能成为男女朋友，但大家好不容易认识一场，没准还能成为其他方面的朋友——当然所谓的炮友也是一种，但如果只是这样想便什么友都做不了，因为大家都不傻；还有一种是觉得不合适，立刻就断了联系，或者直接拉黑或者屏蔽——感谢微信功能越来越强大，越来越照顾大家的感受，从技术上可以很轻松做到这一点。这样也挺好，果断坚决，颇有贞洁烈女的风范。但是感情这种事一般说来总是会反复的，不是说见一面不妥就真的不妥，想想我们的初恋，想想我们当年，为了一个姑娘屡败屡战肝肠寸断。可是成年人的世界是不需要讲大道理的，大家已经形成了自己的价值观，我们除了尊重，只能期待早日遇到相似的三观。

　　就这样过了两个月，某一次我又和珊约饭，喝了点酒，顺势牵了她的手，她没拒绝，于是我便换了位子，和她坐在同一侧，像情侣那样拥在一起。我貌似醉了，其实心里无比清醒，一直在琢磨着下一步如何行动。时间越来越晚，饭店就要打烊，我们只好往外走。我牵着珊的手，像把身子挂在她身上似的，她不停地说我喝多了，要叫车送我回家。这时我顺势抱住了她，她没有拒绝，但是仍不停催促我回家，我提出一起去我家，她一听颇感惊讶，似乎觉得上当了似的，要把我往开推，可是我借着酒劲，不是那么容易推开的。于是在我软磨硬泡下，珊不情愿地跟我回了家。后面的基本可以略去五百个字，但我要说的是，这并非是单方的，如果说到家前我是主动的，那么到家后珊就成了主人,看得出她已经很久没有和男生在一起,一旦被点燃则是可怕的——也可能是她觉得我醉了,主动承担起了应尽的责任。我后来觉得这么好的姑娘之前竟然没有男生追,或者说没有追到手,简直是暴殄天物,同时也感到说不出的庆幸。那晚我们几乎天亮才睡,一直到中午才起床,我觉得那是我相亲以来最愉快的一天。我觉得珊也有同感,因为她起床后,我们几乎光着身体在屋子里晃荡,直到做了吃的,直到再次上床。我们尽管没有结婚,但是我觉得比结婚还幸福。

后来我们又在一起过了几个周末,顺带过了一个情人节,直到最后她觉得我们在一起实在无望,便提出让我送她一个礼物。我当时没想太多,便买了一套维密的内衣递给了她,她收到后给我发了个谢谢的表情,然后就把我删除了,其果断和坚决,完全就像是另一个人。

尽管如此,和珊也是我相亲中比较愉快的经历,尤其是相比其他经历而言。我还遇到一个姑娘,一看就是让人有欲望的那种,刚见过一次就暗示我可以为所欲为——我尽管求之不得,可是越这样越让人不踏实,便稍微矜持了一下。果不其然,很快我便听说这姑娘有了身孕,正在找接盘侠——据说她已记不清孩子是谁的了,但是觉得既然怀上,就是上天赐的礼物,她想生下来,可是需要一个爸爸,更需要奶粉。我后来甚至被这个良善的愿望感动,第一次萌生了可以献身的想法,结果再联系这个姑娘时据说已经堕胎,开始了新生活。这些也无

可厚非，但是我心里却对介绍人颇有微词，不知道是因为没有机会献身还是感到被欺骗——总之，人都差不多，在自私的同时还希望有点博爱，就像相亲是奔着结婚去的，可还奢望能遇到爱情。

还有一个姑娘，按年龄姑且称之为大姐。这大姐的确大，比我大五岁，超过了所谓的女大三抱金砖的通俗标准，于是找对象就变得十分困难。大姐也是聪明人，深知"不要去追一匹马，而是用追马的时间种草，待到春暖花开时，就会有一批骏马供你挑选"的道理，很快便赚够了不仅可以自己躺平，还能让另一半一起躺平的钱。可是岁月不饶人，一晃快四十了，在北京的相亲市场变得被动和难堪。但是大姐毕竟是大姐，明目张胆地用资源优势弥补年龄劣势，就差提出包养了——这毕竟是个相亲嘛，又不是逛夜总会。

不知是介绍人看中了我哪方面的优势，便把我介绍给了大姐。也巧了，我竟然入了大姐的法眼，此后她便提出各种物质上的关照，那意思，只要我同意，她可以把我当儿子养着。不得不说有一瞬间我是心动了的，觉得到谈婚论嫁的年龄再享受一下母爱也算是人生一大幸事。

但不幸的是，不知我母亲从哪里知道了这个消息，一通劈头盖脸，让人顿时清醒不少，意识到我此生只能享受一次母爱，其他的只能留给未来的孩子了。

这就是相亲，你会遇到各种各样的姑娘，见得多了，你甚至有一种疲倦感，觉得没有爱情的谈婚论嫁就像是在谈生意，不仅不道德，而且违背人性。可是你还乐此不疲，这种感觉就像拆盲盒，你永远不知道下一个是什么样的，这种期待、这种惊喜、这种探究是令人着迷的。于是，当有人给你介绍，你和姑娘取得了联系，便期待着见一面，期待着开始一场见面，挑战一下和陌生人搭讪的技巧，喝杯咖啡，神侃一通，度过一个美好的下午或者晚上，终究还是令人愉悦的。

但悖论也在于，你见的越多，选择的越多，总觉得下一个会更好，总觉得可以再等等，没准就会遇到一个各方面和自己高度契合的。和这样的人走进婚姻，那该是多么美好的事情，想想都令人激动。可是，大家似乎都抱着这样的想法，于是备胎越来越多，期望越来越高，年龄越来越大，现实越来越近，这时你会发现这原来是一场幻觉。这时候你可能会想找个人结了算了，于是就在一堆相过的朋友中找，可是你又会发现那些自己觉得不错的，要么已经嫁人，要么已经在嫁人的路上，要么对自己有一搭无一搭的态度感到不满，早已成为陌路。于是，你又回到了原点，要么继续相亲，要么继续单着，等待爱情的来临——这几乎是一种奢望。最终你可能也会结婚，但不会有你想象的那么美好——这件事本来就是如此，这是人类为了延续后代发明的最无可奈何的方式，只要你选择这种方式，结果和别人的基本类似。这时你会发现，早知如此就不用那么劳神费心，服从命运安排或者决绝地过单身生活就好了，生活只是一场选择而已。相亲，无非是这场选择中的一些选项，每个都差不多，答案也类似。不过我现在觉得庆幸的是，还有得

选，有选择的权力，觉得在这场交换中，自己还是有价值的，觉得自己竟然还有单着的意义。

这就是自己相亲的经历。现在想来，相亲这种事本质上就像组建公司，你有什么，我有什么，谈妥了大家一起组建一个公司经营，经营好了一辈子；经营不好就散伙重组。在这个过程中不排除有感情的因素，很简单，再陌生的人相处久了也会有感情的，但是你不能奢望。你要明白，这是你生命中面临的一个新阶段，没有风花雪月，没有儿女情长，只有生儿育女，夫妻分工。更多需要承担的是责任——不排除很多过来人所说的，先结婚后恋爱，日久生情。可是仔细想想，需要时间，需要像酿酒一样酝酿感情，想想都是一件让人不寒而栗的事情。

相亲经验告诉我，要想通过相亲找到另一半是很难的，除非不考虑其他，为结婚而结婚，但这往往是不幸的开始。相亲其实是一个市场，在一线城市，基本情况是男少女多，但这并不意味着男生就占尽优势，因为随着女性权力意识的觉醒，越来越多的姑娘被各种所谓的情感博主或者过来人告诫甚至提醒，婚姻不是女人唯一的选择，你不必为了成为某人的妻子而委曲求全，父母生下来就是让你过好自己的生活的。你完全可以好好挣钱，买房买车，去做你想做的事。总之，不用为找不到合适的另一半而焦虑，生活不止为了相亲嫁人而苟且，还有诗和远方的田野……用通俗的话说就是，挣自己的钱，买自己的包包，装自己的故事。

而且，一旦进入这个市场，大家都被明码标价，你最后找到的，基本也是属于自己那个价码区间的，所谓 A 女对 C 男无非是一个自以为是的美好想象而已。你想找到适合的，首先你自己是合适的，仅此而已。所以，绕了一圈，一切又都回到了原点，你甚至有一种被涮了的感觉，你甚至疑惑，那么多看起来美好的婚姻，都是如何凑在一起的？难道不是相亲吗？是的，很多，只是自己还没有遇到而已。于是大家便开始守株待兔，把自己的各种信息挂在网上，但是不主动不拒绝不负责，合适了往婚姻走，不合适了大家各奔东西。于是一种奇怪的现象便出现了，大家都希望能找到另一半，可是大家都不愿意付出，都觉得对方不是真心的，他或者她肯定有备胎，于是走过路过最后只好错过。于是大家便陷入相亲焦虑，见了很多人，但是却找不到合适的。

我是在相亲很多次后发现这个现象的，属于典型的后知后觉的那种。可是我并不觉得气馁，对我而言这更多是一种经历，就当是生活，而生活无论怎么活都是活。而且，这也算是给父母一个交待。对于自己的将来，我甚至没有想过——如果没有相亲这段经历，我会对不以感情，而是以彼此的条件为基础走进婚姻感到恐惧。我曾提醒自己，生活是分阶段的，每个阶段我们面临的难题都不同，每个难题都有合适的解决方式，相亲也是一种。但是我总觉得自己还没有走到那个阶段，婚姻对我而言实在遥远。作为一个曾自诩大师的艺术专业从业者，我对未来还存有很多不切实际的想象，总觉得不应该这么早投入冷冰冰的现实，也许未来还有其他可能呢？我安慰自己。

64

　　不过，人是容易受环境影响的，尽管我心里一万个不愿意，可是架不住方方面面的劝说和诱导，而且这件事本来也是人之常情，我作为一个标准的直男，对姑娘有着天然的爱好，于是美术家杂志总编辑便给我介绍了一个姑娘。

　　某一天，我和总编辑一起喝酒，喝大了就聊到了结婚这种事上。不确定当时我们是否醉了——也许酒到深处情更浓，他自然关注起我的个人问题来：这么大了还没有结婚，我作为公司领导，是有责任的。这是他的原话。按他的意思，他不仅要领导员工的工作，还要关怀员工的个人生活，这样才能更好体现一个总编辑的担当，也才能更好为公司服务。我向来极力反对这种打着"为你好"的旗号，以公权力干涉个人生活的做法，不过那晚因为酒精的作用，我还是妥协了，忍着总编辑唠叨了半天，从没有结婚的坏处，到结婚的好处，再到组建家庭的幸福，生儿育女的快乐……最后，他自作主张：这事包在哥身上，我给你介绍一个，美丽漂亮的。说着他拿起酒杯，我则硬着头皮和他干了一下，终于结束了这个酒场。

　　我深信那晚总编辑是喝醉了的，否则他绝对会向我抱怨房贷的压力，以及媳妇的唠叨，以及养孩子的艰辛……此前，他曾不止一次在公开场合当着我们的面说，大家努力工作啊，这是我们一切的根本。想想我们的房贷，想想我们的车贷，想想我们孩子的课外班，这些都得靠我们挣啊……。当时我对此嗤之以鼻，我没结婚，这些都没必要考虑，后来我才意识到，这话暗含着威胁，只是不知他意识到遗漏了我们这些没结婚的人没有——也许他意识到了，所以才借着机会向我灌输买房结婚的伟大意义，诱导我入瓮呢。

可能我多虑了。总编辑那晚肯定是喝醉了。以他说话滴水不漏的习惯，他是不会把美丽漂亮当成一个词的。私下里我们也聚过几次，我深知此人的喜好，胸大腰细屁股翘是此人一直未曾改变的审美观。

我巴不得那晚总编辑喝醉了。可是第二天，他却做了一件清醒无比的事，真的给我介绍了一个姑娘，说叫多多。多多是多么普通的两个字，但是作为名字出现，却给人一种不易忘记的感觉——必须要说，我当时除了对这个名字感兴趣，没有其他的想法。多多——像她这样的女生肯定有许许多多，我还记得当时为了好玩，还用她的名字造了个句子。

总编辑神秘兮兮告诉我，多多是在他能介绍的范围内最好的姑娘了，让我珍惜。他还透露了一个秘密：兄弟，多多前段时间刚分手，这是个好机会。说完，他把多多的联系方式给我，还不忘交待：男的要主动点。

我惊讶于总编辑对这个姑娘个人生活了解如此之多，介入如此之深。不过与之相比，我更为他让我陷入如此为难感到恼火。我还想着李一画，只是当时没有告诉他而已——我并不感到这是欺骗，因为他一直谈的是结婚，而众所周知，女朋友和结婚是两回事，甚至有时候是完全无关的事，就像结婚和

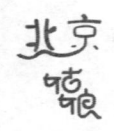

幸福。有女朋友不意味着我就要结婚；没有女朋友也不意味着我就不结婚。我乐于保持这样的状态，不用考虑房子及相关一切，但是现在可好，我必须要做出改变。

65

出于对总编辑的所谓尊重，出于对女生的所谓绅士，出于对所谓"男的要主动点"，我主动联系了多多——即使我有一万个不愿意，这些社会角色我还是要扮演的。人生如戏，全凭演技，我希望大家尤其是总编辑满意，这样在年终绩效考评的时候，我才更有机会拿到奖励。我深知在职场中，我不是我——至于我是谁，那要看我面对的是谁。

现实总比想象的更有戏剧性。

我约了多多，一见面，我才发现，她竟然是原来的莎——尽管从很多方面看，她已经变化很大，比如原来是个艺术青年，不是牛仔裤就是碎花裙子，穿匡威的运动鞋或回力的平底鞋，现在则穿着紧身的衣服，尽可能显出胸大腰细屁股翘，就是总编辑喜欢的那种。她还是漂亮的，但已经是另外一种漂亮了。这种漂亮满大街都有，她只是泯然其中的一个而已。

相比于我，多多显然更惊讶，这从她的表情一览无余。我无论如何都没有想到多多就是莎——在我心里这就是个偶然，尽管她还借我了五万块钱——或者说不是借——我甚至都没想她还过。总之，有太多的疑问，太多的想不到，我想起那首叫

《太多》的歌曲,如果这时候,"太多的借口,太多的理由,别再问我难过时候怎么过,或许会好好地活或许会消失无踪,你在乎什么"的旋律响起来会多好。

我心里有十万个为什么,可是我依旧装作风轻云淡,若无其事。在她住处附近的酒吧里,鸡尾酒喝了一杯又一杯,以下是我们的聊天记录:

莎:好久不见。还记得我么?

我微笑不语。

莎:前女友忘记得这么快么?

我继续微笑不语,略带感慨。

莎:抱歉当年不辞而别。

我:你真是那个莎,我们总编辑说你叫多多……恍如隔世,我以为不会……(话说到这里,我觉得再说就是废话,于是说了半句)

莎:冤家路窄呀!哈哈,莎自嘲了一下。

我没说话,继续等莎解释。

莎:对。真没想到能在这里又遇见。这下可好了,要不然我心里也放不下,总觉得欠你的。事实也是欠你的,还有你五万块钱没还呢。

我:千万别这么说。钱都是小事(说这话的时候我口是心非地连自己都觉得难受)。你好好的就好。当时你不辞而别,我特别担心(往事再现,这个女人变得具体了起来)。

莎:我当时实在没办法……我走的时候还给你留了一封

信的。

　　我：信我看到了。不过……疑问接踵而至，莎知道我在问什么。

　　莎：真是不知该从何说起。从培训学校说起？那时其实我们没什么交集，我觉得我们是两条路上的人，我记得你在追班上一个姑娘？我也只是听别人一说而已，这种事，搞艺术的么，没什么可说的。但我不同，这就是一份工作，我就是纯粹挣钱而已——我那时在考央美的研究生，没工作，就指望这个养活自己了。

　　我从小就喜欢画画，但家里条件一般，你知道的，艺术这条路很费钱，走下来不容易，不过父母还算支持，大学考上了美术学院。按父母的想法，我毕业当个美术老师，女孩子么，一辈子稳稳当当的，也不累，搞艺术也算培养了些气质，嫁个好人家，什么都有了。但这不是我想要的，这也不是我画画的初心和理想。我就是想好好做个画家，一辈子可以自由自在地画画，不求成为大师，不求成为名家——当然能成为最好，最重要的是，像个正常的画家那样画画，生活。如果我画画只是为了稳稳当当找个工作，找个人嫁了，成为别人的妻子，柴米油盐酱醋茶，那不是我要的，从来都不是。

　　毕业那年我就来了北京，可是发现理想与现实差距太大，当个职业画家这条路基本走不通，你想我一个本科，没有名师指点，一些作品根本拿出不手，圈子里不认识人，没有机构愿意签，连生活都成问题。

现实给我上了严肃的一课。可是我也不能回去，回去怎么说呢？这不是打脸么。既然选择了，那就硬着头皮往前走吧。我思来想去，决定一边打工一边考研，考央美，央美算是国内顶尖艺术院校了，进去找个好导师，学习几年，然后再说。现在的情况你也知道，不比以前，看似机会多了，可现实更残酷。以前大家比的不是学历，也不是院校，而是真正的水平，你能画出风格来，画出好作品来，参加比赛或展览就好，让作品说话，罗中立、陈丹青、何多苓……这个名单能列出一长串。现在不同了，要么你是名校，要么你是名师高徒，要么你家里有钱，直接砸钱给你找资源，办展，找机构背书，上封面——我和你们总编辑认识也是因为上封面的事，可是到现在还没上呢，唉，这个后面再说。或者去国外深造，要不然根本出不来。看看北京各大展览馆的作品你就知道了，多少年过去了，展出的还是那些人，拍卖会上叫得响的也是那些人，张晓刚、岳敏君、吴冠中、韩美林……

这样的选择父母是不会支持的，再说家里本来就一般，一切都得靠自己。我得先挣钱养活自己再说。我做了好几份工作，都是奔着挣钱去，很快发现这样不行，每天累得回家就没时间复习考研了，后来就去培训学校当老师，我们就在那里认识了。学校的事情就不说了，你也都知道，我和你不同，挺精彩的，我么，就是打一份工而已。

我那时对你的印象吧——怎么说呢，没什么印象，就是觉得仅仅是个同事而已，我们身边这样的人很多，一晃而过。没

想到我们竟然能在北京大街上再次遇见,是偶然么?那我得感谢这个偶然,两千多万分之一吧,多高的偶然性,这算是偶然中的必然了吧。世上的事就是这么奇怪,有些人你总会觉得再度重相逢,可是一转身就消失在茫茫人海;有些人你觉得再见再也不会见了,可是往往很快就出现在你的世界里。这就像艺术创作,在偶然中寻找必然,在必然中穿插偶然,很奇妙。

那次偶见,正是我最落魄的时候。欠了房租不说,还被一个所谓的导师欺骗——那导师是别人介绍的,考研你懂的,都得先联系导师,过了导师这一关,接下来才有底,尤其是艺术专业考研的,导师的重要性更强,所谓考研就是考导师。这些人都是细分领域的权威,掌握着各方面的资源,但他们也一把年纪了,人生苦短、婚姻不幸、创作需要、显示诚意等等,随便找个理由,甚至不需要理由都可以把你搞定,当然不都是这样,可能搞艺术的相对多一些吧。你去找他们,其实是求,我又是女孩子,担心遇到这样的事,可偏偏还是遇上了。我更倒霉,如果考上了还好,结果还没考上,算是把自己搭进去了。我想举报来着,后来一想算了,这不都是自己选的么,举报也未必有效果,你看网上那么多举报,这些人不都还好好的,继续教书育人,继续在各大展穿梭,甚至还更有名气,自己螳臂当车不说,还有可能成为谈资和笑料。再说,我还想在这个圈子往前走呢,无权无势,没有背景,也没有勇气,只能忍气吞声。

见你那次,我发现你和之前大不一样,一身名牌,珠光宝气——当时你开的宝马吧,怎么看都像是成功人士,很难把你和之前培训学校的老师联系在一起。我当时特别需要帮助,于是就跟你走到了一起。

66

莎说到这里停了下来。我的疑惑稍稍消解,不过心里颇不是滋味,可是也不好表达,只好尽力调侃一下,以缓和气氛。

原来——我还没往下说,莎又说道:

不管怎么想吧,总之是我对不起你。可是我必须要说,尽管动机不纯——姑且这么说吧,可是我——

我知道莎想说什么,可能大概也许感情是真的,她也把自己给了我,是我事实上的女朋友,尽到了女朋友的责任,如此等等吧。但是这些话一旦说出来,接下来就没法再聊了。我只好又接上:

可是你为什么要不辞而别呢?

莎没有沉默——我本以为她会沉默一下,然后感慨地回首。她平静极了,缓缓道来:

我怕时间久了会比较难堪,更重要的是,我那时报了一个考研辅导班,要开班了,需要一笔钱,所以⋯⋯

尽管莎是欺骗过我的,不过这次我选择相信。我本想说你需要一笔钱可以直接说呀,可是又发现此时说这些话没有任何意义,于是只好沉默以对。

莎接着说：其实跟你在一起，你给我的那些钱，我说是买各种衣服什么的，其实都攒着呢，加上你后来借我的那五万，我就是靠这些钱上的培训班，央美油画系研究生还在考，只要英语过关就没问题了。我现在一边在艺术机构打打杂，一边画画，有一些朋友支持，慢慢熬吧。

我听得出神，觉得有点不真实，但又找不到破绽，只好嗯了又嗯，以示回应并理解。听完我好奇心又重了，问道，那你和我们总编辑……话到这里才觉得不该这么问，应该由莎慢慢讲才是。她讲出来和我问出来是两种感觉。

67

莎又喝了一口鸡尾酒，缓缓说道：他是我在培训班的一个老师介绍的。你知道，北京有很多这样的培训班，很多都是央美、中戏、中音、北影、北广的老师开的，这些老师神通广大，在学校都有关系，只有上了他们的培训班，考上这些学校的概率才大，所以学费往往就贵，很贵。

我上了培训班后，那点钱很快就花完了，也不敢给家里要，于是培训班的老师就介绍了一些人，其中就有你们的总编辑。他说可以帮我上你们杂志封面，做个背书，推广推广，炒作炒作——不管艺术家还是艺术作品，这时代如果不推广，不炒作，根本起不来。可是后来封面没上成，他说我名气还不行——其实是没人砸钱，只好再等等。

说着莎又喝了一口酒，接着说，不过他倒是真有资源，帮我接了一个饭店的单子，画了几十幅画，算是挣了一点钱。

我没说话，静静听着。

莎越说越嗨。

莎说，忘了告诉你，多多是我的艺名，哈哈，就像明星，有个艺名，区别是他们比较熟知罢了。这个圈子不大，也挺乱的，我不想引起不必要的麻烦，我还要考研究生呢。

我随口应道，多多，这个名字挺好的。

莎说，我们认识那会儿还没这个名字呢，我是进入这个圈子才取的，多总比少了好嘛。我不知道她是不是在刻意解释，不过后半句在我听来有点幽默。说完她顿了一下，千万别告诉你们总编辑，他是不知道的。

我嗯了一声，顺口咕咚喝了一大杯酒。我想起总编辑给我介绍时，说多多是这样的（以下是总编辑原话）：

多多来自沈阳——后来我才知道是沈阳边上一个村庄，离沈阳还有二百公里，这就像你说住在北京，实际却在燕郊。多多妈妈是当地一家仪器厂的退休职工，爸爸是小学老师，由于计划生育，多多是家里的独子。多多告诉我，她能从一个普通县城考入北京的大学，得益于她爸妈持续而不计代价的付出。她从小要强，决心要过得好好的，不能让她爸妈白忙活一场，从这点来说就是好孩子。

多多大学学的是工商管理专业——几乎中国所有的综合大学都有这个专业，但我却不知道这个专业到底教些什么。多多大学毕业后在一家公司做行政，其实就是管一些杂七杂

八,她觉得作为一个名牌大学毕业生来说这是一种浪费,后来她又换到另一家公司做内勤,还是杂七杂八。再后来不知怎么的,她突然就想学画画,当画家——据说她当年还是有些底子的,于是她培训班上的一个老师就把她介绍给了我,让我帮帮她。我呢?是能帮就帮——但画画这事你知道的,喜欢画画和想当画家是两回事,之间隔着十万八千里。我们杂志推了这么多画家,有哪一个是靠喜欢成了的?这时代光靠喜欢成么?你得有资本才行。当然,多多这孩子还不错,也挺漂亮,还挺懂事,年龄也不小了,也想成家,所以我就介绍给了你,得珍惜呀。

当然,这些话我没告诉多多,就像我也没有把她其实叫莎告诉总编辑。我知道这就是个圈子,或者说是个舞台,大家都需要一个面具的。不过更重要的是,我其实不知道谁真谁假。

但有一点是确认的,我们是本着相亲见面的。多多说,经历了这么多,理想半点还没实现,可是现实却扑面而来,自己年龄不小了,在老家的很多同学都当爹妈了,自己也想尽快结婚。女人嘛,是有期限的,不像你们男的可以无限折腾,我本来就没有什么优势,年龄再一大就更麻烦了。这些不像是一个文艺女青年说的——哦,现在她已经不是文艺女青年了。面对眼前这个女生,我总是有点恍惚。

我报以理解般的一笑,没说话。多多突然来了一句,来,干一杯。说着就要把杯子往一起碰。感谢——哦,那句话怎么说来着，你看我这喝的——对，再度重相逢。我一听乐了，这是首歌吧，我们是如此的不同……多多说，哪有什么不同，不都一样朦胧……

朦胧中，多多看上去还是有些稚嫩的，不过聊天以及不经意的动作，又是成熟的——这个年纪的女人如果只给你一种印象，那无疑是可怕或可悲的，你要么远离要么同情，因为她们要么是女强人要么是傻白甜。像多多这样的女生，她们毕业进入社会已经几年，在经历种种挫折沉浮后，早已完成了从女学生到社会人的角色转变，深知学校的那一套无法应对社会的规则，她们和我们一样，练就了一套应付社会的本领，如果不仔细分辨，你很难看清她们的真面目。

68

我一开始是抱着幸运或者试探的心理的，不管怎么说，五万块失而复得。再说，恋爱这种事对我又没什么损失，如多多（我在面对总编辑时还是这样称呼她）所说，我们这是再度重相逢，这样的概率在这个两千多万人口的城市简直就是奇迹，我们必须得为这个奇迹做点什么。于是我们再度恋爱了。

成年人的恋爱是简单的，第一次酒吧见面后，我们很快就开始第二次、第三次约会。废话是恋爱的副产品，我们在一起各种嗨聊，甚至还聊到我们杂志社。她似乎很了解我们杂志社，我惊讶地发现，很多事情我还是第一次听说：比如某某某

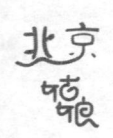

是某某领导的远方亲戚，某某某曾和下属搞过办公室恋情，某某某可能要晋升杂志副总编，某某某可能要离职……如果说前者是杂志社的八卦我向来不屑，那么后者则对我有着实实在在的价值。很简单，要晋升的我必须要开始迎合，要离职的我则要逐渐漠视——职场的规则就是用最小的投入换来最大的收益，某种程度这和社会是一样的，区别是他们离我们更近，我们需要尽快做出选择，因为机会稍纵即逝。

看起来，多多倒没有这么势利，她给我讲述这些时，是她作为总编辑的朋友，带着看热闹并分享八卦的心态的。这倒挺好，我最讨厌的就是女人的势利，就像很多女人最讨厌的就是男人没钱，可见，大家讨厌的都是对方最在意的，这是天然的矛盾，就像男女性别一样对立。当然，如果我很早就知道这一点，我是可以省去很多麻烦的。

大约半个月后，我们很自然就在了一起。一般来说，爱是没有理由的，不过我当时还是想弄个明白，是因为多多想为再度重相逢这个奇迹做点什么，还是因为她真的喜欢上了我——这个念头一闪而过，否则这会让自己显得很没有自信；还是总编辑起了推动作用……随着时间的推移，这个猜测在不断发生变化，但不可否认的是，当时我觉得，无论从哪个方面来说，多多都是个不错的姑娘。

和多多在一起前，我和李一画事实上已经分手。当然这是不会让多多知道的，也许有一天向她吹嘘自己的恋爱经历时会提及，但不是现在。在这方面，男人总是比女人容易敞开心扉的，如果你们真正在一起的话。某一天我们房事结束后，我忍不住把总编辑透露的信息巧妙地夹杂在聊天中，也顺利了解到多多之前相亲恋爱的大概。

原来，多多之前和一个男的谈了一年多恋爱，双方已经到了谈婚论嫁的地步，可是出了问题，大家弄得很不愉快，她提出了分手——至于什么问题多多并没有告诉我，当时我也不好多问，我怕引火烧身。后来我无意间了解到，她们是在买房上没有达成一致。到底如何没有达成一致多多不肯细说——这就给我埋了一颗雷，我怕重蹈覆辙，更怕有朝一日不可收拾。

6.9

这时候，我和多多已经度过了恋爱的蜜月期，接下来自然要考虑现实问题。我们似乎都隐约感到结婚是个必然的选项，我即将大龄，多多也同样。大龄对我们来说似乎是个标志，即使我们不这样想，周围人也会以年龄为坐标，对我们提出很难驳回的要求。这一点，以我们的爸妈为代表，此外还有那些所谓关心你的亲戚，以及你一直觉得不该插手你个人生活的人，比如总编辑这样的。

在这方面，由于天然的原因，多多承受的压力看似比我大一些，但实际上，我感觉自己的压力更大。这首先绕不过去的就是房子。我们越来越意识到，结婚是必然的选项，买房子更

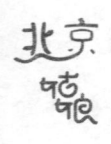

是。尽管我们没有明说，但我们正在为此做着准备，比如租现在的房子。

按我的工资，我们是可以租个大房子的，比如一居，甚至两居，就像我和前女友。可是不知从什么时候，省钱买房就成了我们恋爱的主题。

我一边盘算着借钱，一边琢磨着关于买房的几个现实问题：在哪里买，买多大，新房还是二手，以及如何买——以我的名义买，还是我和多多的名义一起买……这些问题和借钱一样，甚至更重要，这决定了我需要借多少钱，以及如何借钱。

这些问题是我一个人无法解决的，很大程度上要听多多的意见。多多呢，很大程度上要听她妈的意见。我爸妈肯定也有很多意见，不过从他们日甚一日的催婚来看，我深知任何关于结婚的事他们都是支持的。他们也见过多多，对于我娶这样一个姑娘是满意的——对他们来说，到我这个阶段，只要娶一个四肢健全不聋不傻的姑娘，她们大约都是没有意见的。他们的意见总结起来只有一条，赶紧结婚，至于和谁以及如何结都不在考虑范围。孰料多多不以为然地说，咱们决定就行了，不用考虑那么多。我知道这句话是句废话，便没有再说什么，而是等她和她妈商量。过了一天，多多无意间和我说起，房子最好在北京买，至于买多大的，新房还是二手，这个看情况——她抿着嘴，万分理解而又无可奈何地撒了个娇：哎呀，这就看钱啦。

这无疑是句实话，即使看起来像句废话。在北京买，这是我预料中的事，最起码在这一点上，我们暂时达成了一致。不过要是能在二三线城市买更好，那样，五十万也许就够首付了。有一点多多当时没告诉我，后来我才知道的：她和前男友就是在北京买房这件事上没达成一致而分手的。显然，多多在这件事上是坚定的，对绝大多数女人来说，嫁给一个能做到前男友所做不到的再自然不过，否则，她们就没有必要分手了。

70

　　从大学一毕业开始，这个问题就一直在困扰我，不幸的是，来京工作多年，这个问题还没有解决。借钱可能是个途径——我告诉多多，总编辑主动告诉我，为了支持买房，他愿意借钱给我们，至于借多少，等房子定下来再说——他说这前提是不要告诉任何人，甚至包括多多。我当时答应了，但是现在我觉得有必要告诉多多，我和总编辑关系一般，这样的支持，除了多多，我想不出别的理由。

　　还没等我把话说完，多多怒不可遏，让我别说了，说不管借谁的钱也不借他的钱。

　　这话让我摸不着头脑。多多不是总编辑介绍的么？怎么……多多看我疑惑，赶紧换了话题，说反正她已经把买房的事给闺蜜们说了，闺蜜们一致觉得她和前男友分手正确无比，还说等将来她结婚都要赶来暖房呢……这下倒好，如何跟闺蜜和家人解释呢？多多看起来要哭了，也许为了不让我看到她的

窘迫，便一把拉起被子蒙着头，像要和这个世界隔绝。

此后房子便成了我们生活的主题，好像我们是为了房子才恋爱的，或者说我们是为了买房才走到一起的。从艺术到生活，我从来没经过这么大的落差，开这么大的玩笑。

我所遭遇的生活

71

相声演员郭德纲说过一个段子：以后等咱有钱了就拍个电影叫《房事》，一定火！讲咱们老百姓买房的烦心故事。有钱拍电影和有钱买房是完全不同的。前者多是故事，后者多是事故。网上说，人生大抵三件事，恋爱，借钱，买房。说起来，其实是一件事，房事。

多多为了表示对我买房的坚决支持，退掉了她租的房子，跟我住在一起。按她的话说，在这样的重大时刻，她不能让我一个人战斗。我暗示她家人知道了也许会不同意，但是她说这相当于对我的监督，或者说试婚。我是感动了的，觉得她真的是本着结婚来的。后来想，可能身体上的感动大于心理上的。再后来我意识到，还是那句话，喜欢一个姑娘，只要同甘就好，千万不要共苦，尤其是你还想把她娶回家时。而同居对结婚而言往往也是致命的，再好的感情也抵挡不住"房事"的消磨。而且你还会发现，当女神一旦走进具体的生活，她像是变了一个人，尽管可能不会成为女神经，可是离怨妇往往一步之遥。

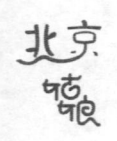

《圣经·创世纪》说,"那人独居不好,我要为他造一个配偶帮助他。"多多的到来就像理想突然照进了现实,就像天上突然掉了个女神在你床上,惊喜是自然的,可是房子的压力更大了,随时随地,无时无刻。

72

那天,我和多多在床上的时候,隔壁又传来了敲墙声。我的怒火瞬间被点燃,狠狠一拳砸了回去,就像砸的不是一堵墙,而是一个令我无计可施,只能诉诸拳脚的仇人。多多用力推了我一把,喊道,干吗呢?!

在她把我推倒的那一刻,她是愤怒加嫌弃加无奈加不可忍受的。如果我能看到我的表情的话,可能是同样的,也许更甚,当然不是对她,是对隔壁的那个敲墙声。如果不是那个声音,这个美妙的中午就不会被破坏。随着我的冲动消退,理性再次主宰了自己的脑袋后,我发现了一个可悲的事实:如果我买个房子,也许就不会发生这一切了。

为了省房租,我退掉了东五环外的房子,和别人合租在北京东四环外的楼梓庄附近,一个老式小区,房子普遍建于20世纪90年代末期,分东西两个区,东区是回迁房,西区是商品房。东西区看起来差不多,考虑到东区离地铁更近一些,就租在了东区。

我当时还向多多炫耀,租房子其实挺好,可以四海为家,机动灵活。多多白了我一眼，说，你对姑娘是不是也是这样的？我说哪有，这不都是为了你么？再说，这也是往买房迈出的第一步。多多哈哈一笑，我从没见过省房租能买了房子的，也就是本姑娘为爱痴狂而已。我一时不知该如何接这话，只好在心里默默又坚定了一番买房的决心。

合租这个决定日后让我后悔不已。原来，一个心照不宣的事实是，回迁房建的质量要差很多，和商品房完全是两个概念。我们搬进去后才发现，墙皮掉落、厨房漏水、格局不合理还是小问题，主要是不隔音。楼上时不时地震般地响动倒也罢了，别的租户下班时间把音乐放得震天响也能忍受，可是在我和多多上床的时候隔壁传来敲墙的声音就不能忍受了，就像开头那样。

刚开始我还是可以忍受的。大家漂在北京不容易，住在一起即使不是缘分，也没必要成为敌人。在这个一百平左右的三室一厅里，陆续住进来三家。第一家是一对夫妻带一个五岁的男孩，租住在主卧。第二家是我和多多，租了次卧。第三家是一个男生，住在最小的卧室。客厅、厨房、洗手间、网络共用，每周有阿姨来打扫卫生，费用均摊。这已经是我在北京租住的第十个地方，除了租金每月小三千有点高，其他当时觉得还好。如果说有担心，就是多多怕那个五岁的男孩影响休息，还建议换房。当时我觉得这不是问题，主卧在客厅的另一边，有独立的洗手间，平时这孩子肯定要上学，周末要去参加各种培训，在家待的时间肯定很少，到客厅来的时间肯定更少，现

在的父母恨不得把孩子含在嘴里。我安慰多多。

多多问，那要是晚上经常吵闹怎么办？这倒是个问题，不过我瞬间就想到了一个理由——睡觉的时候把门窗都关上呀。这对多多来说像是个玩笑，看她不高兴，我继续安慰，没事的，你看，这屋里住了三家，我们两家次卧在客厅另一边，是一墙之隔，如果孩子吵到了我们，肯定也吵到了隔壁，二对一，到时候有办法让他们搬走的。

事情却出乎了我的意料。那个孩子倒不哭不闹的，不知被他爸妈灌输了什么，也很少到客厅来。偶尔到厨房冰箱找个吃的，就像偷溜进了别人家门一样小心，根本打扰不到我们。打扰到我们的，是我们隔壁的男生。

73

隔壁男生搬进来比我们晚。我和他很少见面，即使见一面，大家打个招呼就过去了，纯粹是在同一屋檐下的礼节。我猜，对他来说，我们这种情侣是最不能忍受的，住在隔壁，大家都是年轻人，当你抱着姑娘入睡的时候别人抱着枕头，想想都残忍。这种经历我有过多次，理解的。我在心里嘀咕，怪他租房前不了解清楚，如果是我，这种情况我是绝对不会租的。

住进来不久，我便试着和他聊天，不过并不顺利。我们只是告诉了彼此的基本信息，像小孩子初次见面那种。他叫郑常，是湖南岳阳下面一个镇上的人，说起来比我小几岁，可也早到了结婚的年纪。

郑常不是匆匆忙忙,就是面露难色,好像有事要处理,或者有难言之隐。试了几次,我觉得可能是陌生的缘故,人家和我又不熟,有什么可聊的呢!在我们这个社会,聊天就是分享隐私,如果你不把你的隐私透露给别人,大家是很难聊到一起的。让我不快的是,很明显,我的隐私已经透露给他了,而且他还做出了激烈的反应,但他的信息我还知之甚少。就像我在他面前裸奔,而他呢,悠然自得欣赏着,时不时还鼓个掌,喊一声,傻×,加油。

不管怎么说,同在一个屋檐下,郑常不应该在我房事的关键时刻敲墙的。这让我不解。

再说,男女之间这些事,我们谁能避免呢。有朝一日他带了女朋友回来,我也会提供便利的。与人方便与己方便,这些道理他应该懂吧。

而且,考虑到这种事的私密性,我好不容易熬到了周六的午饭后。此前我像侦探一般扫视了屋子,可以判定的是那一家三口都不在家——一般他们这个时候往往都送孩子去辅导班了。隔壁郑常房门紧闭,似乎也不在家。为了确定,我还特意敲了敲门。看到没有应答,我怀着天助我也的欣喜,匆匆关上了房门和窗户,急不可耐地把多多抱上了床,久旱逢甘霖黏在一起。谁知道,正在兴头上,却发生了前面扫兴的那一幕。

难道郑常突然回家了?或者他根本就没有出门?或者他周六睡大觉被我们吵醒了——这是我能想到最合理的解释,我也

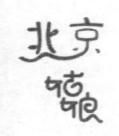

遇到过。不过比起郑常，我当时只是靠墙偷听，直到他们大呼小叫完事为止。相比起来，郑常太不够意思了。我心里嘀咕，你他妈的就不能忍一忍么？这是多美好的时刻，而且多多竟然忘了让我戴套，万一她要是怀孕了，那我就可以此要挟她妈尽快结婚，房子就不用那么着急买，甚至就不用自己买了——那么多奉子成婚的好事，为什么就不能落在我身上呢——我毫不为这个想法感到脸红，在买房这座人生最大的大山面前，脸算什么呢。

74

关于郑常动机的猜测，很快被关于房子的思考代替。女人对房子有着天然的喜好，比如多多妈妈。这方面似乎有科学的解释，比如女人是把房子视为家的，于是楼盘经常打出"爱她就给她一个家"这样的广告。也有说女人缺乏安全感，房子是一个保障。也有说这是女人养孩子的需要，一个稳定的环境有利于孩子的健康成长。也有研究说，房子是女人的天然属性。从古至今，都是男主外女主内，女主内就是主家，主家就是照看房子。男人四海为家，女人以房子为家。女人理想的生活是"我有一所房子，面朝大海，春暖花开"；而男人生活的理想则是"喂马、劈柴、周游世界"……这些我都同意，尽管这看起来像是男人都不想要家似的。

我也深知买房比租房好，尤其在北京这样的地方，即使不考虑住，买房也是投资最好的方式。可问题很简单，如果有钱，谁不愿意买个房子呢？

就像玩贪吃蛇游戏，一切又回到了原点。可这又不同于那个放羊娃的故事。这个故事的逻辑在于，买房就等于结婚，结婚就等于买房。姑且不论"结婚不买房，就是耍流氓"这样绑架人格的说法，以及"有车有房父母双亡"这样如此赤裸的结婚标准，即使连多多她妈这一关我都无法逾越，要不怎么都说房价是丈母娘抬高的。

不管怎么说，房子，已经成为恋爱甚至婚姻的代名词。想想几十平米的格子间，还没有所有权，使用权也不超过70年，不知从何时成了决定人生幸福之事的关键，这多少有点让人害怕。

75

我也只是发些牢骚。无非是今天这个牢骚因为房事被中断，发得多一些而已。站着说话不腰疼，其实我还没有这样的资格，我目前是跪着的。我还没有把多多娶回家，没有娶回家的原因很多，这就是房子，这是我们绕不过去的话题。

那天中午，我们赤身裸体在床上躺了半天，再也提不起半点兴趣。我倒没有担心我的身体会出现问题，而是一直在想房子的事。想着想着，我俩都陷入了沉默，一动不动地躺着，直到我昏昏沉沉地睡去。

76

我是有无数个理由买房的,没有买的理由其实只有一个,没钱。没钱是我遇到的所有问题的症结所在,对于那种能用钱解决的问题都不是问题的说辞,我向来嗤之以鼻,因为这句话还有下半句,如何有钱才是你最大的问题。

从大学一毕业开始,这个问题就一直在困扰我,不幸的是,来京工作即将十年,这个问题还没有解决。期间北京房价疯涨,而且由于基数高,我十年前买不起,现在更买不起了。既然买不起,干脆就不买了。我很长时间都抱着不买房的态度,还给自己找了种种理由,觉得不能让房子把生活毁了,而且都"八零后"了,得换个和父辈不一样的活法——后来我才知道,一代代人看似不同,其实区别很小,大家都逃不脱房子车子和妻子孩子,这些人生的枷锁,我们大多数人从出生那一刻起,就注定要背负的。

也不是一点都没攒下,到我决定要买房的时候,卡上凑在一起有五十万。我曾为自己工作了十年才攒下这点钱感到难过,后来问了身边一些同龄朋友,攒下钱的很少,攒到五十万的更少——我丝毫不为此感到骄傲,相比我的生活,人家更像年轻人,我则是捉襟见肘的中年。更重要的是,即使说起买房这事,人家似乎都有亲友的支持,而我呢,我也有亲友,但是否能支持是不确定的。尽管如此,我还是要干一件内心极度排斥但又非得硬着头皮干的事,借钱。

77

接下来我要做的,便是一边看房子,一边凑钱。我初步算了下,按北京现在的房价,折中买个七十平两居的,首付还需要再借八十万。我没有问多多能添多少钱,我觉得这个时候问是不妥的,除非她主动提出来。如果说买房是我的责任,那么我就应该尽全力,再说八十万嘛——我打心眼里有一万个不愿意借钱,可是我想,如果我要决定借,似乎还是能借到的,最起码那些天天催着我结婚的邻里乡亲应该可以吧,要是知道我买房是为了结婚,他们应该高兴成花儿一样吧。

我和多多做了分工,她抽时间了解房子的信息,选中后找中介看房,我则尽力筹钱。女人天生对房子感兴趣,把这件事交给她再合适不过,即使买错了,将来我也不用落埋怨,我想。多多看起来平静如常,但我知道她是开心的,当晚我冲动非常,如果不是她提醒隔壁郑常还没有睡,我可能会在第二天起不了床。就在我快要忍不住的时候,多多又说起了那句话:赶紧买房吧。这句话像一盆凉水顷刻倒在我身上,瞬间把我冷却下来。我想起借钱的事,再也没了半点冲动,躺尸般挨着多多,迷迷糊糊睡着了。

第二天,我把要在北京买房的事打电话告诉了爸妈。我本以为他们会很开心,可是当他们听到四五百万的房款时,半天不说话了。我给他们算了下,最后提出大约需要一百万的借款时,他们才稍稍缓了过来,把很多我已经告诉他们的

又反复问了下才算了事。这时我爸接过电话：你买房子这是大事，也是好事，我和你妈都支持你。成家立业，有房子就有家，你也到时候了。哎呀，真是，我和你妈特别高兴，就像我们当年。

说到当年，我爸开始对比了：你妈也给你说过吧？当年，我和你妈结婚的时候什么都没有，和你爷奶他们一起住了三年，才盖了房子。后来的事你也知道，房子住到了前年，想着你将来要结婚办婚礼，才推倒盖的这小二层……我说这话的意思是……

还没等我爸把话说完，我就打住了他：今非昔比啊，当年是当年，现在是现在，你们当年实际情况就那样，大家都一个样。现在呢，实际情况是得有房，有房！我忍不住加重了语气，电话那边又是一阵悄无声息。又过了一会儿，似乎觉得这么耗着浪费电话费，我爸便接着把他想到的另一个建议提了出来：那能不能多多那边……这话还没说完，我直接挂了电话。到底是女人敏感，刚挂下电话，我妈就打过来，说狠狠把我爸骂了一顿，买房这是人生头等大事，他们一定会尽力支持，让我放心。末了她提醒我，先从亲戚借，比如你二叔。他给孩子结婚准备了钱，但结婚这事听说还没着落，看能不能先借来用用，到时候再还他。还有别的亲戚，按远近亲疏挨个都问问。我也给他们打个招呼，能凑就凑，这是大事——按理说我和你爸应该出面借的，可是这钱太多，我们年龄大了，就是有也不敢借。你没事，在外面工作，别人也不怕，再说还有我跟你爸在村里担保呢。你先敲锣,我们在后面打鼓,能借多少是多少。不够咱们再想别的办法。

78

按我妈的建议,依照先亲后朋,由亲到疏的顺序,我把可能借到的名单罗列了一遍,并在后面标注了希望借的数额,血缘越近的亲戚,关系越好的朋友标注的数额越大。我拿着这份名单,把从小到大我和这些人的接触回想了个遍,把我是否取得了他们的信任,他们对我的关爱程度,他们是否有钱借给我,他们借给我的话我要达到哪些条件,我是否需要承诺利息,是否需要承诺还款期,如果他们不借,我需要怎样回应,以及我是否在某些时候向他们提供过帮助尤其是借钱给他们——这一点是非常必要的,欲要取之必先予之,老祖宗都是过来人。我想,早知道现在要借钱,那么当初就应该尽可能地为他们做些什么,这样才会理直气壮一些……我躺在床上,把与借钱有关的一切全部考虑了一遍,突然发现原来觉得很简单的事情,现在变得特别复杂。某种程度上,这件事成了你和亲朋之间关系的考验。这种考验不仅取决于感情,还取决于你的为人处世,你的能力和潜力,你的未来和希望,你的回报和感恩……总之,这件事成了大家对你的一场检验,你整装列队,自以为做好了准备,但是检验的结果如何,那就得等大家说了算。

我挺佩服历史上那些借钱的，比如林语堂向胡适借钱，巴尔扎克向自己的儿子借钱，都挺理直气壮的，似乎这钱该借，而且也都借到了。不过也有为借钱伤脑筋的，比如鲁迅曾在《两地书》中嘱咐家人，别借钱给人，自己也不跟人借——这大约是最好的选择了。

夜里想了千条路，明朝依旧卖豆腐。连续几晚，我都在借钱这事上犹疑不决，举棋不定，以至辗转反侧，夜不能眠。多多还以为我为工作的事操心，便自顾自地睡了。本来这种事和她商量下最好，不过又想到我们已经做了分工，而且她对我的亲朋情况也不了解，徒说无益。

终于，在犹豫了几天后的一个傍晚，我开始打电话借钱了。我做了充分准备，比如借钱的时间选在晚饭后，就是考虑到大家这时候心态比较轻松，更容易答应别人，而且这时候一般没有要紧的事，说起废话比较方便。打电话而不是发信息则更有讲究了——声音通过电话传递可以营造亲切感，可以为借钱做充分的铺垫，一旦你提出来，对方往往没有准备的余地，是否能借即刻便知——当然，他们也许会告诉你得等等看，容他们筹措一下，即使如此，你也能从语气中听出有多大把握了。不管是否能借到，这种即刻的反应，往往能看出你在对方心目的位置。一般来说，即使再虚与委蛇的人，也会袒露几分真迹的，只要你善于观察。而信息则完全不同，一般来说，这种信息对方即使看到，绝大多数都不会立刻回复，不管借与不借，都会想好充足甚至让你无可辩驳的理由，有时候甚至会让你觉得，你向其借钱是多么鲁莽且不理智，没有借给你不是他的原因，而是你的原因，是你造成了令大家尴尬的一切……总之，用一句俗话说，太难了。

79

我第一个打电话借钱的是我二叔，也就是我爸的弟弟。借之前，我和我爸聊了下，觉得可以借——我本想让我爸出面，不过我爸说还是让我借好，我是晚辈，话比较好说。他们兄弟之间几十年，牵涉了太多的恩怨，不是说借就能借的。

我拨通了电话。

电话响了几秒，接了。接电话的是二婶。二婶说：哎哟，好久没见你往家里打过电话啦！稀客稀客。二婶这人喜欢开玩笑，对谁都这样，不过这话也能听出来责怪的意思。我自然说忙。她问我工作生活女朋友——老三样，我按照准备好的告诉了她，然后是一个问了无数遍的问题：啥时候结婚呀？二婶还等着给你张罗呢。我说让二婶费心了，我尽快办。

二婶说，也该结了，也该结了。你今年三十了吧，俗话说，三十而立。

我无话可说，只好连连应诺。这时，二婶才把电话交给二叔，喂，你来接吧，打给你的，我这啰嗦了半天。二婶对着二叔说。我终于松了一口气，感觉就像爬山，本来准备一鼓作气爬到山顶，现在倒好，半路杀出来个挖野菜的，质疑你爬山不

务正业,把你撂在半山腰发呆。

二叔接了电话,简单打了招呼,我本以为要把刚才的废话再重复一遍,没想到二叔干脆:有啥事吧?这突如其来的发问打乱了我之前所有的铺垫,一时竟乱了阵脚:哦,没事,就是好久没打电话了……嗯……二叔,我年前带女朋友回来你不是也见了么?现在家里一直催结婚,我们年龄不小了,也有这个打算,姑娘家看来也同意,不过……现在你知道的,都是得有房有车,所以得买个房子……

二叔一听:这是好事呀。刚才你婶不是说了么?该结了,我也是这个意思。男人年龄大点也不是啥大事,可是咱得考虑下一代。这就像种庄稼,春种秋收,要是赶不上季,那收成……

我惊讶于二叔用如此通俗的话,把结婚生子这个问题说得清清楚楚,明明白白,而且一点都不感到难为情,甚至让我对耕种、对四季与人的关系、对天人合一有了新的理解。

二叔说得是,我说,就是这个理儿。不过,我得先买个房子,在北京买。北京房价贵,我首付不够,想着二叔你要是方便,给我凑一下,二十万就成,我将来……

哎哟,在北京买?北京房价贵死人!你咋不在老家这边买,我正准备给你堂弟买一套。咱们这里也一样,不买房不结婚的,你看看,这事都凑到一起了。哎呀……

关于为啥在北京买的问题,我简要给二叔说了下——在我原来的准备中,这部分是详细说的,因为这是非常重要的铺垫。但现在，二叔顺势抢了先机，借钱这事显然不合时宜，我心里一下子凉了半截。

为了不使聊天尴尬，我问了下堂弟的大致情况。我在想，如果他结婚的事还没有确定下来，那么显然我更着急一些，再说，不是要让我做榜样吗，你们总得给机会吧。二叔说现在农村比城里更讲究，农村本来女娃子就少，要是没房没车，连说亲的机会都没有。看着你堂弟在县城是有工作，可是他年龄也不小了，也让我着急啊！

话说到这里似乎就该打住了。我本能回应了一下，说二叔说得是，看起来农村比城里更讲究。堂弟才工作，他可能比我压力还大……不知怎的，我开始帮着二叔说话，帮他圆场，否则就显得我不懂事。

电话里，二叔的声音听着非常为难，我甚至能从这声音看见他的样子：眉头紧皱，双眼低垂，时不时还吸一下鼻子，发出"唉……唉……"声。他看我从小到大，我看他从年轻变老，作为村里一个有本事的农民，我爸说他这些年攒了些钱，不过现在看，这些钱要用在城里的房子上了。

二叔唉唉叹息着，说让我再到别处想想办法，这是大事，可是怪他没能力，实在帮不上忙——要是能帮上，不用我张嘴，他这当叔的也会为我准备——即便如此，他也会为我想办法。我知道这是最后收尾的话，只是表个态而已。不过我还是感谢了半天，才挂了电话。

80

第一个借钱电话,打给自认为最有把握的人,耗去一个多小时,最后还是落了空。我感到沮丧,这通电话就像一桶冰水,把买房的心浇得透凉。我忍不住怪起我爸妈,如果提前知道堂弟要买房,我就不用再打这通电话做无用功了。

其实这事最尴尬的地方在于,因为这个借钱大家心里似乎产生了间隙,以后怕再也回不到之前的状态了。这是很微妙的,借钱的心理是很复杂的,本来是不好意思的,但还是希望对方能借钱,借了的话这个不好意思会因为对方的信任而淡化;如果没借到,这个不好意思会加剧,同时自以为也给对方造成了困扰,使对方陷入难堪,尽管你并不知道对方是出于何种原因不肯借的……总之,一旦走出这一步,亲情和友情便要面对严峻的考验。

我想起小时候二叔总是把我架到脖子上骑大马,我每次从北京回去,二婶总是给我煮荷包蛋的事。他们总让堂弟以我为榜样,在亲戚借钱排行榜上,他们是排在第一位的,否则我也不会第一个向他们张口。这下可好,我感觉和二叔二婶之间,那种类似父母般的关系开始出现裂痕了。

我郁闷了一会儿,想到钱还没一点着落,打开手机备忘录上的借钱名单,在二叔后面画了一个叉,然后准备按着名单的顺序接着往下打电话。这时候多多从外面回来,一副累死累活的样子,鞋都没脱就躺在了床上:看房真是个体力活,耗神又耗力，哎呀，下次你去吧。说着翻了个身，把脸埋在被子里，露给我一个紧绷的屁股和两条细长的腿，便一动不动了。

没有对比就没有伤害。我本来想把借钱的事和看房的事比较下，让她知道什么才是耗神又耗力，回头一想便没说出口。关键时刻我们一定不能闹内部矛盾，只有齐心协力，才有可能把房子买到手。于是我便嗯了一声，算是对她的回应。

这时已晚上十点多，从窗户上看出去，小区里灯影点点，透着一股万家灯火的生活气息，看起来温馨甜蜜。我在想，他们的房子都是如何买到的？他们当初是否也因此借钱？他们都是如何借到钱的？他们的房贷还完没有？买了房子后生活是否会发生改变……列夫·托尔斯泰说，幸福的家庭都是相似的，不幸的家庭各有各的不幸。想到这些，窗外的万家灯火显得虚幻起来。我无可奈何地躺下，关了灯，屋子里立刻漆黑一片，周围的一切瞬间隐去，就像多多也不存在似的。

81

张爱玲在《未知》中说，有了自己的房子，未婚女子就像是凭空小了几岁，又有耐心慢慢地挑选爱人了。一男向一女征询意见：我们先租房子住，结了婚攒了钱再买房子吧？女答：那我还不如先租丈夫呢。多多像极了张爱玲所说的那种未婚女子，我们的对话也像"一男一女"那般，买房，成了我们生活的主题。

在多多前期看房的基础上，我们选了东四环到东五环之间几个小区的房子，然后把信息反馈给中介，很快，一个叫钟华的女的和我们约定了看房的时间和地点。一个周六的上午，多多拉着赖了半天床的我，简单吃了早点，提前去了钟华所说的小区——这是多多的主意，她提醒我，一定要先到小区周围看看，整体感受下，选择了房子就是选择了生活，我们得为自己的生活负责不是？我连连称是。看来，一旦和房子联系起来，女人的理智便开始大于情感了。

82

我们先来到欢乐谷附近的一个小区，理想家园。这是多多选的，看来女人对房子的确是有眼光的，大牌建筑，房龄十年左右，容积率小，单元之间有花园，大片绿地，中间小桥流水，适合休憩，将来有了孩子还可以亲水。交通便利，附近地铁五百米，大约五分钟。生活设施齐全，大型超市、电影院、带游游泳池的健身房就在楼下。孩子上学更方便，买这里的房子就有资格进小区幼儿园——多多打听了，这是附近最好的幼儿园。九年一贯制学校正在建，据说是北京中学分校……总之，无论从哪方面而言，这个房子正如小区的名字，理想家园。

多多拉着我，很轻松就骗过了戴着红色贝雷帽的保安，装作房主似的在小区溜达了一圈。的确如多多说的那样，甚至在我看来更好，但是我一点高兴不起来，很显然，这样的房子价格也很好，均价六万，价格比附近房子高百分二十左右。尽管有小户型，但最小也是八十五平，这意味着仅首付就需要小二百万。我想想卡上的五十万，立刻就没了兴致。

多多倒是兴致不减，一边遛一边给我畅想住进来以后的生活：先不要小孩，好好体验下二人世界。她下班后先在小区花园溜达下，然后回去给我做饭。吃完饭我们去健身房，周末去看电影，再去购物。然后宅在家里给我做美食，我则在阳台上看书晒太阳……

如果不是中介打来电话，我是不忍心打扰多多美梦的。刚挂了电话，钟华就来到3号楼下与我们碰面。她似乎有着中介具备的所有专业素养，准时，而且走路带风，远远就看着你笑，就像多日未见的好友又谋面了。一身职业装是少不了的，不过可能女人天生就懂打扮，那种看起来毫无特色的衣服，穿在她身上便有一种特别的活力，这大约是身体的优势。她个子中等，不过女人总是显身材的，看起来比多多还高。她最显著的特点是胸部高耸，就像直挺挺地堆起来两座山，把职业装撑得很有型，大约任何人尤其是男人都无法忽视，待转身时我才想到，这可能是她长期穿高跟鞋的缘故。不过她另一个特点也显而易见，就是嘴大。这也许便于她滔滔不绝讲述有关房子的一切，可是长在脸上却没有恰到好处，显得眼睛小而鼻子宽，整体看，似乎把脸也撑大了。不过这和我有什么关系呢？我心里嘀咕了一下，瞄了一眼多多，她看起来还沉浸在买房的美梦

中，对其他都毫不在意。

我们跟着多多进入3号楼门，径直走向电梯间，按了18，看吧，18要发，多吉利。她咧开那张嘴，对着我和多多笑。不等我们答话，她又继续：这个小区我最熟，卖出去好几套房子了，前天刚成交一套，就在对门那个单元——到底对门哪个单元她模糊跳过，说，放心，一定给你们在这里挑个好房子。刚说完，18层到了。

钟华一边弯腰掏鞋套，一边大致给我讲这家房主的情况。这房子是给儿子买的婚房，后来儿子没有结婚却去了国外，老两口在别处也有房，就决定把这一套卖了。房子装得也不错，一会儿你们看看就知道了。哎呀，太合适了，你们将来可以结婚用，又吉利又省事。多多看起来心花怒放，就像我们马上就要在这里结婚。而我，除了刚才钟华弯腰时，不小心看到她猩红的胸罩和一闪而过的乳沟，心里有点乱跳，其他无动于衷。我的理性告诉我，这只是中介根据客户情况编出来的销售术语，如果我和多多结婚了的话，她肯定会告诉我们，这个房子特别适合生养小孩，原房主在这里人丁兴旺……后来我才知道，这家的独子喜欢上了一个男生，家长不理解，环境也不允许，索性一走了之去了国外，死活不回来。房东一气之下把房子挂了出来，卖了也就不想了，就当没这个儿子。

等我们穿好鞋套，钟华按了门铃，里面应声确认了下，打开门，钟华像走亲戚般热络，弄得开门的老太太都显得有点不好意思。打扰您休息，我们来看看房。我说着，向老太太点了下头,然后随着钟华的脚步在屋子里转悠。多多这时挽着我的胳膊,和我挨着,就像一进这门就甜蜜幸福了许多。

房子比我们想象的要大,不过这也正常,经常住在租来房子的一隅,我们对房子大小的概念还停留在主卧或者次卧上。房东太太介绍,按房本是82平,但她笑着说,这房子公摊小,实际面积72,一大一小俩卧室,足够你们小夫妻用了。说着眯着眼睛看着我和多多。多多甩了一下我的手,似乎为了与我保持距离:我们还没结婚呢。说完钟华也跟着凑热闹:他们就是为了结婚买房的,看看,小伙子多爱你!多有担当!啧啧,要是有人给我买房,我早就嫁了。说着便自顾自笑了起来。钟华这笑是有深意的,有一次据她的中介同事说,她原来是在超市卖货的,一边卖货一边追求自己的理想,画画,成为一个画家。可一晃三十出头了,在她老家这样的年龄只能找二婚。于是她辞掉了超市的工作,画也丢了,成了房屋中介,这一行只要能凑成房子成交,那中介费是相当可观的。她告诉同事,她得尽快挣钱然后回去买房子,找人结婚。我觉得我们是一样的,要是我有钱,我一定尽快在钟华手上买一套,遂了她的愿,只要她还能画画就好。我想如果多多也这样想那该多好。理想家园难道就是理想么?人生难道没有比房子更重要的东西了么?但转念一想,我发现自己纯粹是在发牢骚,没有任何意义。

边看房子,钟华边给我们建议将来的规划:这个房子,诺,你们也都看到了,确实不错的,装修也好——这时房东太

太插话了，装修是我监工的，找的江苏人，你看这墙面，都七八年了，没有一点凸凹。都是好材料，壁纸、墙漆，还有地板、石材，都是我亲自在市场挑的，你们买了就能住——要是结婚想翻新一下，也不用大动。

房东和钟华看起来一唱一和，房东刚说完，钟华接上：可不嘛！你们买房也不容易，像你们这个年龄段的客户，来看理想家园的房子很厉害了，看来都是金领阶层。将来装修一下当然好，要是不装修也能住，等于你们是买了个精装的，多划算。你看看，这房子格局合理，全明户型，早能看到太阳，晚能欣赏夕阳，楼层也好，在这个小区，很难得的。前几天我刚出手一套，说实在的，比这个房子差远了。可是还挺抢手的，挂出来才一周就成交了。

这时我没来由问了一句：那价格……话还没说完就被多多打断，钟华咧着嘴笑了：看来是看上了，不急不急，价格我们随后说。多多悄悄在我腰上拧了一下，似乎我丢了很大的脸。这一幕被房东太太看见，也笑了。

出来的路上，还没等钟华说话，多多就开始教育我：看房的时候是不能当着房东的面谈价格的，价格要跟中介谈的——这大约是她前几日看房的经验——后来我才知道这都是中介的灌输，如果买卖双方谈妥了价格，那么要中介何用呢。我没答话，钟华似乎看出了我的不快，赶忙圆场：没事的，没事的，这都好说，关键是给你们选好房子。

我们走到门口的时候又遇到了进来时的贝雷帽保安，他看我们和中介走在一起,便知道了个大概,很不友好地朝我们摆摆手。多多撇了保安一眼,嘀咕道:有一天要是在这里买了房子,让你给我们敬礼!我不知哪里抽筋拍了一下她的肩膀:加油!多多哼了一声,又挽起我的胳膊,说:那不还得靠我老公!听着这话,感觉千斤重担又压上了心头。

83

按照钟华的安排,我们又来到一个叫作世纪城的小区。这是个中档小区,很大一片,好几个区,容积率很高,空间逼仄,种着稀疏的树木,垃圾桶随处摆放,各种牌号的车横七竖八地摆着,就像没有人管理。这里和刚才的小区间隔不到一公里,但却是完全不同的地方。说起来,中国人没有等级,只有群体,但是从其居住环境看,等级一目了然。

钟华看起来已经对这里了如指掌,她告诉我们:这里有一部分是限价房,还有一部分是经济适用房,但是已经达到了交易的条件,是可以正常出售的。

这就像刚给一个人见识了锦衣玉食,然后又让他吃馒头咸菜。任凭钟华口吐莲花,多多还是提不起半点兴趣。钟华有着中国人典型的思维:来都来了,还是上去看看吧。说着带我们进了一个单元,走过画着涂鸦的楼门,进了电梯间,我扫视了一下,上面贴着住户通知,提醒住户不要高空坠物,以及尽快缴纳物业费。多多愣愣地问了一句:原来这里有物业呀!钟华

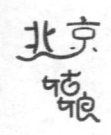

回头看了她一眼：那当然。说着不好意思地咧开嘴笑了：要不怎么说便宜呢。

钟华敲开了一家位于七层的房子。开门的是一个中年女人，屋子里还有她的儿子，坐在沙发上看电视。她把我们迎进屋子，满脸堆笑，就像这屋子很久没有人来过了。

我问女人为何要卖房，她朝客厅方向示意了下，轻声说，哎，还不是为了孩子。这时我才发现，那孩子自打我们进门，坐在那里就没动过，也没有给我们打招呼。我还有点不解，这时钟华和女人寒暄了几句，我们便退了出来。

刚出门，钟华就告诉我，这女人孩子病了，行走不便，想换个小的，余出来一部分钱给孩子看病。这时多多问了一句：那她老公呢？钟华说，这女人挺厉害的，房子是她一个人的。多多看着有些迟疑，钟华补充道：反正我看过房本，就她一个人。这时我拍了一下多多：你也应该学学的。多多不知哪来的机灵，说那好，改天我也找人生一个。钟华赶忙打圆场：哈哈，你们俩可真甜蜜。你们可不能和那女人比，好好买个房子，结婚生子，恩爱到老，比啥都强。说实在的，谁愿意那样呀？带个病了的拖油瓶，还得卖房看病，这一辈子算是毁了。女人呀，找个好老公很重要，找个能买得起房的老公更重要，找个能买得起房还愿意写上你名字的老公更更重要……你可要知足哟！说着一脸羡慕地看着多多，就像她已经成了房东太太。

84

接下来,多多又带我们去了一个房龄三十多年,明显老旧的小区。小区位于五环外,一般叫作机械厂家属楼,顾名思义,这原来是北京一个机械厂的家属区。机械厂因不符合产业定位搬走后,留下了十几栋家属楼。这些楼房以五六层的板楼为主,红砖砌墙,外面装满锈迹斑斑的防盗网窗,窗台上摆满杂货,偶尔会有一些绿植,不时会传来刺耳的声音——这是大爷在楼顶或者窗户上养的鸽子叫了。丝丝绕绕的电线从楼层间穿过,一直穿到房子门口的电线盒里,上面一般都有各种笔体的数字,从这些数字,才能辨认出具体的门号。这时你才会意识到,这些房子是有人住在里面的,他们是这环境的一部分。

如果不是钟华把那句"来都来了"重复了三遍,多多是根本不会上楼的。看她面露难色,我便拉着她,跟着钟华上了6楼,这栋房子的最高层。钟华没让我们穿鞋套,直接用力咣咣敲了几下楼梯左侧的房门,过了一会儿,里面传出来一个山西女人口音:谁呀?看房的。钟华应道。又过了一会儿,门开了。

山西女人是护工,里面住着一个老人,钟华凑近了喊他李老。李老躺在一个较大卧室的床上,看我们进来似乎要起床,但被护工拦着,钟华见状喊着:我们看看就走,我们看看就走。说着便带我们在房子里转悠。

不时听到老人在床上咳嗽，护工又向我们摆摆手，钟华也摆摆手，我们陆续走出了房子。钟华还要带我们去看这个小区的另一个房子，多多显得有气无力，说，都看了半天了，下次吧。钟华看看我，我没说话，又看看多多，便说，那好那好，也该中午饭了，大家先吃饭，房子随后再看。我提出请钟华吃饭，钟华说她还约了个客户看房，下次再说，还不忘叮嘱我们好好商量，随后再联系。说着一阵风走开了。

　　这时，我以为多多饿了，就问她想吃什么，谁知她约的车已经到了，我们便上了车往回走。一路上我们无话，多多看起来没睡醒的样子，蜷缩在后排座椅上。我本想和她聊聊房子，看她不在状态，便把头依在车窗上，慵懒地看着外面。一排排的楼房从眼前闪过，行人在其间进进出出，我猜想他们在买菜、洗衣、逛超市，或者送孩子去辅导班，照顾医院的老人……这普普通通平平常常甚至每天重复的生活是我以前拒绝的，甚至害怕的，我总担心它耗费了精力，磨平了锐气，挫败了雄心，让你在"人生可能就这样了"的感慨中老去。但是，现在我却期待这样的生活，不图岁月静好现世安稳，只是希望从明天起关心粮食和蔬菜……也许我们大多数人最后都如穆旦在《冥想》里所说，不过是拼尽全力过着普通人的生活。

　　这样想着我便安稳了些，但我知道这是暂时的，房子这个东西，注定会让我在成为普通人之前备受折磨。

85

接下来的几天,我和多多又陆续看了一些房子。五环内外没有新房,我们看的都是二手房。二手房都是钟华介绍的那几种类型,上中下三等,看多多的意思,最理想的当然就是理想家园。理想家园是理想,但钱是现实,从现实到理想,这是一百多万的缺口。以目前的情况看,这个缺口就像天堑,几乎无法填上。于是我便有意无意把多多往第二种、第三种类型的房子上引导,就是世纪城、机械厂那种。多多看起来无动于衷,提不起半点兴趣。

我一筹莫展时,钟华来了电话,问我们考虑得怎么样了,言外之意我们看的那些房子别人也看上了,让我们尽快决定。我开了手机免提,顺便让多多也听听钟华的分析,也许这有助于她认清现实。随即,传来了钟华竹筒倒豆子般的声音,她给我们详细算了理想家园、世纪城、机械厂小区三个房子的账,算完似乎知道我要问什么,说,一般而言,总价高单价相对低,相反总价低单价就高,这就是为啥机械厂的房子也要5.5万一平了。而且,这个房子还有点问题,现在只是挂了出来,但老头到底卖不卖还不好说,得听他儿子意见。他儿子想把房子赶紧卖了,凑钱买一套学区房,给孩子占学位,然后把老头送到养老院,这样一举三得,学区房也有了,老人也不用管了,护工也省了。可是老头不愿意呀,这是他自己的房子,根在这里,说是死也要死在这里。

我和多多面面相觑。

也许对多多来说，这三个房子就对应着三种生活：理想家园是理想生活，她所向往的，有花园有绿地有休闲；世纪城是一般中产生活，忙碌芜杂无情趣，得过且过；机械厂小区就是所谓的脏乱差，简直不能忍受。

但是对我而言，这三个房子对应着实实在在的人民币缺口：理想家园二百万，世纪城一百五十万，机械厂小区一百万。

看我们没反应，钟华便给我们分析这三个房子的优劣，最后说：我还是建议你们买理想家园，真的，我要是能买我就买了，还能保值增值，一举多得，呵呵，呵呵。

这些话听起来像是废话，但钟华讲得头头是道，感觉挺有道理，最起码，从多多的反应看，也是这么认为的。或者说，这些话是钟华替多多说的，钟华似乎摸准了多多的心思，一再提理想家园，这让我感到压力山大。看来，是时候和多多好好谈一次了。

86

我把手上的存款，以及借钱的情况给多多说了下，不出意料，多多看起来万分惊讶，像陌生人盯着我，一时不知如何应对似的。我本来想解释，多多说，你不是……而且……再说……

这三个转折词之间的大量省略让我疑惑不解，不过我已深知事情的严重性，安慰她：本来应该早点给你说的，后来想着先借钱再说，没想到钱没借到……不过，还有好几个亲朋没联系呢，估计是可以借一些的。

一夜无话。我翻来覆去睡不着觉，那些房子在向我招手，可是我又够不到，又急又气。机械厂、世纪城、理想家园，这些房子像一个个怪兽，等着我去打怪升级，和游戏里一模一样。也许有一天我会进入这个游戏，成为机械厂宿舍的老人，再成为世纪城的那个女人，最后成为理想家园的业主，一步步过关升级，等升到了理想家园，也许就成了骨灰玩家。骨灰这个词不错，那时候，我也真的就快成灰了，一辈子也就这样了。我从来没有想过一生的事，可是从房子这个角度，我几乎一眼看到了生活的尽头，一生的尽头。有点可怕。

同样可怕的是，这样的生活已经开始。自从我开始跟多多再次恋爱，房子就成了我们生活的主题，没有一天我们不在谈论房子，就像我们在跟房子谈恋爱，我感受到的恋爱状态都和房子有关，比如在那次房事，比如在看理想家园的房子时。我想起来，自从那次"房事"被隔壁的声音打断，我们再也没有正常过一次。挺可笑的，要买房了，"房事"却没了。看样子，等到住进理想家园，也许才能正常。这个理想太遥远了，遥远得让我不知道该如何实现，也许在触摸到这个理想之前，我和多多就已经彼此相忘了。看来单身是个不错的选择，既没有买房的压力，也没有房事的困扰，就像隔壁郑常——想想这小子

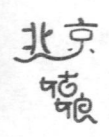

也挺可怜的，偏偏住在一对情侣隔壁，这不是找罪受么？难道是大隐隐于市？

想到这里，我感到可笑。我就像进入了一个关于房子的局，自觉不自觉地围着这个局转，从这个房间到那个房间，从这个人到那个人，一切都跟房子有关。我的身体，思想，一切的一切，都是房子的一部分，都被这个冷冰冰的物理空间主宰。

87

连续几天，我倍感烦躁，想去喝酒。算起来很久没去喝酒了，尤其是准备买房这段时间，基本没有了生活，天天在为一个抓不住的东西忙碌，忘了自己是一个人，还有吃喝的功能。

出门时看到郑常在门口晃悠，我叫他一起，他掐灭了烟，笑了一下，有点不好意思。看我还在看着他，知道我不是客气，跟我一起下了楼，去了小区门口的一家成都小吃。我本来想如果他不来就算了，可能我的本意不是喝酒，而是找个人说说话，这才显得盛情。郑常看出了这点，啤酒端上来我们刚碰了一杯，他便主动问我为啥想到喝酒了，大半夜的。我咂吧了下嘴，欲言又止了下，话就像断了线的珠子，哗哗啦啦就倒了出来。从和多多恋爱到计划买房到借钱到看房，一溜烟说了个遍，就像终于见到了亲人，恨不能把肚子里的委屈全倒出来。

说完，我以为郑常会劝慰我，没想到他独自喝了一口，点起一根烟，狠狠吸了一口，又吐出来，在我们中间形成一道烟雾。他在烟雾中轻轻笑了下，说，你说的这些我刚经历过，和你差不多，那女的……我们就是因为房子分手的。当时我们吵了一架，我对她说，我倒要看看，你到底能找个啥样的男的，住到啥样的房子。她说走着瞧。我说那就走着瞧，你一个当过小三的女的，能嫁出去就不错了。她说，你瞧着吧，我会嫁给一个能买房的男生，过上理想的生活……那时我便下定决心，走着瞧。

我哦了一声，问，她还当过小三？你咋知道的？她现在呢？嫁出去了么？郑常又吸了一口烟，吐出一段烟雾，我还以为他嫌我问题多。过了一会儿，他在烟雾后面说，是呀，和她一个业务上的男人，据说业务都是那男人安排的。你想想，这种事，付出总是要加倍回报的吧。现在她家里人让她尽快结婚。快三十岁的女人了，总得要嫁给房子吧。不过现在找了一个，刚才不是说了么，和我当时差不多，也是买不起房。说完他哈哈笑了，就像难得一笑。

我问，那你们可以一起买房呀。

郑常不以为然地看了我一眼：哥，你是真不明白还是假不明白？你觉得这么现实的女人，会愿意跟你一起买房么？说着他笑了。笑着笑着似乎觉察到了有点不妥，便止住了，说，哥，咱们都差不多，你也别太难过。

这话听着很糙，可是实话。我来不及咂摸这话的意思，便把之前一直想问的问题问了出来——这是个难得的机会，要不是话题聊到这里，我可能还需要铺垫很久。

郑常这次没喝酒,也没抽烟,只是愣了一下,随即说,还有这事?你弄错了吧?我在隔壁可是什么都没听到呀——再说,大家都是过来人,房子可以没有,但房事还是要有的,都住在一个屋子里,谁没个需要的时候?说完,他一脸无辜地看着我,就像他完全不知道这回事,我说出来这个行为本身已经伤害了他,遑论他回答了。

我看了他一眼,有点尴尬,不知该说什么好。只好拿起酒又给彼此倒满,端起碰了一下,咕咚咽下去后,终于找到了应对的方式。我半开玩笑问他:那为何一到我们关键的时候,隔壁就响起咣咣的敲墙声呢?

没有吧?郑常看起来挺疑惑,说,也许巧合吧。屋子里蟑螂啥的总往墙上爬,我是见一个拍一个,北京这地方,哎,真不如我们南方。你屋里没有么?

我不置可否应了一声,接着继续喝酒。喝着喝着我们的话就多了,聊的都是隐私,你一言我一语:我问他和前女友在一起的细节,他问我和多多在床上的情形……我们就像玩真心话大冒险,把彼此的隐私都暴露得干干净净。到最后,不知是喝多了还是咋的,我竟觉得我们聊的是同一个人。

88

很快郑常就搬家了。一天我下班回来,看到他屋子的门敞开着,地上一片狼藉,有个中介正在收拾。我走进去,中介问,你租房子呀?我说我就住在隔壁。中介哦了一声。我问了下搬走的情况,中介说合同还没到期呢,这小子,退房也不说一声,押金也不要了,傻×。我说可能有事了吧?中介看我话多,便聊了起来,说当初租房的时候,这小子看都不看,直接就要这里,也算是个奇葩。我说是么?他在附近工作?中介边收拾屋子边说,那我可不知道,租房子谁还打听这个呀!

房间很小,我在屋子里转了个身就要出门。这时看到与我隔壁的那面墙上,靠近床头的位置有一些墙皮脱落。我走过去,用手拍了拍,有几片掉了下来。中介回头喊道,不租别乱拍啊,影响出租。我本想问中介这墙皮何时开始脱落的,还没问,中介就发牢骚,妈的,好好的房子不住,弄得乱七八糟的。以后再也不租给这些单身的了。

多多不知怎么的很晚才回来。她进门时,我正躺在床上。她看起来有些兴奋,这是搬到这里后少有的。她一进门就喊,郑常搬走啦。喊着就往我身上爬,就像我们已经买到了房子。我感到惊讶,问她,从没见你主动过,今天这是怎么了?

多多亲昵地说,这不是看你买房子辛苦么?

我顺势说,既然如此,那不买了行么?

多多爬在我身上撒娇:那不行。要不怎么证明你爱我呢!

我说,那有的女的,比如当别人小三的,那是为爱还是为别的?

多多抱着我,不说话。过了一会儿她说,那不算爱吧。

我说,那是为了别的?钱还是工作?

多多沉默了一会儿，说，也许是爱别人呢！

我又问：要是我买不起房子，你还会跟我结婚么？

多多说：那要看你有没有尽全力了。任何一份爱都要尽全部力气。说实在的，最后你买不起房也没什么，我也攒有钱的。但是你得让我觉得你尽了全力，像我妈妈说的，值得我爱，这样我才能完全把自己交给你。

我终于有了点反应，爬了起来，想本能地迎合一下，岂料这时耳边又想起了敲墙声，啪啪啪地，像是幻觉。我不知哪来的怒火瞬间又被点燃，狠狠一拳砸了过去。

8.9

之后不久多多便和我分手了。我不确定是在郑常搬走之后，还是我确实买不到房子之后，总之是她提出来的。我坦然接受——不管怎么说，总比第一次突然消失要好。她留下五万块钱，说是还我的，我本来想收下，可是不知怎么的，一瞬间又没收，说，等我买得起房子的时候再说吧。这其实是挺矛盾的一句话，买得起房子还要这五万块钱干吗？五万块，在北京可不就连一平米都买不到么？我们一起看过房子，她清清楚楚的。也可能是我想证明给她看吧，也许将来以买房为理由要这五万块，能把今日的颜面挽回一下。谁知道呢？

后来想，我大约是不想跟她断了联系，或者说心里还是爱她的——可能喜欢更合适，如果不是房子，也许我们可以好好谈一场恋爱。其实也不是房子的问题，只能说一开始她就活得比较现实吧。如果她说的是真的，当初真的是用这五万块上了央美的考研辅导班，那么这钱就是值得的。尽管我已经没有这样的理想，可也曾为了这样的理想努力过。想到这里竟有些想笑了。

一时间，我竟分不清多多追求的是理想还是现实？是理想中的现实或者现实中的理想？总之这个女人有点让人琢磨不透。

分手后多多就从我租的房子搬了出去。走之前她说这五万块她就先欠着，会还我的，放心。我点点头——早在第一次她消失的时候，这五万块我都没想能拿回来，否则我甚至会报警的，警察总是有方法的。这次就更不用担心了。即使她再次消失了也没关系——如果她再次为这五万块钱消失，那么这次分手就是庆幸的。

90

这事我没告诉总编辑。后来我听杂志社的同事说，多多原来是美术家杂志的潜在推荐画家，之所以是潜在，是因为还没有定下来上封面推荐。这方面的原因很多，多半是没找到金主，而自己又不肯花钱。就像明星，背后多有各种所谓的干爹支持。显然，多多可能属于"不太漂亮"的那种。不管何种身份，对女人来说，如果"不太漂亮"那就非常麻烦，不像男

人,还能用钱来掩盖。

这种情况下,总编辑便邀请多多加入杂志,做他的助理,联系更多的画家上封面,这样大家都能赚钱——这样也许多多就有机会上封面了。理想是丰满的,逻辑也没问题,可这世上的很多事想是一回事,做又是另一回事。多多当了她的助理后,自然而然便成了总编辑的情人——就是小三。这方面的经过可以参考之前多多的讲述,略去不写,总之就是我们常见的那样。

再后来,总编辑发现这样下去不是办法,就给多多找到了接盘的,这便有了前面的一切。这些其实都能理解,我一开始就有这样的预感,但让我惊讶的这竟然是莎,如果换个女生多好,这样我就不用如此悲欢离合了。让我惊讶的是多多的现实。是的,现实,她是如何从一个女画家变成一个为了房子不顾一切的女人呢?真的如她说的那样么?更惊讶的是,我们在一起的那段时间,我们恋爱的主题就是房子,画画这件事从来没有提起过,我竟然丝毫没有想到她还是一位画家。难道一个人真的可以在生活中完全成为另一个人?当然,这里这个现实也可以换成理想。

后来的后来,我也离开了美术家杂志。至于总编辑,我从来没有把这层关系挑破,不管接盘或者什么的,从积极的方面想,有人给你介绍姑娘,有人操心你的婚姻总也不是坏事。我只是遗憾从来没有见过多多的画作,我想她可能是现实主义那一派的,和我一开始的印象主义完全不搭边。

91

经历了一波又一波现实的蹂躏,我残存的那些念想逐渐凋零,就像一下子从北京的春天进入深秋,直接略过了繁茂的盛夏。在这样的情况下,不再和大家联系似乎是我能找到的最好方法。于是我像一叶孤舟,漂浮在城市的海洋,跌跌撞撞,应付着每一个激流险滩、明岛暗礁——如果有风和日丽的时候,就停靠在岸边,就着万家灯火,独自疗伤。没有枫桥夜泊,一如歌里唱的:

> 我似一叶小舟,无处可停靠
> 你唱千年古调,梦回到今朝
> 烛火人影飘摇,看淡周遭喧嚣

92

十年后的现在,我开始过一种简单的生活,接受自己和现实,不再主动和工作之外的人联系,不再做长远的规划,及时行乐,安顿好肉身,至于精神和理想——我不确定是否还有人谈这个,反正我已经不在意了。

说诗意点,繁华落尽,洗尽铅华,说粗糙点,这叫提前进入老年状态。我不愿意用"佛系"这个词,我尘缘未了,还有那么多好姑娘,要不然多可惜。这些好姑娘是生活中随机的,

以前的都已忘记，甚至初恋。以后的，谁知道呢。立刻马上现在，省略过程，直奔结果，无论生活还是工作，这是我十年来不断进化的心得。

还有，不主动、不拒绝、不负责是必要的，只进入身体，不进入生活也是不言自明的。大家都是成年人了，不要跟小孩子似的，什么都混作一团。如果生活中还有念想，这算是为数不多的。就当这是结婚前的回光返照了。

总之，晃晃悠悠，跌跌撞撞，浑浑噩噩，来来往往，匆匆忙忙，这就是我现在的状态。我宅居在北京城东的一隅，通过积累的经验和攒下的人脉，戴着面具穿梭于各种场合，职场、酒场、名利场，获得相应的报酬，用于支持生活和姑娘，直到进入下一个流程。

再见即别离

93

我是怎么也想不到李一画会联系到我的。我越来越觉得，有些人出现在你的生命里，就是为了遗忘的。大家来来往往，聚了又散，串起来就像火车窗外的风景，匆匆而过，直到成为一行行号码和一串串记忆，直到号码不再响起，记忆模糊不堪，直到心如止水，波澜不起。直到有新的朋友出现，然后循环往复，如是而已。

如果说我是一列火车，这十年来已经有太多的朋友滑过，李一画是哪一位？为什么会有这样一个名字……一瞬间有点懵逼，再一个一瞬间，惊讶懵逼恍然后，我关于李一画的点滴逐渐泛起：

您是……李一画？……哦……李一画呀……多年不见，好久好久没您消息了，很高兴又联系到了。

是呀，唉……是多年不见，有快十年了吧，没想到你电话还没变，嘻嘻，哈哈，嘿嘿……

是有十年了，你在哪里？都好吧。

我在北京呀，都挺好，不过，唉……一言难尽。

哦……是么……原来……

哎……时间过得真快……嗯……能联系上老朋友真开心……

我像个傻×哦了几遍后，李一画提出有时间的话，可以约个饭。我套路回应了一下，然后挂了电话。30岁后，我对约饭越来越不感兴趣——如果不涉及利益，我是一概谢绝的。大家发一堆牢骚或吹一通牛×，或者说一些似是而非的话，你还得假装同感回应着，而这些完全都可以通过无聊的手机解决。又不是约炮，没必要凑一起的。

我这么想着，似乎又觉得李一画这顿饭不同，去还是不去呢？犹豫了一个来回，忙别的事就忘了，再想起时释然一笑，也许李一画只是客气了一下，当什么真呢？觉得自己真的越活越傻了。

傍晚的时候看了一眼手机，发现有人添加微信好友。点开一看，是李一画。这次没有犹豫，带着好奇，点开了李一画的图像：一张油画照片，像在哪里见过。画上是一位姑娘，蒙娜丽莎似地笑着。像我记忆中的李一画，但又不像。

每一个添加好友的人，似乎都有翻朋友圈的习惯，我也俗得不例外。点开李一画的朋友圈，看到这样一段话：

> 你读过的每一本书，认识的每一个人，令你感到幸运之事都是冥冥中等待你去实现的安排。对于年轻人来说，

遵循内心，内观自己不是一件容易之事。但在一定年纪，蓦然回首，你会惊讶于命运的精准，清晰地看到每一个节点之间的联系，因此会对人生与未来肃然起敬。

我讨厌鸡汤，但我觉得这段话有点意思。翻看李一画更多的朋友圈，我有一种想把当年和现在连起来的冲动。可这是徒劳的，记忆太过遥远，眼前又太过陌生。

这一天是 2018 年 9 月的一天，距我上次见李一画已经是整整十年后。我不想说人生有几个十年这样的俗话，但时间真的已经过去很久了。

当天晚些时候，李一画发来一个地址，我推掉了很多事，和她约好两天后的周末，在东大桥附近的芳草地大厦见面。

94

芳草地是北京最具艺术气质的商业大厦，李一画会挑地儿，可是我却不想到这里来。以前硬着头皮来过几次，每次都有一种物是人非的感觉。艺术？呵呵，我要是能买得起里面的时尚套装、高级腕表就好了。当然，要是都能拥有里面的一件艺术品那就更好了。十年前我也许梦想过，现在，当然钱是最重要的，艺术是什么？看看罢了。

我们约在二层的一家云南餐厅。人很多。李一画订了位子，我径直走到里面，服务员把我引向一个角落。我有点忐忐，不知道面对的将是怎样一个模糊不堪的姑娘。在来的出租车上，我极力回忆李一画当年的模样，可惜点点滴滴难以拼凑。这十年经历太多，觉得所有的姑娘都是一个样子，而且很容易忘记她们的脸，午夜梦回想起的，也无非是残存的一些肢体，腿长腿短、胸大胸小而已。对男人来说，女人的模样总是易变的，而智慧又麻烦，触摸到的往往才令人欢喜而深刻。

　　李一画也是这样，我一路回忆，想起的，也无非是她当年青春且洋溢着的丰满气息，她对艺术的兴趣和未来的想象在我的记忆里荡然无存。快下车时我不禁有点失落，从什么时候开始，对于姑娘我的眼里只剩下肢体？这种肉欲的实用主义难道是一个中年男人的宿命？初秋的风乍起，尽管天还不冷，我却吐了一口凉气。

95

　　当模糊的回忆和清晰的现实碰撞时，坐在角落里的李一画立时突兀而来，以致让我无法面对。如果此时有音乐的话，我想《最熟悉的陌生人》应该最合适不过了。我不露声色地调整了情绪，装作平静如常的样子，硬生生挤出了一句话：久别都会重逢，冥冥中我就知道会再见到你的，呵呵，十年哪！我不知道这句话是否和我的情绪对应，我知道的是，我的故作平常有点别扭。此时，如果餐厅里再放一首伍佰的《再度重相逢》该多好。

李一画看起来有点陌生，当年的青春丰满已难觅踪影。当然丰满还是有的，不过是在一种相对成熟之下。或者说不叫成熟，而是一种风格，带着明显的在国外生活过的痕迹，看起来洒脱而精致，轻便而不俗，衣服上还点缀着西方现代艺术的图案，和周围的人不搭，但和这家云南餐厅，这座透着艺术气质的商业大厦很融洽。

　　彼此落座后，一番客套还是必要的，不过大部分都是我在应景，李一画轻轻笑着，微微看着我，似乎要从我的脸上搜寻往昔的痕迹。这可能要令她遗憾了，除了沧桑，过往的痕迹已荡然无存，只是一副俗气发福的面容，碌碌地应付着现世罢了。

　　变化好大，李一画感叹了一下，我以为接下来主题就进入沧海桑田、世事变迁了，然后大家再此情可待成追忆只是当时已惘然一下，酒足饭饱最后说好再见然后再也不见了，没想到李一画话风急转直下，接着说，其实你骨子里还有当年影子的。

　　我一愣怔，还没想好这话怎么接，穿着淡绿色套装的服务员开始上菜了，我咕咚了一口大麦茶，咳了一声觉得有点失态，匆忙和李一画手上的芒果汁碰了下。真没想到还能再见，很开心，干杯。我说着，然后把有点发烫的大麦茶一饮而尽。在下一个咳来临之前，我夹起一片酸汤鱼塞进嘴里，囫囵往下咽。

　　边吃边聊的好处在于，可以通过吃掩盖聊的尴尬，也可以通过聊弥补吃的单调。所以从古至今，大家都喜欢约饭或约酒，酒壮尿人胆，饭也一样。我趁着吃饭的间隙，时不时瞄一眼李一画，逐渐地，眼前的姑娘变得真切，她依旧是披发，依旧是圆圆的额头，深深的眼睛，高高的鼻梁，窄窄的嘴角，尖尖中带着弧度的下巴。画着淡淡的妆容，睫毛轻轻翘起，嘴唇微微透红，不时浅浅一笑，几乎要将我的感慨和吹嘘悄悄融化。

想起来了，这张脸当年是我无比熟悉的，我曾描述为一副西方少女的面容，极难呈现在纸上，好在这张脸是立体的，是有轮廓的，我还可以用石膏像的画法，以几何体的形式描摹，即使我很久都无法抓住她的特点和气质，只是画出了一幅外在的模样而已。

在大学的专业课上，老师曾告诉我们画人物像分三庭五眼，脸的特点可以用汉字形象分类，比如国、目、田、由、申等等，不过这套方法在李一画脸上不起任何作用，她也许是独特的，也许是不属于这个环境的，也许——我不禁为自己的胡乱猜测感到好笑，妈的，一见到姑娘就开始想入非非了。

想入非非是男人的本能，尤其是面对着一位丰满的姑娘。不管是青春还是成熟，李一画的丰满显露无疑，当仁不让。每每我夹菜的目光扫过她的胸前，心里都是一阵乱跳。我在鄙视自己没出息的同时，也为当年感到惋惜。不过我更好奇的是，为什么李一画笃定如常，毫不在意，甚至对我的欲望视而不见，难道好不容易的一次久别重逢只是一场吃喝怀念，甚至不能顺带约一场炮？刚开始我还甚至故做聪明借酒助兴，不过想到这些国外回来的孩子往往都很能喝才作罢。看来，这又是一场物是人非再也不见的约饭了。

96

饭过三巡，就在大家约摸着如何起身分别时，一直听我感慨过往，自己穿插点缀的李一画终于开了正题，问我，你还画画么？画画？我一愣，随即开了一个以为很恰当实际很尴尬的玩笑：你觉得要是还画画的话，我现在能坐在你面前么？然后就自以为是挤出笑容为这个回答添加佐料，从而消解这个有些沉重的问答。

李一画是认真的，我的笑并没有打消她追问的念头：画画不是你的兴趣么？以前经常听你说想做个画家，高更那样的。

哈哈哈，哈哈哈，我笑得没心没肺。那是十年前了，姑娘，十年是个什么概念，人生有几个十年？你还记得你十年前想做的事么？不是我不明白，而是这时代变化太快，别说十年前了，就是一年前我想做的事现在都忘了。再说……这里留了个悬念，我忍住没说，其实很好理解的，兴趣是什么不重要，想做什么也不重要，重要的是能否赚到钱。我对自己庸俗到这个地步毫不感到惭愧，换句话说这就是现实，大家不都这样么？我有点不适应的是，竟然还有人给我谈兴趣和理想，这都什么年代了，太不合时宜了，当我刚毕业的小青年呢。

我丝毫没有对自己一连串带着讪笑的说辞不好意思，而李一画相反。她有点陌生的表情告诉我，这不是她想听到的，也出乎她的意料：是么？我当然记得十年前想做的事呀，难道你忘了我们是怎么认识的么？要是我忘记了，今天也许我们就约不到了。

那是那是，姑娘总是要顺着的，要不然也显得我太直男了。为了表示我的认同，我稍稍歉意了一下，为了不再纠结下去，便岔开了话题，问了一个一直想问，却觉得有窥探隐私嫌疑的问题——而且这也是对国外回来的人的所谓尊重——在我看来，聊天中愿意跟你分享隐私的人才有可能成为好朋友，如果聊天聊不到隐私的话，简直浪费时间。

你为何又回国了？我记得你当年是要留在国外的。伦敦可是国际金融中心啊。把回忆和聊天中的信息汇总，我直接抛出了这个疑问。

李一画可能早料到我会这么问，若无其事地回答，现实所迫吧，和你一样。说完喝了一口薄荷茶，不过，她说，也许和你又不一样。总之，说来话长。李一画说完陷入停顿，留下一个我不好意思问的悬念。

97

在饭店服务员的一再催促下，我们不得已起身离开。大厦里的其他商户已陆续关门，造型各异、夸张怪诞的艺术品在暗淡的灯光下，显得光怪陆离，奇幻无比，就像置身一个想象的世界。大厅显得空旷无比，横七竖八的电梯把空间隔成一个个不规则的几何体，看过去就像用刀子切过，棱角分明、锋利无比。我突然觉得，世界还是鲜明的，而我已经模糊不堪了。

走出大厦的过程我们都沉默不言，我曾想开个玩笑，或者说个有趣的事情活跃下气氛，同时也向李一画证明，我不是已经现实得连什么都不顾了，至少我对姑娘还是认真的。看李一画似乎兴趣不高的样子，我想好的玩笑又原路返回，并排不紧不慢地走出了大厦门。

李一画提出开车送我回家，被我婉拒——看来这真是个在国外待久了的姑娘，不熟悉国情，如果别的姑娘会自然说再见，然后很快消失的。一场正常的约会，"潜规则"是男生送女生而不是相反，很简单，电视剧都是这么演的——想到这里，我为自己的直男感到可笑，同时也觉得，真的应该再挣点钱买个车了。这么想下去，觉得今晚的一顿饭吃的有点浪费，小一千的饭钱攒着可以加几次油了——不过也只是想想而已，首付都还没有凑够，先买了房子再说吧。

我预感这可能是和李一画最后一次吃饭，便想给她留一下潇洒的背影，婉拒后就往灯光照不到的暗处走，走过街角再打车离开，这样不至于显得那么狼狈。可没走几步，又被李一画叫住了：那幅画还在吗？

有点惊慌，我站住回头，哦了一声，匆忙回了一句，哦，可能……很久了……我回去找找看，也许吧……

李一画来了兴致，那太好了，方便时找找呗，挺有意义的，我得收藏，将来你成了大画家肯定值钱……

哈哈，是吗？那我回去一定找找，还是你有眼光，是挺有意义的，毕竟……后面有很多话想说，可不知该如何说。只好和李一画道了再见，说了一下开车注意安全、到家早点休息之类的套话，匆匆走进夜幕里，掏出手机叫了一辆出租，随即汇入东大桥夜晚爬虫般的车流里，走走停停、摇摇晃晃地从东二环往东五环外开。车窗外斑驳陆离、恍如白昼，我却陷在幽远的思绪里，感到一片苍茫。

98

周末堵车，到东五环外的蜗居已经晚上 11 点半。我下车后没有立即上楼，而是在路边找了一个小摊，要了两瓶啤酒几个烤串，蹲在小马扎上，边喝边看着周围的烟火人间，觉得这十年从少年初长成到年届三十，仿佛就像做了一个渐渐沉睡的梦，现在梦醒了，蓦然回首灯火阑珊处，却忘了曾众里寻他千百度，以至模糊不堪。

不知是酒精的作用，还是夜风渐凉，我的眼角竟渗出点点水珠，很不自在。我怕被别人看出，于是将剩下的一瓶啤酒咕咚灌进嘴里，抹了一把，掏出一张钱，甩放在沾满灰尘的桌角，示意了一下蓬头垢面、来回打转的小摊老板，像有人追着往小区门口走。

酒精对我从来都是催眠的作用，没料到那晚却失眠了。也不算失眠，可能是宿醉，以前两瓶啤酒如果不憋尿的话，都是可以睡到第二天中午的。失眠的夜对我来说不是孤单，而是漫无边际的黑暗与连绵不断的思绪媾和，让我无法自控，以至陷入极度怀疑和惊慌不安。

　　初秋北京凌晨三点，我辗转地躺在床上，瞪着窗外的忽明忽暗，任凭脑子陷在过往中，一遍遍回放，一遍遍重来，想要竭力把关于这幅画的一切再来一遍。

99

　　第二天昏睡到中午，起床后的第一件事，就是拖着头痛欲裂的身子满屋子找画，像丢了魂。我租住的是个一居室，地方不大，可是这屋子从我住进来已经两年，期间都没怎么收拾过，东西都是随便摆放，就像一个简易的垃圾场，边找边觉得难过，觉得自己怎么邋遢成了这样。

　　翻箱倒柜，折腾得灰尘四起，几乎把屋子翻了个底，也没找到李一画提到的那幅画。也许时间真的过去太久了，也许是某一时候开始，我觉得这幅画不再重要，就随便摆放，后来在不断搬家中弄丢了。也许当时和蕾的那些画一样，都交给伟拿出去代理了。

　　这似乎是必然的，从大学毕业到现在的十年，我在北京搬过不下于10次家，平均每年一次多。北京的东西南北我都住

过，从大兴的西红门开始，到西五环边上的鲁谷，再到北边的牡丹园，东边的欢乐谷，直至现在的北京像素。这十年间，眼看北京这座城市起高楼，眼看它房价从五千涨到五万，眼看它宴宾客，而我依然还是我。

也不全是。在每一次搬家的过程中，我都丢掉不少东西，有些是主动的，有些是被主动的。怎么说呢。有些东西我不想要了，但又觉得丢了可惜，就放在自己看不到的地方，如果将来能记起就拿走，如果忘了那就丢了算了。这和有些父母遗弃孩子是一个心理。

这些东西一开始是大学带来的各种专业书，画册，京城各大美术馆的优惠票，接着是落满灰尘的画架和画箱，再接着是各种习作，以及卖不出去的临摹，再接着是各种女朋友的内衣和化妆品，大学同学的通讯录，初恋时的情书，父母的照片，自己的日记本，一些没有利益交集的人的名字和印象，如此等等。而留下的，也就是那些能用得着的东西，比如某一个时期我租房时送的冰箱彩电洗衣机，以及购物节囤积的烟酒和食品，还有一些塞满衣物的柜子……不能说这是一个逐渐变得现实的过程，而是说，这是一个不断收缩的过程，收缩到仅仅作为一个人活着，安顿好肉身，其他的，当午夜梦回感慨万千时，听一听《唱一首悲伤的歌 就当我为你送行了》，就好了：

　　唱一首悲伤的歌
　　就当我为你送行了

再见即别离

前方的路依然坎坷
路上的人他从不说
唱一首悲伤的歌
就当我为你送行了
生命是花开又花落
我们从来都没选择

李一画提到的那幅画，也许就是在这个过程中丢的，至于是主动还是被动，是先丢还是后丢，我已记不清了。也许是和我初恋的第一封情书一起丢的，谁知道呢。当然，有些东西丢了也会后悔，比如各种女朋友的内衣，一开始觉得既然分手就没必要再留着对方的东西，尤其是这种私密性的东西。后来觉得这东西有收藏的价值，偶尔翻出来摆满一床，觉得青春也算没有虚度。这时候她们是谁已经不重要了，她们曾经是我的才重要。而李一画恰恰不在此列，这是让我隐隐作痛的。本来这个伤疤已经愈合，她已被其他姑娘替代，现在又被揭开，这多少有点残忍。

顺便说一句，我最早租住的西红门小区，现在叫理想城。挺好的名字，可我回不去了。当时我租住 200 块每月，现在房价已经 6 万多。这也许不是现实与理想的距离，这是两种生活的区别。一开始我们属于彼此，后来我们各奔东西，就像我跟李一画。

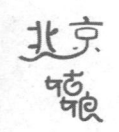

东北往事

100

就在即将进入下一个流程之时,我接到李一画电话。本来以为这只是一个插曲,生活会继续一泻千里,一直往下。没想到芳草地大厦的一顿饭,竟然把我拉回了十年前。在回首了一圈后在此打结,开始观望起李一画的生活。生活的吊诡之处,在于它不仅是曲折的,也是平行的。尽管我们已经是两条路上的人,可我们是从一条路上分开的。我想知道分开后发生了什么,李一画看来也一样。这与其说是一种好奇,不如说是一种怀念。

但的确,十年太久了,久到我们曾经那么甜蜜,而现在就像是陌生人。如果不是李一画打来电话,我可能不会再想起她,就像曾经很多不再联系的朋友。我们都有这样的经历,在某一阶段,我们身边有很多朋友,但是走着走着就散了,不再联系,没有消息,杳无音信,就像一段失去的时光。泰戈尔说天空没有鸟儿的痕迹,但我已飞过。其实想想挺主观的,如果没有这些朋友,我们如何证明自己经历过或是生活过?可事实就是如此，生活挺虚无的，有时候想起来一片空白。

我们在芳草地大厦吃饭是填补空白的开端，接下来我们去了好多个自以为还不错的餐厅，后海的酒吧、甚至东四胡同的滇山云水都留下了我们的觥筹交错、杯盘狼藉。一次次酒足饭饱后，李一画在遥远的曼彻斯特的生活点滴，逐渐被我拼凑在一起。

101

和大多数留学生一样，李一画的留学生活也经历了以下几个阶段：陌生、适应、融入。融入的标志是她和当地学生谈了两次恋爱，除了我曾在日记上看到的那个布朗，还有一位叫约翰的英国青年画家。谈不上幸运或者不幸，这两次恋爱都以分手告终。在李一画看来，生活习惯不同倒是其次的，主要是这些男的都飘着，恋爱就像是一个人，比如上一秒两人还在腻歪，下一秒他们就独自去旅行了。像那个叫约翰的所谓青年画家，动不动就玩消失，回来一问，无一例外就是去乡间写生了。而且你还不能有任何质问，否则他会一脸惊讶，why why 地嚷个不停，好像这事很正常似的。两次恋爱后她发现，对方基本没有结婚的打算——除非能让他一个人过得更开心，或者更好地追寻他们所谓的兴趣和爱好。总之，感觉和国内一恋爱就要房要车赶着结婚完全不同。李一画说着，摆出了一副似笑非笑的表情，我安慰她：敢情这是一个人的恋爱啊。哎，你该

不是想以谈恋爱为名跟对方练口语吧？李一画似笑非笑终于变成了哈哈笑：有这个必要么？

但李一画不否认，不管是布朗还是约翰，都是艺术学院绘画班的学生，她有个小心思，跟他们学画画。谁让我叫李一画呢？她自嘲。没成想，两场恋爱下来，画一点没学到，还给俩英国人当了老妈子，弄得身心俱疲，一片狼藉。我算是跳不出你们这帮人手心了。哎，她顿了一下，又说道：我爸当初真不该跟我妈结婚。你说遗传了艺术细胞挺好吧，可是一个让画画，一个又坚决不让，凄凄惨惨戚戚，青春一晃而过，眼看奔三，觉得自己就跟没真正活过似的。说完，她端起一杯啤酒一饮而尽。

情场失意，画也没学会，不过李一画的工作还是有进展的。她顺利拿下了曼彻斯特大学的金融学硕士学位，在和约翰分手后，搬到了伦敦。靠着师兄师姐的提携，以及她老妈拐弯抹角的资源协助，李一画很快进入伦敦一家投行项目部工作。伦敦是世界金融中心，投行又是最高薪的行业之一，几年下来李一画已经相对财务自由，变身名副其实的白富美。

白富美也有白富美的问题，比如即将成为大龄单身女；比如在伦敦与北京之间来回摇摆，不知道家在何方，将来该定居哪里；比如工作太忙太累，红尘颠倒日夜不分，生活已成为工作的一部分；比如在大投行里竞争激烈，女性又属于弱势群体……不过，眼下亟待解决的问题是她爸妈的婚姻。耗了大半辈子，父母终于把离婚问题摊到了桌面上。当李一画接到她妈妈的电话，立刻就赶回了北京。当今这时代，离婚已习以为常，可是自己的父母离婚她还是不能接受。她决心要尽最大努力挽回一下。

102

本来以为我和李一画十年后的相见就是一场叙旧，吃吃喝喝间谈笑下往事，然后一拍两散，互道再见——再也不见。叙旧不都是这样的么？时间和空间已经完全改变，大家已是两条路上的人，正如赵雷在《已是两条路上的人》所唱：

你可以追求你理想中的生活，
我们已是两条路上的人。

在我心里，我是喜欢李一画的。不过我自己清楚，这种喜欢，理性大于感性，肉体大于灵魂罢了。这已不是十年前那种发自心底的喜欢，而是一种身体需要的喜欢。经过十年的历练，即将30岁的女人李一画已完全不是当初那个稚气的姑娘了，而是成了一个丰满的投行白领，看起来前挺后翘，一双恰到好处的腿迈出颇有动感的步子，举手投足间颇具性感和风韵，还自然流露出一种见过大世面的气质。这样的女人，没有几个男人不动心。

也许现在的李一画比十年前的李一画更值得追，但我已经

不是当年的我。那时的我发自内心是要与李一画白头到老的，现在只是想如果能风起云涌、巫山云雨一番该有多好，其他的没有多想，也不敢多想。相比十年前曼彻斯特的李一画，我觉得现在的李一画离我更加遥远。十年前的那种遥远是距离上的，现在的遥远没有距离，无法衡量。

于是，我和李一画的关系变得若即若离，至少在我看来是这样的。我担心她继续追问那幅画的下落，以及由此带来的尴尬，但我又不想和她断了联系。我在想，如果有一天她打电话给我，说自己喝醉了让我去陪她，那该多好。事实上我想多了，这样的电话并没有响起，而是很快接到她另一个电话，让我陪她去看她爸爸。

103

李一画开着她妈妈的新款奔驰，载着我开到南四环外文化馆的家属区。北京十年来的大拆大建在这里留下鲜明痕迹，家属区小院的周围已建起了高楼和商场，马路也拓宽了，周围规划了绿地，从外面看，完全是一派现代而繁华的都市商业圈，而这使得家属区更显得破败和狭小。也许城市管理者看出了两者的不搭，就在小区靠近街区的一边竖起了高高的挡板，上面写着"文明你我他，城市靠大家"之类的广告语，看起来似乎还算和谐。

我心里有一个疑问，为何区位如此有优势的小区还没有拆迁？上楼梯的时候我本来想问李一画，后来忍住没问。关于拆迁的话题总是敏感，不管是政府还是个人，不管大家是怎样的关系。想来在北京的十年间，我曾多次路过这里，曾多次想上来看看，可是碍于我和李一画的关系，只是想想而已。从感情上而言，我觉得自己和李一画的爸爸更近。我和他交流不多，但我觉得他有很多故事和经历，而那些是我想知道的。

李一画爸爸看起来精神还好，只是仔细观察，能看出明显的衰老。客厅的摆设还是老样子，不过地板换成了木头的，想来是防滑的缘故。墙上挂了几幅新的油画，我没敢问是否由他所作，只是时不时地看上一眼，猜测这几幅画所想表达的情感。

他招呼我们坐下后，围着一个有些年头的茶座，有条不紊地烧水、洗茶、泡茶，给我和李一画沏了两杯茉莉花，然后给自己倒上一大杯，吱吱地喝了两口，露出满足的微笑。气氛瞬间活泛起来，李一画先是说了自己在英国留学工作的一些事情，言语中对未经常看望她爸而心怀歉意。父女俩一问一答聊起了家常，我在边上不时添茶倒水，看他们也不把我当外人，也侧着耳朵有一搭无一搭地听着，感觉逝去的光阴像幻灯片，从他们的言谈中一张张地翻过。

也许是李一画爸爸怕我在边上无聊，便将父女间家长里短的聊天转移到我们身上，随口问了一句：你们现在怎么样？

这句话有多重理解，一种是不言自明的，就是我和李一画作为一个整体（关系）怎么样了；另一种是我们各自怎么

样了，还有一种是我们的过去他都了解，那么基于过去，我们现在怎么样了……我不敢贸然回答，把头扭向李一画，李一画瞄了我一眼，说：我们现在挺好的。和她爸爸那句话对应，这句话也有多重理解，但我下意识地觉得，这句话的指向是具体而明确的。这也从她爸爸的反应看了出来。听到这句话，他又喝了一大口茶，看起来欣慰而放松，便说道：挺好就好，挺好就好。爸爸今天卖一回老，作为过来人，爸爸告诉你们，感情这种事，最重要的是两情相悦，彼此有共同的爱好和价值观，其他的不要考虑那么多。考虑多了反而过不到一起，比如我和你妈妈就是……话到这里打住，他继续说道：一画这孩子有灵气，也有艺术天赋，可惜耽误了。她给我说过，你也在画画，还画得不错，你们也能聊得来，这不挺好的？要是在一起，肯定比我和她妈妈幸福。当然，我们一开始也挺幸福的，可惜后来……人这一辈子，追求这追求那，到老了才发现追求自己的内心最重要，其他的都一晃而过。可惜她妈妈不懂，啥都跟别人比，一比觉得自己啥都不行。现在都行了，可惜生活没了，家庭也没了……当然我也有责任，感情和家庭是两个人的事，现在想想有些地方也对不起她。不过我从没后悔遇见她，当年在东北乡下，我们可是人人羡慕的一对。后来回城后能组建家庭的也少之又少，但我们排除万难，走到了一起，现在想想，当时年龄和你们也差不多，那是一段多少次梦魂萦绕的时光。

104

自然而然地,我和李一画被她爸爸的怀念感染。于是那天下午,在他家的茶座旁,我们一遍遍地倒水沏茶,听他讲述那萦绕在心头的东北往事:

1975年秋天,当时我19岁,艺专刚毕业。那时候毕业分配不了工作,大多数选择上山下乡。这也是当时的时髦,尽管已经听到不少关于上山下乡的悲剧,但是年轻人总是冲动的,觉得国家号召的总不会错,再加上待在城里整天晃荡父母怕出事,就和北京市几个学校的大中专毕业生加入上山下乡队伍,分几批开拔到了东北边疆地区。

我去的那个地方是黑龙江佳木斯市下面的一个小县城,叫桦南,离苏联,也就是现在的俄罗斯不远。我们被分成组,住在当地生产队员家里。生产队员也就是农民,但不像现在的农民这么自主。我们和当地的社员一起劳动,在气囊囊的黑土地里种玉米和大豆,还有高粱和一些油料作物。农闲的时候就去山里伐木,伸开两只胳膊都抱不着的白桦和红松被电锯滋滋啦啦地锯断,然后按照标准的尺寸锯成段,捆好绑在平板车上,一伙人呼呼嗨嗨前拉后推,沿着凸凹不平的林区道路,摇摇晃晃拉到站点,再由卡车运出去,成为某段铁轨的枕木,或者某个大型建筑的木料。

桦南最不缺的就是树，钻在密密麻麻的树林里，仰头几乎看不到天空，经常有被树掩埋的感觉。这种感觉和面对一眼望不到边的玉米和高粱是类似的，就是觉得渺小，觉得虚无和空旷，觉得无法逃离。

而刚开始完全不是这样的。不得不说，我是怀着理想去的，广阔天地大有作为，这口号多振奋人心啊。再说当时我作为艺专美术专业的毕业生，在北京城里找不到合适的事干，工厂停工、学校停课，我只能跟一帮红卫兵去写大字报。可是家里成分不好，写大字报也有风险，一旦卷入运动就难以脱身。到东北下乡，与其说是无奈，不如说是向往。可是仅仅过了半年，那种豪情满怀的干劲儿和大有作为的理想，就被繁重的体力活儿驱赶得无影无踪，陷入这个东北树比人多、空旷无边的小城，我就像被折断了翅膀的鸟儿，比刚从师专毕业那会儿还迷茫还失望，整个人就像决堤，一下子垮了。

为了纾解郁闷，我翻出了带来的几本画册，用老乡家里剩下的炭渣，积攒了上厕所攒下的草纸，还有别人抽完烟剩下的烟盒纸，以及各种废旧报纸，趁着干活的间隙就在上面描描画画，速写、素描还有油画的草稿，等等，画了一沓又一沓。手熟了以后，就开始各种写生，多是干活的场景和休息的场面，这算是又把画画捡了起来，觉得又找到了生活的方向。

不知是谁发现了我画画的秘密，一开始还担心会被当作偷懒的典型在大会上批判，没想到被生产队长找上了门。队长说上面要求了，要用宣传画和大标语将政策传遍林区的沟沟坎坎，原来你小子还会这个，那这活儿就交给你了。工分嘛少不了你，干好了还有奖励。就这样，我每天背着颜料桶，包里装着板刷和画笔，用尽心思，绞尽脑汁，把上面的政策口号用宣传画和标语画在林区的石壁，以及生产队的院墙上，成了队里小有名气的宣传工，大家都叫我"画家"，算是求仁得仁了。

当了宣传工，自然成了队里的人，常常被叫去听政策，往队部去的就多了，这便认识了队里的会计，一个姓沈的小姑娘。之所以叫小姑娘，是因为她年龄小，绑着长长的发辫，几乎要垂到地上，像个小学生。队长我看我有点疑惑，便说，别看年龄小，本领可大着呢，是我们这里的小算盘，也是我们这里的高材生。后来我才知道，所谓的高材生，是这个队里唯一上过中学的学生，据说只上到二年级，便因为家里没钱，只好回来帮活。后来队里发现这个小姑娘算数不错，也会用算盘，便被叫到队里记账，管上千人的工分竟然没出过什么差错，便被叫作"小算盘"。现在，她挣的工分能顶她一家人了。

就这样，我便和"小算盘"接触多了起来。我也知道了她的名字，沈如花，而此前只是一个冰冷的沈会计。的确，仔细看，沈如花虽比不上花娇艳，可也是好看的，她的头发绑成辫子后，额头显得圆乎乎的，眼睛常常扑扑闪闪，就像两只会随时舞动的蝴蝶。鼻子窄窄的，像被夹子夹过。每算上一笔账，她总是有节奏地吸一下鼻子，就像为了完成任务而庆祝。嘴巴总是抿着，嘴角翘起，原来这是为了翻账簿便利的缘故，每翻一页账簿，她总要用嘴巴抿一下指头，否则那账簿就像翻不起来似的。总之，沈如花看起来完全没有严肃呆板的会计样儿，倒像是一个正在算数学题的小学生——其实她也不算小，只是比我小三岁而已。

起初以为沈如花不爱说话，后来才知道，那是因为和别人无话可说。偌大一个村子，除了干活就是干活，除了挣工分就是挣工分，生活的乐趣都被繁重的劳动取代，有什么可说的呢。但我们俩不一样，我们都是学生，见过外面的世界——如果沈如花继续上学的话，早就是佳木斯或者哈尔滨某个院校的学生了。

因为这样的遗憾，她总是问我一些关于外面的情况，比如北京到底有多大，我为何不留在北京工作？将来是否还回去……如此等等，要么是一些大而无当的问题，要么是一些我不好回答的问题。当然我也问她，比如为何账算得这么好，还想不想上学，将来有什么打算诸如此类的。她告诉我，她爸爸当过私塾先生，从小就教她算术，她妈妈以前是公社舞蹈队的，还到市里参加过演出，她上学就比别的孩子多。"文革"时家里受到冲击，没钱再供她上学，于是就回村当了会计。言谈中听得出来，她还是想到外面去，想去看看外面的世界。我的理想就是走出这个村子，她告诉我。

那时我们都很茫然，没有几个人谈理想。就我自己，窝在桦南小城，干着一份"大材小用"的工作，尽管也有着当画家的理想，可是我从来都羞于向别人说出口。看看漫山遍野的白桦树，看看一望无际的玉米地，看看繁重而重复的劳动，以及恶劣的生存环境，当画家无疑于痴人说梦。但沈如花不同，看得出来她是坚定的，她走出桦南这个小城的理想从来都没有动摇过，让我觉得有点惭愧。我有点喜欢上这个姑娘了。

喜欢一个人是危险的。你会尽其所有展现自己，巴不得把一切能做的都做了。在沈如花明确感受到了我的喜欢且并没有拒绝时，我觉得自己的生命被点燃了。第一次觉得上山下乡也挺好的，来到桦南这个地方是缘分的安排。我甚至立志要在这里的山壁上写满所有的标语，在每一面墙上都画上宣传画，把伟大号召和英明决策送到千家万户。与此同时，我还冒出一个想法，给沈如花画一幅画，然后把这幅画送给她，作为我求爱的信物。如果她答应做我的爱人，将来结婚时，我就把这幅画挂在婚房的墙上，让这幅画成为我们永远相爱的见证……我承认我想多了，但恋爱中谁不是这样呢。

听到这个消息沈如花大感惊讶，她担心这样会被当成不正当男女关系，尽管这和那些偷偷摸摸搂搂抱抱，甚至搞大肚子的不同。可我们都是队里的人，挣工分也比别人多，怕别人说闲话。但我在兴奋头上，觉得如果不画出这张画就表达不了自己的爱，也证明不了自己对沈如花的真心。劝慰了半天，她终于同意了。

终于瞅准了一个下午，待大家都上工了，我三下五除二把几个标语写好，偷偷把沈如花约到队部附近的一个山坳里，找了个石板让她坐下，便端详着，为我这幅心仪已久的人像写生做着准备。

沈如花穿着一件粗布的碎花上衣，腿上是一条绿色的军裤，脚上是一双新纳的平底鞋。衣服看起来像是浆洗了无数遍，颜色已经暗淡，不过干净整齐，坐在石头上，像是山坳间开出的一朵野花。她的辫子从后面垂下，像是把满头乌黑的头发藏了起来，使得面部的轮廓清晰而分明。那是一张不算白但看起来清澈的脸，有点尖也有点圆，让我难以把握。脖子被高高的衣领挡着，若隐若现，像是怕被人看见。胸脯是一大片的隆起，看不出明显的轮廓，不过却能感受到随着呼吸而变化的起伏。沈如花看起来很敏感，每当我的目光和她对视时，她的脸上就会有不自然的表情出现，似乎在提醒我适可而止。

适可而止是不可能的，为了我心爱的人，我必须准确完美把她画出来。画画至今，这算是我最紧张的时刻了，我就像要画出一幅传世名作，恨不得用上一切所学。我用炭条在眼前晃了几下，找准了沈如花的头部比例和特点，然后在画纸上从点到面画了起来。当易碎的炭条在粗糙的画纸上沙沙作响时，我便进入了状态。

我很快起好素描稿，把画板靠在一个树架上，把调了好几遍的颜料一点点往素描稿上涂。颜料是队里发给我画宣传画用的，尝试了好多遍，终于掌握了浓度和黏度，我调了些松节油，又去队里的厨房找了些蛋清，搭配起来效果也不比专业的油画颜料差多少。我左右开弓，顾不得周身的一切，像是在完成一个伟大使命，蹲在画架前，争分夺秒地描摹着对面的这位姑娘。

就在这幅画即将完工时，队长站在了边上。也许我画得太投入了，竟然没有发现周围有人过来，如果不是沈如花表情慌张，我还不会回头看。就在我扭头的一瞬间，队长发话了：你们这干的好事哇！不上工，找你们半天，竟然一对男女躲在山坳里干这种事，太不像话啦！

"这种事"无论如何解释都是多余的。我被队长叫来的几个社员扭住，关到了队里一个储藏室，理由是搞不正当男女关系。队长还带人搜了我的宿舍，发现一沓人像，其中几本画册里还有裸体画——那本来是大卫石膏素描和西方一些油画照片，这更加佐证了我流氓的本质，看来不批斗是不行的。批斗我也不承认，无非是画几张画，但随着一次次的严厉，我觉得事情好像不似我想的那么简单。

我找了个机会，向一起从北京来的一位知青打听，才知道，队长对我和沈如花走得太近耿耿于怀，派了人暗中盯着我们，那次我给沈如花画画，刚好被他逮个正着。队长做这一切，除了对北京来的知青不欢迎，最重要的原因是，他想让沈如花嫁给他的三儿子。据说他那三儿子采石时被压过，一只腿是瘸的。队长很早就打起了这个主意，要不然，会计这个不用出工还能挣高工分的好差事，怎么能落到沈如花身上呢。据说他明里暗里提过几次，沈如花无论如何不同意，后来又被我插了队，这自然是队长无论如何不能答应的。

　　批斗了几次没啥效果，那时已是"文革"末期，把我抓起来判刑也不现实，于是队长跑到县革委会，给主任塞了两条好烟和几只野味，最后商量出了一个办法，提前把我遣送原籍。也就是说我可以提前回北京了。这是我巴不得的事，也算歪打正着。可是我放不下沈如花，如果能带她一起走多好。当时这是不可能的。于是临走前，我悄悄找到她家里，从窗户上给她丢了一封信，大意就是对不起她，让她跟着受了苦，如果有机会一定报答她。我离开是迫不得已的，但无论走到哪里都不会忘记她。信的末尾我留了北京的地址。当时留这个地址也是一时冲动，觉得也许有一天她到了北京，我能请她吃顿饭呢。

　　考虑到还想让沈如花当自己儿媳妇，队长没怎么为难她，只是对外通知暂停了她的会计工作，回家反省，视反省的效果再说。沈如花接到这封信比我还难过，她说她趁着夜色追出好远但还是没能追上我。于是只好把那封信和我给她画的那幅画悄悄藏了起来，向队长道了歉，不动声色地回队部工作。原来，当时队长叫人扭送我的时候并没有注意那幅画，沈如花后来悄悄又返回去把那幅画收了起来拿回家，晾干后和她的梳妆盒放在了一起。她说那是她第一张照片，她从照片上第一次真正看清了自己，觉得自己也挺漂亮的。从那一刻起，她更坚定了走出这个村子的理想——我没有告诉她的是，那张画是在仓促的情况下完成的，颜料和用纸都粗糙，她本人比画上更漂亮。

又过了两年，1978年秋天的一天下午，我正在家里兑颜料，听到外面有敲门声。胡同里孩子玩捉迷藏经常乱敲门，起初我没在意，接着敲门声越来越重，我起身走到门口拉开门闩，一个看起来憔悴不堪的姑娘半站半倚在门前，有气无力，困顿至极，看起来像是经过了长途跋涉，或者经历了灾荒。我有点疑惑，但姑娘很快叫出了我的名字，原来这是沈如花。她真的找到北京来了，她真的找到了我。

她说，我离开后，她又回到队里当会计，一边拉扯家里，一边找机会来北京找我。可是桦南离北京几千公里，谈何容易。又等了一段时间，生产队要解散编入农场，队长便动了心思安排她跟瘸腿儿子成亲，没办法，她只好匆匆带上那幅画和信，以及几件衣物，以走亲戚的名义，坐拖拉机连夜赶到佳木斯。没敢停留，又爬上一辆拉煤的车到了哈尔滨。在哈尔滨用攒了好几年的钱买了车票，这才到了北京，按图索骥，找到了我这里。我打开那幅画，外面包裹的几层纸已经破败不堪，但那幅画的颜色还是鲜艳如初，就像沈如花的样子，两年多不见，还是漂亮如花，笑靥如故。

这之后，我们很快就结婚了。结婚时没钱，没请客也没照相，布置新房时，就把这幅画挂在了卧室的上方。沈如花提出再画一张两个人的，我想了想觉得这张就挺好，尽管画上只有沈如花一个人，可这幅画是两个人完成的。

沈如花婚后在街道工厂加工衣服，我便继续在区文化馆画画。生活平平淡淡，安安稳稳，直到身边有人开始下海做生意，直到一画来到这个世界上，直到沈如花觉得生活开始变得不如意，我们之间出现了裂痕，逐渐变得难以挽回……

整个下午，我和李一画都在听他爸爸回首往事，竟然忘了离开，也没有觉得饿。不觉到了晚上六点多，李一画爸爸给我们做了炸酱面，吃完我和李一画起身道别，约好改天再来看他，请他多保重身体。走之前我又溜了几眼墙上的画，那茂密的森林，一眼望不到头的玉米地，难道不就是他所说的当年下乡的地方吗？看来，在他心里，一直留着当年的秘密。只是，这秘密为何就轻易讲给了我们呢。我受宠若惊，同时也有一种说不出的感觉。

105

车在四环已经走了很久,我和李一画一言不发,静悄悄的,像是在为即将开始的畅谈做充足的铺垫。我有很多话想问她,有很多疑问不解,却不知从何开口。酝酿了半天,说了一个不知是疑问还是感叹的话:你父母竟然有这么传奇的往事啊。说完把头轻轻往窗户边一扭,给李一画的回答留足了充分的空间。

你知道么?我爸说的这些我今天也是第一次听到,之前从没有听他们讲过。我自打出生开始记事,就知道我爸挣不到钱,我妈没办法只好做生意,辛辛苦苦攒了钱供我上学,辛辛苦苦维持着这个家。顿了一下,李一画继续说道,至于那幅画我倒是知道的,那是他们感情的信物,可是不知道竟然还有这么曲折的经历。

看来,你爸真没把我当外人。我看了她一眼,李一画双目向前,娴熟地握着方向盘,似乎对我说的话了然于心。

那是,我从没给他说我们分手的事。又停顿了一下,她继续说:自打当年见你第一面起,我爸就记住你了。后来我出国,他还经常念叨,我总是以各种理由搪塞。这次回国实在捱不过了,这不就带你过来了。看来,我爸真是遇到知心人了,一股脑儿竟然说了这么多秘密,平时都不怎么跟我说的。李一画说完镇定自若,似乎这一切都是自然而然的,完全没必要补充什么。

我有好多话想说，但是不知道如何开口。车随着拥挤的车流又走了一段，李一画问我：那幅画真的找不到了么？看我有点懵，李一画继续说：就是十年前我请你帮我画的那幅。我犹豫了一下，对她说：我会再画一幅的。

爱情与房子

106

为了父母离婚的事，李一画忙得焦头烂额。他们倒不是为了分割财产，也不是争夺李一画的监护权，过了大半辈子，物质早已看得风轻云淡，至于李一画的监护权，她已经是个奔三的姑娘了，跟谁不跟谁都一样，无非一句话的事儿。他们的婚姻其实在李一画爸爸搬出家那天就算名存实亡了，双方为了李一画的学习和成长，一直没有挑明而已。现在李一画算是学业有成，双方觉得没必要再维持下去，从法律上取消了婚姻的限制，余年各自选择自己的生活，未尝不是一件好事。

双方其实都很干脆，问题就出在李一画她爸的一个诉求上。她爸让她转告她妈妈，离婚可以，但有个前提，就是李一画得先结婚，否则没有离的可能。离婚是李一画妈妈沈如花先提出来的，到李一画爸爸这里，他自然有权提条件，只是没想到，他提出的条件竟然如此出乎意料。

这个条件在沈如花看来其实不算条件，她甚至觉得这个条件不错，也是她想提出的条件，让她的女儿李一画结婚。男大当婚女大当嫁，李一画已经是近30岁的姑娘了，无论在北京还是在伦敦，这已经算是进入大龄女青年的门槛了。如果说现在她唯一着急的，也就是这件事了。可是她发现，留学后的李一画不仅学到了西方的金融知识，也习惯了西方人那种自由独立的生活习惯，一提起结婚的事，李一画立刻岔开话题。她倒是没少给张罗相亲，但李一画一概不去，还笑话她俗气，让她过好自己的生活，趁着晚年搞个黄昏恋啥的，最美不过夕阳红，温馨又从容，夕阳是晚开的花，夕阳是陈年的酒，夕阳是迟到的爱，夕阳是未了的情……说着李一画竟然能对她唱起来，弄得她无可奈何，只好作罢。可是眼看着小区比她还小的都已经升级当奶奶或外婆了，她又是争强好胜、不甘落后之人，只能一边唠叨一边着急。

　　离婚问题转化成了结婚问题，且成为爸妈一致提出的条件，李一画扛不住了。在她看来，她爸爸的指向是具体而明确的，那就是希望李一画能跟我结婚，他太了解自己的女儿，遗传他的基因，天生就有才情，希望她将来生活安定后能继续发扬他的艺术基因，不求成名成家，但求活出生命的质量，而不像她的妈妈沈如花，挣了一辈子钱，到头来生活依然不如意。通过十年的观察，他觉得如果我们两人结婚后写生画画，夫唱妇随，那是再幸福不过的。每个父母都希望孩子过得幸福快乐，李一画爸爸的这些想法算是情理之中，她也深深为她爸爸的心意感动，一画，这个名字饱含了他多少的期待和祝愿呢。

　　可是，这事不是李一画爸爸一个人就能决定的，或者更大的决定权在她的妈妈。婚姻当然是要独立的，没有人能为她选择爱情，但她清楚地知道，在她妈妈面前她是做不到的。这倒不是因为不敢，而是因为还有亲情裹挟着，她妈妈辛辛苦苦供她上学到今天，如果……要是别人还好说，为何偏偏是我呢。她清楚地知道，她妈妈是反对我们在一起的，这种反对是由来已久的，如果此前我们不认识，她把我带到她妈妈面前似乎还好说，可是基于十年前结下的怨气，以及我和李一画爸爸相似的职业，在婚姻这个问题上，她的反对是坚决的。

但婚姻毕竟是自己的，这点李一画一直都很清醒且明确。她思前想后，再次确认，从心底里来说，她是希望跟我在一起的。毕竟我们在一起已有十年，我们彼此见证了青春和成年，悲欢和离合……如果要选一个人走进自己生命的话，她希望那个人是我。于是，她下定决心，向她妈妈做最后的争取。

107

争取的具体举措是约了一场饭局，李一画、她妈妈、我都到场。吃饭的地点在西四一家老北京饭店，离地铁不远，我过来很方便。李一画和她妈妈更方便，她们家就在饭店附近。几年前，沈如花卖掉了西三环的房子，加上一些存款买了这里一个200多平的大三居，按现在的均价，每平方米十五万左右，仅这套房子就价值三千多万。而我自己还住在东五环外的郊区，房价五万左右，可我从来没想过买，我想的是何时能在燕

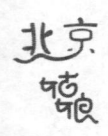

郊弄一个小两居。

这顿饭于我而言就像鸿门宴，但是为了支持李一画，我还是如约前来。沈如花已经见过几次面，但每次见面都觉得有一种新鲜感，不知她用的是哪种化妆品，看起来每一次都比前一次年轻。我以前叫过她阿姨，但这一次却不如何称呼为好。好像她也不在意，恰到好处地邀请我入座。李一画倒上了茶，我抿了一口有点烫，可又不好表现出来，只是含在嘴里，看着她们微笑。

菜很快上来，大家有一搭没一搭地边吃边聊，多是说些可说可不说的话，倒是李一画一个劲儿地暗示我，让我恰到好处向她妈妈献殷勤表忠心，可是我一直找不到机会，再说，在这个环境里，我从心底里开始犹豫是否真的要这样做。之前李一画给我打电话，让我在她妈妈面前好好表现，她再助攻一下，晓之以情动之以理，也许有可能给我们一个机会。我琢磨了半天，觉得好好表现可能就是献殷勤表忠心，少说现实多说理想，少说现在多说未来，少说物质多说精神，少说生活多说兴趣……不得不说，我是做好了充分准备的，但是在这样的环境下，我立时觉得无论如何也说不出口，几次狠下心想说，但又怕弄巧成拙，败坏了这顿饭的兴致。倒是李一画，看起来比我还着急，见缝插针、明里暗里地夸我，弄得我都有点不好意思。

沈如花不愧是久经生意场，早已看出了端倪。饭吃得差不多了，她开始有意无意地关心我的婚姻大事。她问我为何还不结婚？家里是否催了？我的收入如何？是否有房有车？喜欢什么样的？有合适的她会给我介绍。末了还不忘提醒我，可以把我对另一半的要求发给她，她认识好多姑娘，可以帮我张罗。婚姻是一辈子的大事，可得慎重。末了，她看了看我，又看了看李一画，感叹道，阿姨我是过来人呀。

看李一画要说话，她赶紧又接着说：你要是有合适的，也给我们家一画介绍介绍啊。一画年龄也不小了，也该结婚了。说着看了李一画一眼，继续说，我们标准也不高，跟一画差不多就行，房子、车子，这些是基本的，最好是国外名校学历，年薪不能低于五十万吧。我们一画是挣英镑的，合成人民币，六七十万有了吧？说完又看着李一画。李一画的头越来越低，头发似乎就要掉进餐碟里。我感觉身上有一股热气往外冒，火辣辣的，像是要爆炸，但又找不到引线，憋得难受，只能闷着头吃饭，一语不发。

那顿饭是在极其尴尬的场面下结束的。末了，沈如花起身结账，给了我和李一画短暂在一起的机会。我们分坐在餐桌的两边，看似很近，却又觉得很远。四目相对，有很多话想说，却又什么也没有说。

108

海子在诗里说，从明天起，做一个幸福的人，喂马，劈柴，周游世界。而我，则是开始关注房子、车子、学历，当然还有年薪——我甚至关注起了人民币兑英镑的汇率,沈如花说李一画是挣英镑的,合成人民币年薪六七十万——当时沈如花提到房子时我甚至想怼回去,难道没有房子就没有资格结婚么。可今非昔比,最重要的,我不能让李一画难堪。这是她好不容易组的局,即使她妈妈把我骂得狗血喷头,我也认了。否则这就不是车子房子的问题了,性质就成了顶撞未来的岳母——就像顶撞老师,性质就变了。大家都知道,要娶一个姑娘,很多时候不是姑娘决定的,而是姑娘的妈决定的,就像《红楼梦》。从这方面来说,我们的社会其实并没有多大进步。

再说,北京的房价也是丈母娘催起来的,这方面可以写一篇论文,此不赘述。总而言之,在娶到姑娘前,丈母娘总是不友好的。如果你觉得我臣服于沈如花,那就大错特错了。我要让她知道,尽管这些我还没有,但是我并没有放在眼里。爱情诚可贵,房子价更高。若为艺术故,二者皆可抛。当然,抛的前提是我都有,那种吃不到葡萄说葡萄酸的事我干不出来——或者说我此前是能干出来的,可是被沈如花这么一激灵,我觉得我得证明给她看看。

骨子里我知道,还是割舍不下李一画。画丢了,理想丢了,一切都面目全非。如果连这些也没有,那我在她眼里得成个什么样子。我甚至想起伟,在这一时刻,觉得伟也算是个有为青年,最起码他的坚持令我刮目。网上有个帖子,叫《我奋斗了十八年才和你坐在一起喝咖啡》,而伟只用了四年不到,尽管他最后把自己弄到了牢里。

总之，思来想去，一切的一切可以归结为两个字，搞钱。因为很简单，无论房子、车子，都需要钱。我觉得生活给我开了一个玩笑，十年一晃，又回到了原点。不过我自己清楚，和之前的可有可无、浑浑噩噩不同，这次是必须的。这就像一个游戏，我入了门槛，过了第一关，现在要过第二关。这个游戏就像《鱿鱼游戏》，甚至难度更大，李一画即将奔三，嫁人是随时的事，留给我的时间不多了。

109

我脑海中出现无数类似的画面：一边着急用钱，一边束手无策。把自己逼到这个份上，我竟然有点感动。而这样的感觉，十年来竟然很少有过了。

这是 2018 年的秋天，我和钱开启了一场比赛。成功学有个说法，要想实现目标，必须要量化。比如你要挣钱，目标不能是要挣很多钱，而是具体多少钱，这样才有可能挣到。我粗略算了下，低限度，五环内外 80 平两居二手房的首付，差不多 250 万；一辆说得过去的车子，比如特斯拉吧，30 万，杂七杂八，加起来得近 400 万。还有婚礼——如果能娶到的话，也得 50 万，总之，需要近 500 万。算出来后我出了一口气，觉得量化的就是好，别看沈如花说的遥不可及，好像三座翻不过去的大山，不也就 500 万么——我已经把自己鸡血到不知天高地厚的地步，就像刚毕业时想成为"大师"，想想都觉得厉害。

  我罗列了各种挣钱方式，然后一一否定，显然，你只能选择自己的方式，这要比游戏难多了。有时候你会想，这世界有那么多人，他们是如何挣到钱的，想来想去你会发现一个规律，钱这东西是挣不来的，但凡要去挣的，往往都没什么钱。在北京这样的城市，一般人无非是通过工作时间换钱，收入待遇都能猜个大概，面对这么多钱，我得成为金领，而且还得工作很多年。金领是沈如花那样的，我连个白领都算不上。再说钱的意义是需要时才能体现价值，很多年后，李一画估计都是别人孩子的妈了。

  我甚至想到了买彩票，还往彩票店跑了几趟。当我看到昏暗灯光下，攒动的人群中，时而充满期待时而摇头叹息的表情时，听到录音机上重播的某某地中奖消息时，我就知道我是当不了彩民的，艺术已经很魔幻了，彩票比之更魔幻。我甚至为自己的撞大运感到羞愧，尽管我知道，如果能中奖，我的开心可能超过任何人。

  在一筹莫展、百无聊赖中，我竟然发现了一个人，小何。

艺术的可能性

110

  我是在视频中刷到看到小何的。那些日子我浑浑噩噩，无精打采，就靠着刷短视频维系着生活，用那些夸张的视频刺激日渐麻木的神经，借以证明自己还算活着。刷着刷着，我竟然看到一个人画画。画画没有什么奇怪的，奇怪的是此人把画画当成了表演——硬是把绘画艺术搞成了行为艺术。

  画画的基本工具当然是必不可少的，画架、画布、画箱、颜料摆满了一地，一片狼藉，像是在画画的。不过从环境看又不像——室内开着灯光，一片煞白——画画的人都知道，为了捕捉明暗关系，一般而言画家是在自然光下画的，尤其是油画创作。但对表演而言又是另一回事，如果没有明晃晃的光照——也许是直播灯，那画面上的裸女黑乎乎的一片，是没有人愿意看的。

  不错，从短短几分钟的视频看，的确是一个裸女，当然也没有全裸——不过从传递出来的画面看，就是奔着全裸去的，否则也不会有多少人看。在我们这里，画裸体还是有些禁忌,毕竟传统摆在那里,不像西方文艺复兴,裸体尤其是裸体雕像,以及圣母像,如果不是裸体的,那简直不能想象,就像我们这里圣人不穿衣服,那也是不能想象的。可越是禁忌的,越有画家想尝试,有人喜欢看,点击率还高,网络上尤其如此,打擦边球的大有人在。如果忽略画画现场,你大约会恍惚觉得,这就是一个网红直播脱衣服的过程,随着线条越来越清晰,画面感越来越强,一个女人逐渐成型,似乎要从画布上走向你。

如我所见,画面上的这个男人就是在用画笔呈现这一过程。视频当然是剪辑过的,从常识推断,他从起稿到把一个女人画的若隐若现,大约需要几天的时间,但通过视频剪辑,几分钟就呈现了出来。我想起一个神话中的人物,神笔马良。只见这人穿着颇符合画家身份的衣服,一手端着调色板,一手夸张地用画笔在画布上涂抹,似乎还能听到哗哗的笔触声,像是一个老神仙在呼风唤雨。几个镜头闪过,女人基本成型,他显得意犹未尽,但也露出了满意的笑,这时我才发现这个人像小何。

回看了几遍,我再次确认此人是小何无疑。惊讶是有的,更多的是惊喜。我原以为小何从大山子画室消失后,可能露宿北京的某个街头或公园,然后白天在后海或个某个商场附近做街头艺人,像我当初,给人画肖像为生,挣点烟酒钱,维系着残存的艺术理想,直到被城管赶走,直到艺术抵不过生活,理想抵不过现实,回到家乡娶妻生子,再出去打工,在流水线或田间地头耗尽对艺术仅有的热情，等到儿女长大，自己病卧床榻，回忆这一生，觉得如果当初如何如何，觉得也许自己有机会上苏富比或佳士得拍卖，也许自己能在艺术史留名，也许……

显然小何走出了另一条路。曾经一度我还担心因为伟的出事，我们可能会毁了一个绘画天才。我不确定当初他对这些被我们代理的作品抱有多大期待——看起来不大，也许并如此，没有艺术家不在意自己的作品，况且对一个栖身大山子地下室，每天吃泡面的年轻人呢。带着愧疚，我给小何打了一笔尽可能大的赏，这是我第一次给视频打赏，研究半天才完成操作。然后我给小何在评论区留了个言，留下我的电话，希望和他见面聊聊。

我想起初见他的情景，想在大山子那个昏暗的地下室，甚至想起伟，想起我们从理想跌回现实，想起李一画和她的妈妈，想起这急剧变化的时代，想起一切的一切，一度有点恍惚。

111

几天后，我接到一个电话，是小何打来的，彼此说了一大堆别后相见恨晚的话，末了，他约我到宋庄一个茶室见面。我这才想起，十年前我第一次到北京，去的第一个地方就是宋庄画家村。我梦想在那里有一个属于自己的画室，画画之余喝喝茶聊聊天，时不时换一些不错的女模特，等荷尔蒙和新鲜感耗尽了，就找个画廊栖身，遇到一个愿意为艺术献身的女人结婚，在滚滚红尘和艺术理想中浮沉，直到像高更或毕加索那样成为传说——现在看这可能只是理想，想想罢了。

和之前比，小何像是换了一个人。之前在大山子的地下室，他是那种不需要介绍，就能一眼看出是个辛苦搞艺术的，大约是经常盯着画板，表情呆滞，双眼无光，红尘颠倒，邋里邋遢，衣服沾满颜料和灰尘，几乎看不出颜色，像被人骗到地下室关了许久。现在，他看起来有点兴奋。他穿着一件有点艺术气息，但仔细看又有点俗气的衣服，像是跳街舞的。夸张的是他还戴着帽子，是那种简单的JEEP军绿色的帽子，庆幸的是他还没有留长发，还没有扎辫子，还没有被艺术标签化，还像个正常人。

虽然我也是搞艺术的，可是我最讨厌那种从衣着打扮、言谈举止上，巴不得别人立马就能看出来自己身份的人，尤其是搞艺术的，这些人似乎都有标准的行头，长发、戴帽子，穿粗布衣服，再配一双棕色的，或者看不出颜色的皮靴，手里往往拿根烟，眼神飘忽或者看起来深邃，表情严肃或者夸张，什么时候见都是一个样子，看起来像个演员。一般来说，这些人在艺术上多没什么出息，无非是靠着一个所谓的身份混迹于世罢了。不管怎么说，总有外行喜欢这样的扮相，画的如何另说，符合自己的想象，就说明这世界还没有太离谱。而真正懂行的人知道，那些能画作好作品的艺术家，往往都是极具个性的，这种个性是从内到外的,自然而然的。因为艺术本质就是个性的,标签和类型化是绝对的天敌。

112

比起现在,我更喜欢之前的小何。但我知道无论从哪方面说这都是自私的。小何倒没有看出这种变化,在宋庄小堡村那个烟囱状的奇怪建筑边上的艺想茶楼,小何点燃一根三五,啜一口古树普洱,向我讲起了他从大山子地下室到宋庄小堡村的经历:

我们认识那会儿,我还在大山子的半地下室,苦是苦了点,可是离798近,我没灵感了,随时都能去798的画廊逛,国内的国外的,各种流派都有,一方面觉得自己渺小,另一方面也觉得还是有希望的,有些作品也就那样,没准哪天自己的画也能挂到展览墙上,只是需要时间和机会而已。这样一想,就觉得还能熬下去——我敢说,百分之九十九的画画的都是这么想的。比如那个尤伦斯艺术中心,我敢说,你认识的人中,没有人比我去那里更多了。各种主题展我都没错过,连门口的保安都熟了,见我去了都不用检票。

我有个感受,搞创作可以一个人,但搞艺术还是要扎堆,同行还是要交流的,还是要经常看展的,否则就会失去对艺术的敏感。尤其这时代，风格变化太快，追是追不上的，而且我们跟西方当代艺术还差了几个阶段，大家在一起聊聊，总比一个人蒙着头瞎搞强。再说，艺术说白了不能当饭吃，还得先活下来不是，扎堆也方便你们这些代理商联系呀（我顺势给小何又添了杯茶，感慨一笑，说就别提我们了，实在对不住）。

可大山子那是什么地方，寸土寸金的望京呀，现在房价得小十万了吧。你想，人家租给一个穷画画的，不值当呀（我插话，当时找过你一次，据说是因为整治外来人口治安问题，把地下室都封了）。这不是主要原因，治安问题啥时候都有，外来人口更别提了，谁不是外来的？还是因为穷，掏不起房租，你想，要是有钱，我住地下室干吗，画画需要光线的，黑乎乎的能怎么画，又不是画《夜巡》。

真是没办法了，房租交不起，后来甚至连一日三餐都成问题。你知道的，我特别喜欢吃三杯鸡，可是后来连这个都吃不到了。我在看展时认识一个朋友，姓王，我就叫他老王。老王也是画画的，我们都喜欢超写实，有一次聊天，他说实在不行就搬宋庄吧，和他先挤一挤。他在宋庄有个画室，一楼画画，二楼住宿，地方还不小，还能把作品挂在墙上展。他比我年龄大不少，来北京也早，还是有点名气。我搬过来还没住几天，就发现有问题，和一般超现实画家喜欢画年轻女孩不同，老王喜欢画男的，找的都是男模特，还挺年轻，白天画画，晚上就和那些男的搞在一起，经常换。我知道这行经常换女的，换男的也听说过，可是第一次见还是不能接受。最重要的，万一他哪天对我下手怎么办（我对着小何讪笑，说，仔细看，你还挺眉清目秀，是招人喜欢的那种）。

我也没心情画画了，就在他二楼的房间宅着。有一次，我看他画画有个镜头对着，好奇一问，才知道他在搞直播。我问画画也能直播？老王说一切都可以直播，还能挣钱。一听到钱，我就开始了解，一了解吓一跳，靠直播画画挣上千万的网红画家大有人在。我仿佛看到一条生路，无论如何我得试试。于是，我注册了账号，等他不画的时候，就用他的设备直播。一开始没人看，我就请教老王，老王教了我几招，动作、表情，还告诉我最好画美女，露一点的，这样才有人关注，这是人性。我问那你怎么画男的，他说也有人喜欢男的，这也是人性，不过他已经画了，还是让我画女的好。

经老王一指点，逐渐就有了观众，哦，应该叫粉丝。从来没有想过画画也可以直播，搁以前，要是有人说一堆人要围着看我画画，我是怎么也画不出来的。从小到大，除了在学校画画大家待在一起，其他都是一个人画，大山子那昏暗的地下室不也是自己一个人待了好几年么。既然要流量，既然要打赏，那就得接受围观，不仅如此，还得表演。搞了这么多年绘画艺术，没想到搞成了行为艺术，看来艺术真的是相通的,在798看那么多展览还真是没白看(说到这里,小何猛吸了一口三五,吐出长长的烟雾,显得很不真实)。

我画超写实的,一幅画得好多天才能画完,直播周期太长,粉丝等不及,不像人家唱歌的唱戏的,来得快。我就在想,怎么才能画得快呢?我研究了不少视频,很多网红画家都是画国画的,写意之类的,山水、花鸟尤其多,我学油画的,国画的底子弱,我就在想,要不搞个油画写意试试?油画写意也不是我独创,毕加索、莫奈、梵高,无论是立体派、印象派,其实差不多。这么一想,我就释然了,什么派别不重要,怎么画也不重要,粉丝喜欢才重要。

我把超写实和写意进行了混搭,在网上下载了很多性感妖娆、丰满动人、衣着暴露的所谓美女,不断临摹,终于创造出了一种独有的小何画法(说到这里小何不无得意),一个美女,最短一小时就可以搞定。我还尝试剪辑了一些视频,没时间直播就上传到平台上,很快粉丝就多了起来。还有人订制作品,他们不仅指明要某个女人的,还有的甚至把自己的照片发给我,让我画好了寄给她,你还没答应,她们的订金就打过来了。还有更夸张的,有女的主动联系我,说要过来给我当模特,裸到哪一步,姿势怎么摆我说了算,即使全裸也能接受——可我不能接受呀,这样一来,跟裸体直播有啥区别?再说,我好不容易做起来的账号还不得给封了？见我不同意，她们还以为我瞧不上人家，甚至还发来自己的裸体视频，天天骚扰，你说我一单身男的，这不是折磨人么。

唉，这时代，怎么说好呢。之前在地下室画的作品没人问，现在……不过相比之下，我还是更喜欢在地下室画画的日子，现在，总感觉不真实。小何说完又吸了一口烟，似有感慨。

我不觉得他这是得了便宜还卖乖，他这是真实反应。否则，他就不是现在的小何了。我想起伟，如果这小子有这样的机会，他肯定色利双收。对一个真正搞艺术的人，就像梵高，即使把他丢在妓女堆里，他也照样能画出世界名作。

这样不也挺好，最起码你的作品不愁卖了。我那里还存了你之前一些作品，这回不用找代理了。我调侃小何。

小何略显无奈，又点燃一根三五，呷了一口茶，继续回首：

要是这样就好了，我那里还有很多画呢。可是粉丝喜欢的是裸女，不是我之前画的那些，看着跟照片似的，不是戴眼镜的学生妹，就是退了休的老工人，或者晒太阳的老大妈，如此等等。你自己觉得这些才是艺术，那些裸女——可是粉丝不这么看呀。我也想开了，人家不是关注你，人家是关注你画的那些女人。

我一想，这肯定是不能持久的，总有看烦的一天。再说，平台上这么搞的人多了去了，有人动作比我还夸张，底线比我还低，名气比我还大，我拼不过人家的，咱毕竟还是要画画的么。很多人搞这个，可能已经忘了自己是个画家了，他们肯定回不去了。

幸好，有个粉丝一直在关注我，时不时给我打赏。有一次他联系我，说要见见。我犹豫再三，还是到棕榈泉小区附近一个咖啡厅见了一面。棕榈泉你知道吧，就是北京很早的一个高端小区，他就住那里。

这个男人六十岁左右，差不多我爸的年纪。一见面他就跟我聊往事，就像我是他失散多年的儿子，他要把我们分别后的经历完完全全倾诉一遍。他算是北京第一批富起来的人，靠倒外贸起家的。当年兄弟多，很苦，没上几年学，但不知怎么的，喜欢上了画画，可能天生就有这样的兴趣吧——也许我住的离东四的中国美术馆太近了吧，近朱者赤近墨者黑，他曾这么调侃。

因为倒外贸，他利用出国的机会，去各大美术馆都逛过——没错，他用的是逛，什么巴黎卢浮宫、大英博物馆、纽约大都会、古根海姆等等，越逛越觉得有意思。也利用这些机会收藏了一些美术作品，我在他的家里看到过，不是很有名气的作品，价格也不贵，仿作居多，有几幅真迹，但混杂其中看不出来。我觉得这就像这个男人讲述的，有真有假，不好分辨。

艺术的可能性

他因为喜欢而做的事不仅仅这些，按他讲的，他除了逛画展、收藏画作，还读了不少中国和西方美术史，什么吴带当风、画论，以及朱光潜、宗白华的美学，西方各种名画赏析及艺术流派，各个时期的大画家，他都了然于心。他还结识了不少画家，还和其中一些成了朋友，赞助过他们的画展，至于名字，他以敏感为由略去了。他说为了追求艺术，他甚至和妻子离婚了，孩子也去了国外读书，算是妻离子散，不过他说这样也挺好，要不然也没时间研究艺术，追求理想，或者给你打赏，约你出来聊天……听起来，他已经穷尽各种方式追逐艺术。我认识的搞艺术的都没这么痴迷，何况他只是爱好者，我不禁为他感到震撼。

他说他现在财务自由，了无牵挂，唯一就是希望能弥补小时候的遗憾，成为一个画家，这是他在这个世界上做的最后一件事了。原话就是这样。约我来，就是希望我可以做他的家庭画师，教他画画，直到把他教会了为止。成为一名画家离开这个世界我才心安。这也是他的原话。

听起来这个故事挺俗气的，就是一个童年决定论，据说大多数人一生都在弥补童年的缺失。如果这样就好办了，教画不难，总比直播容易吧。可问题是，每次我教他画画，他都情不自禁双手抖动，浑身打颤，就像过电，完全不能拿起画笔，尝试了几次都无果而终。可他还是不死心，一直让我教他，我不

厌其烦，快要被逼疯了，好在他给我的课时费还不错，我现在不是租房么？直播打赏又不固定，这笔钱对外很重要，我也只能忍了。

这不是叶公好龙么？我随口反问。

小何继续抽着烟，也许吧。也许更复杂，可能涉及心理层面了，不是画画可以解决的。也许画画只是个幌子，他需要其他的东西与自己和解，大半辈子不断舔舐，有时候能治愈，有时候好了伤疤忘了疼，成了内伤，就更难治。

我惊讶于小何这番见解，看来他的确被这个男人折腾得够呛，说话都开始形而上了，颇有人生哲学的意味。尤其是和解，这个词用得好。我不仅想起李一画，想起过往的种种，我觉得自己也需要一场和解。

我调侃，你这是刚出狼窝又入虎口。不过最起码他和老王不一样。

小何说那倒是。只要能画画，还能顺带挣钱，怎么着都成。

见我感兴趣，小何谈兴不减：我还有一个粉丝，女的，也挺神的。我粉丝中女的少，所以我对这位还特别留意。和刚才讲的那个男人不同，她是让我帮她画一幅画，是留言给我说的，我还没见到人。

我说是么，这个简单。

小何说，这个看起来简单，也就一幅画的事，谁不能画呀，哪不能画呀？可是我一了解才知道不简单。她需要画出她当年的模样，当年是啥时候，1976年，她那时还小，连一张照片都没有，我怎么给她画？

我说你可以通过现在推测当年。很多画家仅凭想象也能画出很传神的作品。古代男女授受不亲，很多画家不也照样画了很多仕女图、美女图？

小何说，这不一样的。听她说要求很高的，而且当年画过一张，她很满意，可惜弄丢了。这就麻烦，一有对比，你怎么画也画不像了。

我没搭话。

夜已经黑了下来。站起身，才发现我们竟然从中午聊到了晚上。小何看起来还有很多话要聊，于是劝我别回家了，就去他那里挤一晚。我调侃方便么？小何哈哈一笑，说我那里男的女的都没有，方便。我说你现在也算是有粉丝的人了，没想找个姑娘什么的陪着。小何吐一口烟，说别提了，你没发现约我的不是大叔就是大妈。我哈哈笑了，说这些人才有意思，你想要的他们都有。小何说，还是算了吧，我现在不需要姑娘，画画就是我的"姑娘"。

在小何租的小堡村的房子里，我们搬了一箱啤酒，就着一些鸭脖子喝到了后半夜，直到昏昏沉沉躺下。一切都安静了下来，现实被黑色的夜幕遮蔽，我终于可以有片刻的抽离。可还没等我把思绪抚平，窗外不知何处飘来一阵汪峰沧桑的音乐声：

我在这里欢笑 我在这里哭泣
我在这里活着 也在这儿死去
我在这里祈祷 我在这里迷惘
我在这里寻找 也在这儿失去
北京 北京
北京 北京
……

莎的微笑

113

李一画告诉我,她对她妈妈沈如花说,结婚可以,但前提是她和爸爸不能离婚。这个条件提出来,就和她妈妈的互为前提了,看似无解。这一招实在厉害,她妈妈有点不好招架,这些天也不再逼她相亲了,难得清静。

说到相亲,李一画突然意识到了什么,便不再说话了。我说别枉费了你妈妈一片良苦用心,还是要去多见见,见多了,比较比较,才能遇到合适的。结婚是大事,要过一辈子的,各方面都得契合,不能——我也突然意识到了什么,也不再往下说了。我们都有心事藏着,疙疙瘩瘩的。

李一画说,那天的饭局是我弄巧成拙了,你别在意,我还会争取的。

没有的事,那家菜不错。别争取了,对你对我都不好。对你,显而易见,你越争取,你妈妈就会越逼你。对我,房子、车子、学历,"三座大山"姑且不说,年薪五十万都压得我喘不过气来。我一个搞艺术的,哪能经得起这番折腾呀。我尽量

把话说的心平气和，可是一说出口就变味了，显得有点酸，有点自己都觉得不好意思。

李一画不说话。

我也不说话。

沉默了一会儿，李一画说，你别考虑我，我有我的办法。我不能说这都是你的问题，但是你总得让我，让我妈妈、爸爸看到你在努力解决呀。结果可以再说，先得有个态度不是？

态度？我算了下，需要很多很多钱呢。而且你也马上奔三了，就是你愿意等，可是我什么时候才能挣到这些钱。我一个搞艺术的——说到这里我再次打住，真想抽自己个大嘴巴。顿了一下我接着说，你看，我们是因为艺术相识的，不管是你想为妈妈画张画，还是我北漂想在艺术道路上站稳脚跟，都还算是有理想有情怀的好青年，即使这些情怀和理想已经七零八落，可是我们也不要弄得这么尴尬好不好？我已经被现实折磨得面目全非，但是对你，还是希望留下美好回忆的。不要让我以后想起来是因为没有房子、车子、没有钱而没有走到一起——尽管现实就是这样，可是连自我安慰一下都不可以么？

我承认话有点过了，正想往回找补，电话挂了。我想再拨过去，详细告诉李一画，我为了搞钱都做了什么，以及如何如何等，转念一想还是算了，说得再详细、再声情并茂、凄凄惨惨戚戚又如何，"三座大山"还是推翻不了。对李一画而言，也许过程是重要的，但对她妈妈来说，结果，只有结果才重要。

114

生活的可爱之处就是，你永远不知道未来会发生什么。

某一天，有人通过微信加我好友，一开始我是忽略的，用微信久了，对添加好友越来越无感，都是因为工作不得已才添加，据说这样才显得重视对方，显得有礼貌，显出合作的愿望。可实际上，添加了以后，大家多半发个联系方式，然后互相客气地打个招呼，表示多多联系、互相关照之类的，然后有可能当场为了某个刚想出来的项目建个群，发几句不明所以的项目构想，然后大家客客气气说好，然后就没有然后了，绝大多数就躺在通讯录里，偶尔有上了年纪工作清闲的，或者职位比你低的，或者有求于你，希望与你再加深下印象，以至于将来找你办事时你不知道此人是谁，便时不时给你的微信运动点个赞，或者加为关注，或者给你时不时发个节日问候，为你发的朋友圈动态点个赞或者评论，类似等等，然后再过一段时间，逐渐就销声匿迹——因为人的注意力是有限的，你已经不属于他关注的重点，而且经常点赞或者发问候显得——你同样也没有时间关注，于是便真的就销声匿迹，成为一个符号了。

而且还有一个重要的问题，微信导致你把生活和工作混为一体，难拆难分，让你觉得生活就是工作，工作就是生活，异化到往往拎不清自己的身份和角色的地步。导致的结果是，工作越来越重要，生活被严重挤压，变得可有可无，领导的信息

要比家人重要的多——很多自诩有情商的人都陷入这个怪圈，不能自拔。因为大家往往觉得领导的信息涉及薪酬晋升评价，在我们这个规则还没有完全建立起来的社会，有时候往往一个信息没及时回复就能让年终奖泡汤，升职加薪无望。而家人么？如果不涉及生老病死，孩子被校园暴力或者没人接送，或者各种突发偶然，基本是很少及时回复的。道理很简单，家人么，都是自己人，都觉得都可以通过亲情化解，殊不知很多时候，你的一个没有及时看到或者没有及时回复，往往会让对方波澜起伏。殊不知，很多恋爱中的男女都是这么分手的，很多恩爱夫妻都是这么到头的，很多父母都是这么淡漠的，很多朋友都是这么疏远的。

  解决的办法看起来也很怪异，有人随身带着两个手机，一个处理工作一个联系生活，有人一开双待，对应两个电话号码，注册两个微信号，在工作和生活中切换、穿越。有人对工作的人关闭朋友圈，或者权限仅聊天……这样下来，你会发现有人不止一面，看着挺好，其实严重人格分裂。还有人像在演戏，人生如戏，全靠演技，一会儿在工作中主角，一会儿在生活中配角，一会儿出戏一会儿入戏，看着都累。还有人看着挺好，但是对你关闭了朋友圈，或者设置为仅聊天后，你就会觉得此人不愿意和你深交，不愿意哪怕向你开放一点点的私域，仅仅是象征性地认识一下而已，于礼节上过得去即可。可是你莫名就会对其有另外一种看法：这人怎么这么能装？什么人呀？牛×什么呀，我还不爱看呢……如果是领导，你也只能忍了，如果是其他人，你大概率也会采取对等的做法，或者干脆一删了事，一切又回到了当初。人生若是如初见，不加微信该多好。大家都知道，这些操作多是在情侣分手，或者夫妻离婚，有仇报仇，离职，或者突然暴富之后进行的，你刚加了别人微信就这么干，不是情商低，就是确实没把对方放在眼里。也难怪对方了。

这样一来，微信就成了一把"双刃剑"，沟通是便利了，但节奏被打乱了，有人甚至得了微信病，一听到微信想起就赶紧抱着手机看，生怕漏过哪怕一条信息，即使这信息与自己没有一毛钱关系。甚至生怕晚回领导一个收到。

大约意识到这些问题，越来越多的人选择无视，即使看到了微信消息也不回，尤其是工作之外，或者工作日之外——除了让对方干着急，其他都挺好，据说可以显得自己很忙，手上的事很重要，或者表明态度，即工作日之外就是生活，不回是再正常不过的——这方面有很多技巧，比如如何回复领导，回复同事，回复朋友，回复家人——据说回复领导不能太及时，要延缓一下，想好了再回，不能仅仅回复收到，还得带着方案，带着解决问题的办法，这样既显得自己在忙，不仅仅无聊到在等领导微信，更显得自己对领导安排的工作有思路有章法——这方面的经验很多很多，多到一本书都讲不完，但问题是，它不仅没有让我们的沟通变得简单，反而更复杂了。微信就像一个江湖，人们把线下的各种"明规则"和"潜规则"都搬到了线上，让人猝不及防，不知所措。

这也是很多人用微信越来越"佛系"的原因。断舍离喊了很多年,大家都是扭扭捏捏,藕断丝连。现在终于意识到,用在微信上再合适不过,于是有人开始定期清理没有联系的朋友,不再轻易添加别人,也不再轻易被别人添加,朋友圈设置为仅三天可见,微信运动取消排名,不再给别人点赞,越来越不爱发朋友圈,也越来越不看朋友圈,越来越觉得杨绛说得对,生活是自己的,和他人毫无关系。

有人可能会说,年龄大了都这样——其实这和年龄没啥关系,当你发现通讯录里没有好友,朋友圈里没有朋友,但信息依然在不停响起,圈里依旧热闹非凡时,你就会觉得,还是当初刚有手机那会儿好,还是当初发名片好,彼此之间有一个缓冲的距离,大家都在各自安全范围,没事不打扰,有事才联系。

从社交上来说,时代并不总是进步的,尤其在人性方面。当私域被侵蚀,当生活被绑架,当手机成为身体的一部分,当微信与方方面面产生了联系,你会觉得自己不知不觉就被织到了一张无形的网中,难以抽离。也有人不用手机,不用微信的,但这往往看上去像个行为艺术而已。

于我而言,"三座大山"压顶,钱无所出,心烦意乱,除了时不时关注下小何的直播,其他的信息统统忽略,即使看到也不会及时回复,就像跟别人有仇,除非是打电话进来——往往第一句就是质问:发了消息怎么不回呀?我和李一画现在就是这么沟通的。

115

添加莎的确是巧了。那天我躺在床上刷完小何的视频，转眼就看到莎这个名字——她那时还是通讯录的一个红点，在等待我的通过。我这才想起，我已经忽略这个名字有一段时间了。还好没过时效期，我点了通过，不一会儿，一个微笑的表情便发了过来，我是莎，对方说。

一时间，我竟然觉得这个名字很熟悉，但又无法确认——实际上我添加时就意识到了这一点，这也是我最终通过的原因。熟悉的陌生人，这不是微信好友的标配么。

我一边在记忆中搜索关于莎的点滴，一边回复了一个微笑的表情。

莎说和我分手后，她和总编辑也没有再联系，而是凭着之前攒下的一些资源，卖画、带艺术生甚至给电影公司当美工，总之什么都干，边干边参加央美的研究生考试，后来终于考上。毕业后进入一家国际知名的艺术展览机构做策展助理，待遇很好，同时还在画画——这有个好处，有时候自己的作品也能沾光一起展了，还有收藏家问起，总之，算是没有偏离当年的理想吧。

我来不及感慨，除了觉得自己也算无形中做了一件好事，为一个女画家的成长尽了一把力——当然这也得感谢伟，如果不是他给我的那辆宝马，我也不会在北京的街头红绿灯间隙遇到莎，莎也不会觉得我珠光宝气，像个成功人士，也不会有后来的一切——据说伟在监狱里教人画画，还获得了减刑，估计

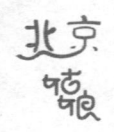

快出来了——你看，人生还是需要理想的，艺术还是需要坚持的，就像一颗种子，即使被压在石头下面，也是会有发芽的可能。当然我也有自知之明，俗话说，一个成功的男人背后往往都有一个默默付出的女人，而一个成功的女人背后往往都有一堆默默付出的男人，比如那个美术家杂志的总编辑——听莎的口气，我只是其中之一而已。

其实我更多的是羡慕。曾经何时，我也是像莎一样有理想有追求的青年，经常把高更、毕加索这些大师挂在嘴边，可是时光一晃，我都不知道自己干了些什么，现在还被逼到整天为房子、车子等焦虑，苦不堪言。我们曾经也一起陷入过房子的困境，没想到莎竟然走了出来，而我还困在原地。我当时忍心没要那五万块钱，就是希望将来再联系到莎时，希望向她证明当年和我分手是多么的错误，没想到现在她向我做了相反的证明。莎就像一面镜子，照出了我的面目全非。

莎说，我是通过好多人才找到你联系方式的，记得之前存过你电话的，后来打不通了。

的确，这些年来我的电话换了好几个，有主动的，也有被动的。主动的，比如想和艺术圈决裂；被动的，比如伟出事后我们遭到处罚，如此等等。每换一次我都想重新开始，可是生活就像一个怪圈，每次都在重复。后来电话也很少用了，多是用微信。现在，微信也很少用了。我在想，如果把微信也换了，生活会不会焕然一新？

我没说话。

莎继续说，找你就是叙叙旧——哦，不知道你结婚没有？没有打扰吧？最主要的是把你的钱还了。分手时就说要还的，我知道这是你在帮我，所以我更应该还，加倍还——这些年来，这一直是我的一块心病，从来不曾忘记，也是我奋斗的一个动力吧，无论如何我得还上这笔欠账，不止是欠你，也是我欠自己的。

如果说我没惊喜是假的，我从来没奢望这笔钱能还上，而且我自认为这不是一笔欠款，而是我当时作为莎的男朋友应该做的，现在就像天上掉馅饼。可是无论如何我也要推辞一番——这也是真的，尽管我很需要钱。这不仅是对莎的奋斗的尊重，也是对往昔的尊重——尽管她当时欺骗了我，可是我对这份感情是认真的，我也只能这样，否则再回忆往事，我会更痛苦不堪。还有就是，如果这世界上还有另一个我的话，我希望是莎这样的。现在她帮我实现了，我应该感谢她才是。但内心深处，我知道这笔钱来得恰逢其时，在我为房子、车子奋斗的路上，这是得到的第一笔赞助。

莎是坚决的，理由不需要重复。她通过微信转了一笔钱给我，十万，附带两个字，感谢。这是当年我借她钱的两倍——早知道这样我就不再推辞了。莎不给我疑问的机会，说，当年你除了借我的，还给了我不少买衣服和化妆品的钱。买房的事我记的更清楚，记得你到处借钱——我得告诉你，那时我真是希望能有个家的，这样才有安全感。现在也不瞒你，你知道当时住在我们隔壁那个郑常么？那个变态。其实他是高利贷公司派来跟踪我

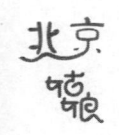

的，我之前不小心借了高利贷，被他拿住了，各种折磨，不得已我才跟了你们那个杂志的总编，没想到他也帮不了我什么，没想到又遇到你。那次我遇到你时，发现你挺有钱的，觉得和你结婚了，我的事就是你的事，是我们的事，你肯定能帮我解决了。后来在一起时没想到你也很难，买房钱都不够，你知道么，那时候我差点把你买房的钱也卷走了，因为郑常在隔壁一直逼我，我忍无可忍，说要报警才把他吓走了。那时看你确实没钱，我不能耗着，就提了分手——实在是不得已，你不知道我心里有多难过。但我知道，无论如何不能再对不起你了。

高利贷的钱我后来又找了一个朋友帮忙还的，具体就不说了。总之，你对我的好，我都记着呢，十万不多，都收下吧，也算给我个安慰。按我的性格，我是不愿意在感情中让男人花钱的，可当时真没办法。还好，我还有机会弥补。

我这才想起我们租房子同居时隔壁那个敲墙声，不觉一阵后怕。转念一想时间都过去很久了，即使真如莎说的那样，人家一个姑娘都不怕，我怕什么呀，我也没结婚——也许，莎又在讲故事呢。根据之前的经历，我心里不禁莞尔。

莎似乎看出了什么，说不管你信不信，还你钱总是应该信吧，难道我会平白无故给人十万块？我笑了，说，问你一个问题，得实话实说。她点点头，我说你到底是叫莎还是多多？她说当然是莎呀，说了多多是艺名的，你还不信？说完她发给我一张身份证照片，上面的确是莎，的确是南方姑娘，除了不辞而别，其他的，似乎都是可以佐证的。

其实问这个没有任何意义，我纯粹是出于好奇。至于到底叫莎或者多多，跟我都没有半毛钱关系。我们不可能再有第三次偶遇，这一次还是她找的我，现在我没有可图的，只要她不担心我会图她就好。

116

我和莎又聊了些别的，大致说了我分手至今的经历，当然添油加醋美化了一番，不管从哪方面而言，我都不想在这个姑娘面前表现得太不堪。至少在她看来，我还残存着画画的念想，还没有彻底隐入尘烟，只是我没有她那么好的运气，或者那么大的野心而已。当然我没有提李一画，不想给她造成一种沉溺女色百无聊赖的印象，也不想给之前在培训学校的传言提供佐证。还有，女人在这方面都有高度共识，不管是前任还是后任，总是希望她是你的唯一，即使分手了也念念不忘的那种——她们有时候会打着喜欢听你回首往事的幌子，顺便请你讲讲前任，如果你不小心就会掉进坑里。在感情上，不管现在还是过去，女人和其他女人是天然的敌人。

这番话后，可能是莎觉得我还算是个有理想的文艺青年，还算有点共同语言，于是顺手给我发了一张照片，是一幅油画作品。画面中，一个看起来年轻的女人正对着观众，似乎在观察眼前的一切，眼神很有力量似的。女人面色沉静，似笑非笑，就像一切都被她看穿，一切都被她的微笑融化。

我被这幅画吸引了，无论从造型、光影、技法、颜色，人物的神态、动作——无论从哪方面来说，这都是一幅用心的作品，一幅让人难忘的作品。我甚至想起此类的画作，可是画女人的作品太多了——在这方面艺术家都是心领神会的，画女人比画男人强多了，女人更有表现力且更难以捉摸，即使是圣母，也有千百种画法。而男人，多是要置身某一场景，需要衬托才能表现其中的意思来。

画了很久了，还没画完。莎说。

我同样有点惊讶，看样子是可以了，我说。

莎说，还需要再调整，需要时间。

这是给别人画的？

我自己。

噢，我说——我为自己眼拙而感到惭愧。但时间已经过去很久了，莎的样子也有点模糊。再说，女人对于男人而言，记住的多是在床上的样子。再说，究其面容，现在的女人都差不多一个样子。

很早就在画这幅画，断断续续的，总是觉得不满意。不过这幅画的名字一开始就定下来了，没有变过。莎说。

不是自画像么？叫《莎》？我顺口问。

《莎的微笑》。

我说怎么觉得这幅画有名作的影子，难怪——这句话和前面的感受做了很好的呼应，我相信，微信那头的莎是微笑的。

的确，这幅画让人想起那幅传世名作，《蒙娜丽莎的微笑》。五百多年来，围绕这幅画产生了很多传奇和故事，现在，莎又增添了新的素材。关于这幅画有很多解读，比如"是心灵回归者、觉醒者心中的一个崇高细致理想的显现"，比如"蒙娜丽莎"不是因为什么而微笑，她只是静静地在那，脸上是自然出现的一种永恒的、无所谓的表情，如此等等，而且连画中的女人到底是谁现在还争论不休，难道她并不出于达·芬奇之手，而是某一个女人的自画像？就像莎或者是多多？

我和莎又聊了许多，得知她也没有结婚，我便自然了些，否则和一个结了婚的女画家聊天，免不了会出各种意外，艺术史上现在看来很多的故事或者事故就是这样开始的。不知谁先提出的，有机会面聊——这个有机会很有讲究，也可能是现在就有，也可能是以后才有，也可能是永远没有，就像很多朋友约着方便时吃饭或者喝酒，往往就是随口的说辞而已，永远没有方便的时候。

但不管如何，我看到了莎的微笑——比看到《蒙娜丽莎的微笑》还开心，尽管那幅画是世界名作，我还没有看过真迹，但我一点都不期待。不管是《莎的微笑》还是《蒙娜丽莎的微笑》，都来源于生活，来源于我们对生活的认识和理解，但她又高于生活——表达对存在的思考。

117

某一日，小何又告诉我，那个女人又问他画画的事了。他

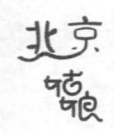

说定做是可以的，但没有任何参照，光凭想象，他很难画出来。又过了几天，女人找了一张当年皱巴巴的油画照片给他，说可以参考，但不要画成一模一样的，当年也是写生的。

小何觉得这女人挺有意思，就把油画照片发给我看。一听皱巴巴的，我没太在意，以为就是一张那个时代典型的梳着辫子、表情严肃的普通画作而已。没想到画面上的女人梳着辫子不假，衣服也很土气，动作也不太自然，略带生涩，但眼睛有神，充满生气，还有点局促，像是第一次入画，有好奇，有不安，也有希望。

不是说没有任何参照么？怎么还有一幅画？

她说找了很久才找到的，原画已经没了，只找到一张这幅画的照片。

是么？也许是不愿示人罢了。你看着这画的多像初恋姑娘。我猜的。我觉得画面上的这个女人有点熟悉。但是不确定。也许那个年代的作品都类似吧。一样的人物，一样的衣着，一样的笔触，一样的表现，不同的是眼神罢了。从这幅画看，创作者是饱含深情的，对画面中的这个姑娘是有想象的。

难怪。女人说不要让我把这幅画传出去，我也就是给你看看而已。

肯定呀，这要真是初恋的话，传出去怎么说得清楚呢。人到老年，又翻出一张初恋的作品，这说起来是怀旧，可是别人怎么想？时代远去，人生遗憾，往事随风。如果要打捞的话，肯定需要勇气的，更需要一个不能拒绝的理由。

这个我就不知道了。小何看着我，有点茫然。

仔细看，这幅画并没有画完。不过看起来的确很久了，只能再画一幅了。

的确，女人也说这幅画是20世纪70年代画的，距今40余年了。

她还说什么？我问。

其他的没说什么，就是希望这幅画尽快完成，她要赶着用。

我没再说话，只是盯着画面看。越看越觉得熟悉。

小何说，看你这么感兴趣，这样吧，就由你来画吧，我本来也忙不过来，还要经常去男人家教画。男人越来越难缠了，画不了不说，还想办个画展。自己一幅作品都没有，还想办画展，我真是没见过。

办画展？我有些疑问。

是呀，他说自己这一辈子就这点念想了，他希望作为一个画家离开这个世界——既然作为一个画家，可不得有个画展么？就像作家，不管写得如何，成不成功，得有自己的作品集的。

我笑了。可一想到小何为此承受的压力，没敢大笑。

118

我接下了小何安排的任务，在他看来，这次向我倾诉、叫

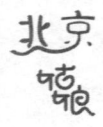

苦是值得的，我总算帮了他一个大忙，他把订金什么的转给了我——我没收。小何说不要嫌少，等画完了只要女人满意，钱不是问题。通过他的了解，这是个有钱的女人，搞金融的，北京好几套房，女儿也是国外名校毕业。

即使没有这些信息，你想，一个定制画作的女人，能差钱么？小何的分析是有道理的。我接下这个活，是为钱也不是，现在是我最缺钱的时候，能挣到钱当然好，可是我一眼看到这幅画就觉得眼熟，就有想拿起画笔的冲动，久违的创作欲望又从心中升腾起来，就像看到一个颇符合自己审美的姑娘，想把她娶回家。从这方面而言，我更应该感谢小何才是。再说，当年在大山子地下室，我们从艺术的理想谈到创作的现实，也是提出要帮他先代理一些作品，活下来再说，可惜后来我们自顾不暇，忙没帮上，小何差点走投无路——尽管这并不都是我导致的。过往在任何人身上都会留下痕迹的，就看你如何面对了。

119

像十年前一样，我又把自己关到了屋子里，支起画架，备好颜料，拿起画笔，参考女人提供的皱巴巴的作品照片，按小何的要求——女人的要求画。可是一连好几天，我都无从下笔，毫无进展。我甚至又抽起了烟，自从伟出事后，我已经戒掉了。我安慰自己，艺术需要灵感的，没准抽一下灵感就来了。可任凭指缝烟雾缭绕，消耗了好几包烟，还是画不出来。我甚至在心里骂自己没出息，就是一幅仿作，照着画就可以了，无非是还原么，把材质从照片变成画布即可。可是我又无法说服自己，总觉得这幅画不仅是仿作那么简单，应该是一次全新的创作，对那个时代，对那代人致敬。尽管我还不知道这个女人为何要再画这张画。

还是毫无进展。就像一个作家，坐在桌子前，纸笔都准备好了，吃饱喝足，茶水喝了无数遍，厕所跑了好几趟，甚至该用的不该用的方法都用上了，比如听了无数遍音乐，把屋子收拾了好几遍，桌子擦了又擦，关了手机，闭了窗户，还泡了热水澡，冥想半天……所有的方法都用过了，还是写不出一个字来，只能盯着纸笔发呆。

而十年前完全不是这样的。那时不管在何种状态，何种环境，我都可以自然而然拿起画笔，涂涂抹抹，很快一幅画就成型了。素描速写也可以的，我甚至在等车的时候，都会用线条快速捕捉大街上或地铁里的人物动态，当然绝大多数都是姑娘。某次我因为一张速写，紧盯着一个姑娘，差点被姑娘喊变态。还有一次以侵犯肖像权为由，被姑娘的男朋友撕掉了刚画好的一张速写，我本来觉得那是张很好的油画底稿，要拿回去好好创作的。

那时，整天想的都是画画，当然还有姑娘，二者能结合起来最好，结合不起来，各想各的也无妨。尽管过着穷逼的生活，可还是向往高更，觉得某一天自己也能创作一幅比肩《我们从何处来？我们是谁？我们向何处去？》的作品，即使不及，超越国内某些所谓的先锋派也是可以的……

不知从何时开始，这些热情和理想逐渐褪去，一点点耗尽，直到被挣钱，被房子、车子完全代替，理想不留一点痕迹，就像自己从来没有那样想过，就像那是另一个人，和自己无关。直到现在再次坐在画架前，才发现自己原本是个画画的，可是一晃而过，竟然什么也画不出来了。

120

这期间，李一画联系我一次，问我近况，我支吾着说在挣钱。她似乎听出我不想多说，便不再追问，说起了自己。她说她妈妈不再逼相亲了，她觉得轻松不少。看来我的反制措施还是有效果的，她有点得意。她所谓的反制措施，就是如果要她结婚可以，但父母得先复婚。在这方面，父母得先做榜样。要不然，自己对结婚也没信心。她说她无意中得知她妈妈和她爸爸有了直接联系，之前都是通过她来传话的。这是个好现象，没准他们真的能复婚呢。她说。

这些事我插不上嘴，也没法发表自己的见解，听起来和自己也没什么关系，只能听李一画说着。只是听李一画提起她爸爸，我才想起他也是一位画家，20世纪七八十年代不是还在东北乡下给李妈画过么，尽管我没有见过，听李一画说那幅画已经烧掉了，可是我觉得和我在创作的这幅画有点类似。

见我没反应，李一画说你也应该高兴才是。我随口说"三座大山"压着，高兴不起来。李一画说这话说的，你在挣钱就是好现象，最起码有了个态度。有时候态度决定一切。我莞尔一笑说，但愿吧。

121

和李一画聊完，我给她爸爸打了一个电话。这是我第一次给他打电话，本来想去他家拜访，觉得先电话请教一下，看看老爷子态度再说。

我把创作的事给李爸说了。李爸说，我算是个老画家，20世纪七八十年代还给李一画她妈妈画过像，可那时不同现在，颜料和画法也不同，物非人非，没有参考的价值和意义。

我说这幅画就是还原，尽可能还原。这也是客户的意思。可是这个照片又很模糊，我对20世纪的七八十年代的人又没印象。所以……

李爸沉默了下，说，你把原作发给我看看。

我爸照片发给了李爸，两天后收到他的回信，大意是照片很模糊，看不出什么来，没有参考的价值。他建议我不要参考此作，否则容易受限制，而且我也没有那样的经历和感受，照猫画虎反类犬，不画便罢，如果实在要画，可以重新创作一幅，画自己在意的人，画当下，这样才能画出好作品。

艺术要反映时代的，过去的就让他过去吧。最后这句是他的原话。

我听了有些诧异。我只是受人所托，按照客户要求画，不参考如何画？凭想象？再说重新创作也得有参考——画自己在意的人，李一画是我在意的，可是我为此吃尽苦头。过去的就让他过去——这又是什么话——这又不是我该考虑的，过不过去，有什么意义呢！

不问还好，一问如坠云里，我后悔打这个电话。

122

小何又催进展，说花姐着急了。我掐了烟，有点不耐烦，想把这个活推了，让小何自己想办法。又一想此前代理那次已经对不住他，再"放他鸽子"，朋友就没法做了。难得遇到这么一个对画画还有点赤诚的创作者，不能再辜负了。再等等。我说。

能不能给个期限？我给花姐得有个交待，人家交了订金的。小何有点无奈。

花姐？哪个花？我追问。当这个名字出现了两次，我有点好奇。

当然是貌美如花的花。小何不以为然，女人么，还能是哪个花？

我哦了一声，这就是你说的那个女粉丝？我话里不无调侃。

是呀。你认识？小何问。

叫花姐的女人那么人多，我怎么会认识？好奇而已，听起来像个混社会的。

小何一笑：听起来而已。不过花姐确实混得不错，搞金融的，北京好几套房，女儿也是国外名校毕业。

是么？这你都知道？我顺口一问。

当然呀，联系这么多回了。小何说。

你们见面了么？

还没有。花姐说她最近在忙复婚的事。等画画好了，她过来取。

复婚？

是呀，她说不复婚的话，她的女儿就不结婚，三十了，哪个当妈的不着急？

我没说话。

小何见我又沉默了，以为我对这些不感兴趣，便又开始催。

我说我知道怎么画了，放心吧。

小何悻悻地挂了电话。

123

我一直找不到画画的状态，就像当初无数次冲动地拿起画笔但最终一筹莫展。我把自己关在屋子里，整整半月，昏天黑地，红尘颠倒，但没有画出一笔来，像一个闭关修炼但一直找不到"任督"二脉的武林高手。

这期间小何联系我多次，被我一概忽略，急得他差点打电话报警，可是想到我当年和伟代理作品出过事，怕再连累我而作罢。他甚至想过我可能会再次消失的，就像此前。后来又觉得不会，只好等我消息。当我告诉他作品无法完成，他像孩子一样沮丧，仿佛这幅画是为他而画的，上面画的是他而非别人。

小何联系我还有一个原因：他教的那个男人要着急办画展，让我帮忙张罗。据说男人的孩子要从国外留学回来了，和她妈妈商量继承财产，然后要把男人送到养老院。男人想这么一来自己就是安心等死了，这比死了更难受，于是决定办个画展，了却心愿，即使住到养老院也无憾了。

小何说，办画展钱不是问题，关键是没有画，巧妇难以无米之炊呀。我想了想，说只要钱没问题，其他可以想办法。小何有点懵。

我打电话给莎。莎听我说完，想了一下，说这个可以办，她就是搞策划的，找她算是找对人了。但办画展不是小事，涉及方方面面，需要个牵头的。这时候，伟出现了。

124

伟出狱的消息我是通过小何知道的。按理说他应该先联系我才是，伟的解释是，联系了，但联系不到。这个就不好再说什么了。按伟的说法,他是从视频上看到小何的,当年就和小何联系过,一眼就认出了他。我佩服伟的眼力,与世隔绝了那么久,出来无缝衔接,就像一直在我们身边。的确,伟这种人的敏感度是出人意料的。他说在里面就想着出来怎么办,想着哪里跌倒就要哪里爬起,还想着搞代理,可是出来一看,世界大变样,一切都网络化了,画画这种传统的工艺,也被搬上了网络,成了视频流量热点,他觉得,这里面可能有商机。

伟说这些,大有出狱又是一条好汉的架势。我知道,可能又是一波出人意料的操作。可是我全无第一次和他合作时的心劲儿,时过境迁,我常有一种想往后退的感觉。我不知道是他们走得太快还是我走得太慢,或者我们本来就不应该同行。

125

伟的确是能张罗的,果不其然,赶在男人被送进养老院之前,画展如期开幕。地点就在东四的中国美术馆,男人的家也在附近,也算遂了愿。展览主题我们选了好几个,比如时代与个人,艺术理想与生活现实,等等,最后定的主题就叫《和解》。这是我提出来的,得到了伟、小何、莎、李一画的认可,当然也得到了男人的同意。

照例,展出需要一篇序言。我们想了半天,模仿男人口吻,写了一篇半文不白的介绍:

余幼时嗜画。家贫，无从致画以观，每假借于藏画之家，手自笔录，计日以还。天大寒，砚冰坚，手指不可屈伸，弗之怠。录毕，走送之，不敢稍逾约。以是人多以画假余，余因得遍观书画……

展出的作品分几部分，一部分是我之前代理的小何画作，还有小何后来创作的，不过都改成了男人的名字，标示了不同日期，至少看起来像是男人画的。此外还有一幅作品，《莎的微笑》，为了这次展览，莎特意赶了出来。她说还没完成，等展出后自己再完善。《莎的微笑》当然是展出的焦点，纷纷攘攘的，大家都在为这幅画做着自己的解读，我默默退到边上。这是我第一次从远处看这幅画，就像当年在培训学校第一次看莎那样。但这次和那次不同，这次我看到的不仅是她，还有很多。

网红

126

  画展是成功的，遗憾的是花姐的那幅画没有赶出来，要不然也会在画展上大放异彩。这是小何的原话。小何这话是让我感到意外的，不知他怎么想，我从中嗅到了一丝责怪的意味。这在之前是不可想象的，倒不是别的，主要是我觉得这不符合小何的性格，也不符合他说话的方式。之前的小何是腼腆的，或者说是与世无争的，难道现在变了？

  的确是变了。又有让我意外的事传来，花姐那幅画小何交给伟了，这是我从莎那里无意听到的。莎没有多说，我想，这种事无论如何应该先问问我吧，毕竟是先交给我的。我本想去问小何，又想，这幅画催了很久现在还没有进展，按小何现在的说话方式，很容易被怼。我犹豫再三，还是先装作不知道，心想，终有一天小何会开口说的。

  小何倒是一直没说。说的是伟。某一日，我接到伟的电话，说他发现了一个商机，诚邀我参与。我惊讶于此人的商业嗅觉，学艺术真是可惜了，要是大学改学工商管理，没准现在

已经叱咤商场了。不过也不一定，艺术和商业很难定义哪个更难，商业利用的是人性，艺术解释的是人性——说到人性，不管是利用还是解释，伟经历这么多，肯定比我们更懂。

伟说，小何交给他一幅画，是一个叫花姐的女人定制的（这里他没有提起我，我宁愿理解为他们不想让我难堪）。我接手后也是一直画不好——你别以为小何能画好，他不是忙，也是因为担心画不好才交给我的。后来，索性由小何出面，我们约花姐聊了聊，一聊，聊出意向来了。

原来，这个花姐是想复原当年她老公，哦——那时还只是有好感，给她画的那幅画，他们就是因为那幅画才走到一起的。后来进城结婚，那幅画一直挂在卧室——那时候穷，没钱照结婚照嘛。谁想到结婚后俩人渐行渐远，有一次俩人吵架，那幅画就被烧了。

这么多年了，花姐和她老公都没再婚。现在孩子大了，孩子说如果他们不复婚，她就不结婚。没办法，花姐想把这幅画复原一下，看看还能否挽回当年那份感情。俗话说破镜还能重圆呢，何况一幅画？

我听了半天，一直没想到商机何在，伟似乎看出了我的疑问，又说道，你看，这是个多么凄美的爱情故事，具有一切可以操作的点——操作你懂么？看我没反应，伟继续说，这就又要说到小何了。这小子直播画画有一段时间了，我分析了他的视频，有成为网红的潜质——当然需要包装，没有包装他也就是挣个小钱而已。

伟继续说，有句诗怎么说来着？金风玉露一相逢，这就是了。我打算把花姐这个凄美的爱情故事，通过小何的视频呈现出来，比如就叫《寻找最美爱情故事》，引起大家关注，然后通过我们把画给花姐复原了，让花姐把她的爱情复原了——至于到底能不能复原她的爱情，这就不是我们的事了，总之我们把花姐的画复原就成了。

　　看我还不理解商机何在，伟有点着急了，整个一圈下来，其他都不重要，重要的是流量，是关注。要是这个火了，流量上来了，小何成了网红，那我们不仅可以直播画画，直播定制艺术品，最重要的是可以直播带货。带货你懂么？我们带的不是一般的消费品，我们带艺术品，带画作，你想当年我们做代理那多难呀。现在不一样了，流量来了其他都好办，而且，最重要的是艺术品价格高，那岂是一管牙膏一包餐巾纸可以比的？我们卖一幅画就等于他们卖一车产品，到时候钱是什么？简直不要太多。

　　说到这里，明显感到伟的语气变了，就像当年他当代理艺术品当老板时的口气，就像已经挣到了这么多钱，完全不像一个出狱不久的过气商人——也许伟从来没有过气，只是我对这个时代不敏感罢了——尽管如此，我还是听懂了伟的商机，尽管听起来就像一个神话，或者比神话更神话。这个商机听起来很美好，但每一步似乎都建立在想象之上，几乎没有任何实实在在的基础可言，就像在一片荒漠上建一个高楼，现场什么都没有，这个谁会相信？

127

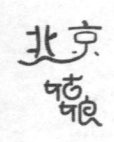

伟的性格是说干就干的那种,我们认识这么多年,深知他是个行动派。很快,"花姐的故事"就在小何的视频账号上发了出来。伟用数据说话,通过后台统计,差不多有五十万人观看了视频,点赞的无数,留言的也很多,很多人都在问,到底如何才能让"花姐复原自己的爱情"——这当然是伟设计的悬念,等到下一步,悬念揭晓,流量达到顶峰,其他的该有都有了,钱自然不在话下。

我看了那个视频,说实在的,我压根不明白这样的视频为何会有人看。不过我也想起崔健,不是我不明白,只是这世界变化快。姑且看看伟如何收场吧。我的吃瓜心态刚调整好,就接到李一画的电话,心急火燎的,问我是否看了视频,我说了看了,她说听说这是你朋友搞的?我还没回答,她便让我无论如何要让朋友把视频删了,否则她没法向她爸爸交待。这是私事,再说都过去多少年了,炒作什么呀,李一画撂下这句话,不给我惊讶的机会就挂断了电话。

我几乎惊掉下巴,这哪儿跟哪儿呀?难道伟所说的花姐,就是李一画的妈妈沈如花?这是她父母的故事?我拿起电话,向伟和小何质问了一通,确认是沈如花无疑:

原来,在李一画提出父母要复婚她才会结婚的要求后,沈如花便开始准备和李一画爸爸复合。复合当然要从那幅画开始,那是一切的开始,就像很多复婚的,首先把剪掉的结婚照再粘到一起。很自然的,她通过刷视频联系到了小何,成了小何的粉丝,委托他订制那幅画,小何交给了我,现在又到了伟的手上——他把这个当成了商机,于是便有了现在的一切。

关键的关键是,小何和伟,尤其是伟也不知道这是李一画的妈妈——这和李一画没关系吧,伟说,这都是她父母的事,再说这回要是真复婚了,那李一画不也就结婚了?这对你是利好呀。我明白伟的意思,他也知道我和李一画的关系,不能说他是揣着明白装糊涂,他这番话也符合逻辑,但我既然受李一画所托,还是要阻止他。

我的理由看似很充分,但听起来都比较勉强,不出所料,一一被伟驳了回来。末了,伟还恨铁不成钢地教育我,怎么谁都能想明白的问题,为什么你想不明白呀?钱才是最重要的,懂吗?等哥们儿一起挣了钱,你的"三座大山"就都能解决了,别说现在你得求着李一画嫁给你,到时候你娶不娶她还不一定呢。伟啧啧地说。

伟不愧是商人,把利益想得明明白白,我似乎又看到了他当年做代理时纵横商场的样子。令我不解的是,这是他的生意,准确说是他和小何的,为何会捎上我呢?我可是一点都还没有参与。不过他后面那句话听起来很有诱惑力,一瞬间,我似乎看到"三座大山"推翻有望了,可转念一想,这"三座大山"是沈如花加给我的,不是李一画。等李一画求我,这个可是从来都没有想过,会有那一天么?

128

我阻止不了伟，相反，他的视频关注度越来越高，点击量越来越大，俨然成了平台上的热门视频。为了吸引更多人看，视频还改了个名字，《寻找最美结婚照》，一下子成了婚姻的见证人，小何也变身网红画家，只要粉丝提供自己的结婚照，他就可以按照订制的要求画成画——画比照片可有价值多了，这是艺术品，保存的时间也长，艺术恒久远，一幅永流传，看看西方那些宫廷画家，给皇室和贵族画了多少类似的作品，现在，普通人也能享受到了。给婚姻保个鲜吧，从一张结婚画开始。这是伟挂在嘴上的一句话。

按伟的话说，他这是呼应了人性。从艺术到行为艺术，画画不再是画家一个人的事，不再像当年小何那样宅在地下室里一笔笔扣，而是要让大家都参与进来，共同完成这幅作品，这才更有意义。多了沟通，多了互动，多了投射，自然就多了价值。粉丝不再觉得这个东西和自己无关，相反，他们会觉得自己也是艺术的一部分，自己也是创作者，平淡的生活突然就艺术化了，这是对生活最好的致敬。这样要是还赚不到钱，那艺术真的就完了。我们这么做，挣钱是一方面，同时也在拯救艺术，每次伟这样说，小何总是要信服地点点头，就像伟是他的导师。从小何的表现看，他对伟崇拜得五体投地，完全忘记了当年代理他的作品时那些不快，觉得这个人对艺术的敏感远在自己之上，自己要做的，就是按照伟的包装，把大家的关注度吸引过来，把流量搞起来，其他的，一切都会有的。一切都会有的，这句话之前是伟的口头禅，现在也成了小何的。

　　李一画对我的失望是不加掩饰的。这是从来没有过的，"三座大山"一直到现在都没有推翻她都没说什么，反而这件事让她觉得不可接受。她没有细说原因，不过从她的字里行间，我大致明白，根本的根本是，这件事伤害了她一直以来的初心：你想想，我们是因为画这幅画认识的，因为这幅画经历了多少事，甚至我的名字，就和这幅画连在了一起，现在，你们竟然用这种方式来对待——这是她的原话，她竟然把我也含在了里面，这下跳进黄河也洗不清了。

　　对待，的确，每个人对待这事的看法都不同，伟呢，简直认为这是助人为乐，顺便赚钱；李一画呢，很明显，认为这是消解，是解构。孰对孰错，或者说没有对错，只有角度？我一时无法辩白，只能夹在中间左右为难。

129

　　某一日，我接到李一画爸爸电话，问我视频怎么回事，从语气里，能明显听到他的不快。电话突然，我支吾着半天没说清楚，末了李爸撂下一句话，大意是没想到我竟然参与到了这个里面，话里透着满满的失望。

　　我又联系了伟，没料到伟告诉我，视频已经开始录下一期了，很多人报名，结婚照的订单都排到了一个月后，让我无论

如何要帮他把这些作品整出来,很简单的,就是照着相片画就好了,不讲究艺术,画的像就成——你别小看这画的像,可比当年我们搞艺术代理挣钱多了,几十甚至上百倍,当年我们那是背着篙子赶船,现在都是订单制的,都是交了定金的。现在订单堆着赶不过来,我正在想办法招募画家,得流水作业,我刚签了一个艺术学院的油画班,这还是你那个前女友莎给联系的。你赶紧参与进来,我保你有钱赚,什么"三座大山",到时候什么房子买不到呀。

我还要争取,伟无可奈何地说,给你交个底吧,发这个视频,我是征得沈如花同意的。不仅她同意,而且,现在她还是我们的投资人,几次沟通下来,我觉得这是个有眼光的女商人,她对投资的敏锐度让我都汗颜。她对这个项目很看好,商业模式她也是认可的,不过后期得调整,等我们把这波订单干完,然后就直播带货了,那样更赚钱。小何现在已经有了网红的基础,流量什么的我们都测试过了,我们就带高仿的西方经典艺术作品,往家装方向走,主要对象就是家庭主妇,她们有些品位,但品位不高,有些钱但钱又不多,想通过艺术彰显自己,我们就按她们的喜好选商品。现在小何已经不画画了,主要减肥,下周我准备带他去做个医美,把形象再提提,打造成时尚家装达人的人设。我们还在郊区租了一个别墅,弄来的艺术品都挂在别墅里,小何就在别墅里直播,现场直播,他就在别墅里给大家讲画,哪幅画摆哪里合适等等,这些都是有门道的,我最近也在学这方面知识,将来用得着。这两次创业下来，我总算是明白了，什么艺术，什么高大上，都是白扯，能被大家接受的才是艺术，能在生活中产生作用的才是艺术，艺术就是生活，生活就是艺术。

看来，随着伟创业项目的推进，他对艺术又有了新的看法。不过让我惊讶的是，沈如花竟然也参与了这个项目，实在是出乎意料。其实我早该想到的，在李一画第一次找我的时候我就应该想到。这个视频如果没有沈如花的同意，伟是无论如何也发不出来的。按我的推测，大约是李一画找她妈妈未果才找的我。可是，沈如花为何会参与到这个项目呢？真的如伟所说，是因为投资？如果真的投资，这倒符合沈如花的特点，她本来就是个投资人嘛。投资的原则就是用最小的投入换取最大的收益，伟这个项目，如果真如他所说，那沈如花肯定要赚一笔。可这毕竟是他和李一画爸爸的私事，私事怎么会愿意公开呢？她又不是明星。

130

看我一直反对，伟找来莎说服。莎说，你的"三座大山"我们早知道了，可是需要不少钱呢，这是个机会。

我没说话。我还不习惯莎这样对我说话。但不可否认，现在的莎已经不是当年那个莎。

你不是一直想挣钱么？想给沈如花证明一下，怎么现在……她继续说。

我想解释来着,但想了想,还是没说话。

钱的重要性我就不多说了,我们这么多年过来,如果连这点还看不明白,那……

我还是没说话。

你看,连沈如花这样的都加入了,你有何顾虑的?莎继续。

你不是要学画画么?你费尽心思考上央美的研究生,就为了搞这个?连续被莎反问,我顺口来了这么一句。

问得好!不冲突呀,考上央美的研究生,不就是为了更好搞这个么?莎直接地说。

我又不说话。

你是不是想说艺术理想呀?莎顿了下,说,其实我们每个人都面临两个选择,现实与理想。你要么是现实主义者,要么是理想主义者。因为足够现实,才有机会实现理想。正视理想,才有勇气面对现实。

这话听起来就像她已经想好很久了,顿时引起我的注意:你要么是现实主义者,要么是理想主义者。因为足够现实,才有机会实现理想。正视理想,才有勇气面对现实。听起来似乎有点哲学的味道。我本想辩白,莎又说话了,我早看明白了,这时代,我们这样的,谈理想就是空中楼阁,你要谈理想,可以,但要先打好现实的底子,底子越结实,你才越有资格谈理想,否则就是扯淡。咱俩比,在你眼里,我可能属于前者,因为我足够现实——这没什么不好的,所以我现在考上了央美,有机会参与小何的项目。你呢，你属于前者还是后者？但愿你是后者，这样看起来高大上——可如果你真的是后者，你就应该知道，正视理想，才有勇气面对现实，否则就是伪理想主义者。

我从没和莎这样聊过天，都说女人头发长见识短，没想到就现实和理想四个字，她竟然说得如此头头是道，一时让我无可辩驳。

被莎的一番话触及，我想了想，如果按她的标准，我既不属于前者，也不属于后者，而是一直在现实与理想之间左摇右摆。如果现实太强大，我就屈从现实，如果理想够动人，我就臣服理想。理想和现实对我而言从来不是两极，而是左右。这样摇摇晃晃，晃晃悠悠，一晃到了现在，几乎一事无成。我想起高二时学画的决心，想到大学时的轻狂，想到刚毕业时对艺术道路的美好想象，想到为李一画一直没有完成的那幅画，想到小何和伟的种种，想到与莎的离合，想到眼前的"三座大山"，竟一时分不清何为现实何为理想，或者我已迷失在自己的世界太久，失去了对现实残酷的感知，以及对理想动人的渴望。

虽然心中思绪翻涌，可是我仍然没说一句话。

莎继续：你还记得我们买房那会儿么？看你为钱着急的，我当时就下定决心，将来一定不能再为钱发愁。为什么我多还你五万，也是因为当时把你逼的，实在是愧疚，想弥补。当然，现在看没买也好，咱俩也没在一起么。

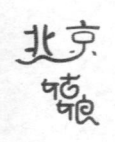

我还是没说话。思绪又转到当时买房的种种，心想幸好没凑够，当时我和莎都在非常状态，隔壁还藏着个催高利贷的，否则买房的钱又不知弄到哪里去了。

莎继续说，有件事我没告诉你。上次给你说了我毕业后去展览机构做策展的事，待遇很好——其实这都是靠关系介绍的，凭我自己，不可能的。莎顿了一下说，我研究生快毕业时就和导师在一起了。他给我提供了不少帮助，靠着他的资源我才走到了现在。而且最重要的，导师给我了一套房子，这房子现在过户到我名下了，这样我也算是在北京有了立锥之地，要不然还是漂着。我们之前在一起时为买房把我吓怕了，那之后我就下定决心，一定不能再过那样的生活，我们是搞艺术的，陷入那样的生活，难道不是对艺术的侮辱么？那次也难为你了，不过好在总算过去了。现在我算是有了自己的家，可以不用为房子发愁，可以腾出时间搞搞艺术，把研究生时所学好好实践一下，我觉得挺好的。

尽管有之前的了解和铺垫，但是莎的话还是让我吃惊。我想起我们当时在一起的种种，第一次为了五万块钱不辞而别，第二次因为买不起房子而分手……想必这些经历在莎的心里留下很大阴影——但我又想，即使没有这些，莎依然会这么做，因为她一直想得很明白，知道自己要什么，知道如何获得，坚定且坚韧，不像我，晃晃悠悠，摇摇摆摆。

莎的话里有太多我想问的，比如和导师在一起是什么意思，小三还是结婚了？为何就能送一套房子？这是怎样的导师,以及莎到底付出了什么……但我始终没有问起,觉得既然莎能告诉我,就已经给了我充分的信任,再问的话可能就会破坏这份信任。而且,这种事涉及一个隐私和尊重问题,还有难为情,除非她亲口说,否则问出来是需要勇气的。

莎看看我,说,像我们这样的,哦——可能你不一样,每一步都需要实实在在的,否则不可能有机会得到自己想要的。

我没说话。

莎也不再说了,我们就这么沉默着。

总之,该说的我都说了,还是那句话,想想你的"三座大山"吧,别又跟当初。莎语重心长的样子。

不会就让我加入进来这么简单吧?我反问。

这才像个样子嘛。莎说,当然不会,现在李一画她爸据说要起诉,没有经过他授权把他的隐私抖露出来什么的,如此等等的,听说你和他有联系,这块需要你帮着搞定。

我一时又沉默下来。

131

我犹豫半天,硬着头皮,只好去找李爸。这次是我一个人去的,之前也没打电话,直接敲了门,门开了,他显得有些惊讶。我知道他下午一般在家,和其他的同龄老人不同,他似乎不怎么愿意出门,能宅着就宅着。这一方面可能和他身体不好有关;另一方面我听李一画说,他还想画画,还想捡起当

年的理想，只是毕竟年龄大了，许久未动笔，可能需要一个漫长的准备吧。也可能不是捡起画笔那么简单，这么多年，这么多事，时间和往事越堆越多，沉甸甸的，不是那么容易拿起来的，隔着一个时代呢。我曾听李爸这样感慨。

和往次比起来，他明显冷淡了很多，就连进门都有点不情愿。他总算让我坐了下来，还是老样子，给我倒了一大杯浓浓的，几乎看不出颜色，也尝不出味道的茶——这茶是从他的茶杯里直接倒出来的，还好，他没把我当外人。听李一画说，如果是外人来，他会客客气气准备半天，一套功夫茶下来，排面有了，功夫也搭上了，可是彼此的距离远了，亲切感也淡了。

他点燃烟，是那种老牌子的大前门，我几乎从来没有见过。我不抽烟，伟抽，之前总听他华子华子地叫，叫得我既觉得好笑又觉得无聊，就像华子是他一个随叫随到而且大家都知道的朋友。比起伟那种抽法，我觉得李爸这才叫抽烟，默默地融入氛围，然后点燃一根烟，还是有年代感的，忽明忽暗间，一切都恰到好处，一切都纷至沓来。

我没说话，不知该如何说起，只是一小口一小口呡着茶，借以冲淡这沉默的气氛，让他觉得我并不是无事可做。李爸似乎并不在意这些，吧嗒吧嗒抽着烟，像是在等我开口，又像是忽略我的存在。

终归是要开口的。我想了无数种开口的方式，比如先从他的近况聊起，比如问问他的身体，比如了解他重拾画笔的想

法,等等,然后过渡到视频的事上是再好不过的。可是还没等我开口,李爸就先说话了:

你不该参与到这事中,更不该把这个视频播出去,这像什么话?

我本来想辩解——我的确需要辩解,可这事说起来似乎很简单,但又很复杂,复杂的是竟然不知从何说起。否认是容易的,我的确也没有参与进来,或者说刚参与进来,更没有想把这些视频播出去,可不管是伟还是小何,抑或是莎,他们和我的关系千丝万缕,我是无论如何也撇不开的。再说,这个可能是李一画告诉他的,如果我全然否认,那么将置我们的关系于何地,李爸很自然会想我们两人中有一个人说了假话——不管是谁都不合适。

我还没想好怎么说,李爸又说,我都这么大一把年纪了,被时代戏弄了一回也就罢了,现在又被你们调侃,这心里总不是滋味……

说到时代,你经历的时代到底是怎么样的?不知怎么的,我这么问了一句。话一出口,就觉得有点唐突,可是已经收不回来了。

李爸吸了一口烟,看我一眼,之前不是陆续给你们讲过么。

我还没想好这话怎么接,李爸说:

之前给你们讲的,你们是不是觉得很遗憾?很悲伤?

很难过？我和一画她妈，我们那么美好的开始，却遗憾没有走到最后。我曾经一度也这么想，可是后来又觉得，这就是时代，这就是生活，哪有尽如人意的，普通人不都是这么过来的？

你想，当时上山下乡，多少人没有回来，最后只能扎根在北大荒，不也是一辈子？我是带着兴趣和爱好去的，还好，那么艰苦的环境竟然没有丢，还遇到了李一画她妈，因为画画走到了一起，后来才有了一画。要知道多少人最后妻离子散，魂归荒野，我们还回城了，一画妈妈从乡下来到了北京，这是多大的变化，现在也是女投资人了。感情上我们也许是失败的，可是事业上，生活上不算吧。

可能是老了，有时候我的思绪经常回到那个年代。我们也是有理想、有抱负的一代青年，那时下乡和你们现在不同，最起码我是主动的，主动要求到广阔天地去，广阔天地大有作为嘛。到了东北乡下，那真是与天斗与地斗，其乐无穷，和在北京比完全是另一种感受，就是真正觉得自己是这个世界的一部分，而不是秩序和流程上的一根螺丝钉。总之就是觉得是个人了，有蓬勃感了。

下乡的知青那么多，沈如花为什么会喜欢上我呢？还不是因为我会画画，画出了她的美，让她看到了自己的样子，有了自我的意识，觉得自己不应该在乡下窝着，得走出去？要不然她哪有勇气来北京找我？人呀，都有年轻的时候，不管时代怎么变，得有一股劲儿，洒洒脱脱的，风风火火的，不要瞻前顾后，想好了就去做，做成了最好，做不成也没失去什么，有什么可怕的呢。

当然，后来我们在城里结婚后，大家对生活的看法不一致，我呢，是希望继续画画；她呢，是觉得抓住机会多挣钱，毕竟那时候流行下海嘛，就像当初下乡，这都是时代特色。现在看，下乡被我抓住了；下海被沈如花抓住了，按说我们都不负这个时代。画画没错，挣钱当然也没错，如果两者能结合最好，可我那时候是死脑筋，不懂得变通，结婚了跟没结婚一样，觉得想干吗就干吗，坚持做自己，可任何事情都是有代价的，不能兼得，当时想不明白，后来想明白也晚了。

说这些，总归起来就是，我们那些岁月也是有理想有情怀的岁月，或者说是"激情燃烧的岁月"，不像沈如花说的，好像我们就是一个时代悲剧，败给了现实，输给了理想，耽搁了家庭，荒芜了感情，现在要去弥补。怎么弥补，靠画一张画就可以么？没那么简单，时移世易，我们都不是当年的我们，生活不是"刻舟求剑"，不能这么去看，也不能这么去消解。过去了就过去了，还不得往前看，我们都这么大一把年纪了，不得好好珍惜余下的时光？对过去我已经能够接受了——如果还有，唯一的念想就是有朝一日能故地重游一番，如果还能在那里撑起画架写写生，那就没有遗憾了，可惜我现在身体不允许了。我

都这么大一把年纪了,如果把之前都否定了,那就什么都没有了。总之,过往不是一个遗憾的爱情故事,或者失败的婚姻故事,过往是一段岁月,不管好坏,是我们经历过的,我不允许有人这么去消解,去调侃,甚至去戏弄——

李爸最后这几个词说得很重,重得让我感到了压力。我本想说这是沈如花同意的,你的看法她赞同么?或者她是什么看法……想问的很多,和之前一样,还没等我开口,李爸又继续说道:

即使我是失败者,但也有成功的,不能说上山下乡毁了一代人,不是这样的,任何时代都不是我们能左右的,也不是普通人能左右的,你说说,这时代你能左右么?年轻人买不起房、结不起婚、生不起子、养不起老……你能左右么?你不是也得适应,也得赶着,也得随大流,被时代裹挟着往前走?时代有局限性,但是超越不了的,也不要抱怨,尽最大努力,做好力所能及的事就好,过好自己的生活就好,其他的自有安排——这听起来是不是有点鸡汤?这么一说好像是,但我告诉你,这是我的亲身经历,还有我身边人的亲身经历证明了的。

别的不说,当代中国美术史你大约是了解的。从中华人民共和国成立到现在,别的行业不说,就说美术这行,看看那些知名的画家,哪一个不是在时代中成长起来的?

他们面临的环境岂是今日可以相比的？比如罗中立画出了《父亲》；何多苓画出了《春风已经苏醒》；陈丹青画出了《西藏组画》；徐冰创作了《天书》；还有刘小东、方力钧、张晓刚等等……不管时代如何，环境如何，他们还不是照样创作出了能留下来的作品？在艺术领域，这样的例子很多，古今中外都有，就拿文学领域来说，巴别尔是在枪炮声中写下的《骑兵军》；索尔仁尼琴在劳改营期间酝酿《古拉格群岛》；巴尔扎克是在被逼债的情况下写出的《人间喜剧》……现在倒是看起来好了，可是能留下的作品有多少？

说这些好像说远了。我想说的是，那个时代是不能被消解的，也不是你们想象的那样。一个时代有一个时代的特点，有好有坏，任何时代都一样，一代人的经历也是如此。不要用现在的眼光去看待当年，当然也不能用当年的眼光看待你们。当年，我和一画她妈妈因为一幅画走到一起，后来因为下海挣钱还是坚持理想而分道扬镳，一晃到现在。现在你和一画不也是这样么？房子、车子、学历"三座大山"，我是理解你的，就像我后来理解了一画她妈妈。这是多种因素造成的，好像怪谁都不合适。任何时代任何阶段都会有这样那样的问题，或者叫难题，抱怨是不行的，愤怒是没用的，还得靠自个儿去解决。

现在给你说这些，好像有点站着说话不腰疼。我年龄大了，也没别的心思，既然你问起，我就把所思所想告诉你。也许你能理解,也许你理解不了,没关系,最起码你知道了我的想法,看待事情就会全面些。

我嗯了一声,点点头。其实这个点头甚至无法代表我的想法于万一,我原觉得,李爸会对那个时代全盘否定的,甚至一番痛斥的,毕竟从个人角度看,他是受害者,这种受害有个人的原因,但时代脱离不了干系,如果不是因为沈如花忙着下海挣钱,他们也不会分道扬镳,家庭也不会支离破碎,他个人也不会在文化馆里被冷落和遗忘——艺术总是求新求变的,对传统总是不公的,这也是时代和环境残忍的一面,他更应该痛斥才对。可是,万万没想到,他选择了与时代和解,甚至某种程度的肯定——最直接的表现就是反对我们用视频的形式消解。我不确定这是因为他年纪大了心态的变化——众所周知,人年龄越大,就会越平和、越坦然、越波澜不惊、越宠辱皆忘,甚至开始怀念过去,觉得过去尽管很艰难,但是值得的,这是一种典型的心理现象,有成熟的心理学解释;或者是他刻意和沈如花反着来,沈如花越是资本,越是要流量,越是要解构,他越要理想化,越要平淡,越要维护,越要重构?这是他们结婚后斗争到现在的延续?或者说,他是对自己过去的维护?对自己生命意义的找寻?因为很简单,否定了时代,否定了过去,就顺带否定了个人,否定了自己存在的意义,过往一切烟消云散,也就意味着自己的经历化于虚无,这对存在将是致命的。我不禁想起汪峰的那首歌曲:我该如何存在?

正是有这么多疑问，所以我才嗯了一声，这是个最简单最省事的办法。否则，我再把这些疑问一一提出，不知道会发生些什么。我想起此行的目的，不是来倾听过去的，不是来听长辈们讲那遥远的往事的，也不是来回顾历史的，该讲的李爸此前已经讲过，尽管和现在的版本完全不同——我甚至一度不明白到底哪个是真实的？或者没有真实可言，都是因时而易罢了，所处阶段不同，人的年龄不同，心情状态不同，所思所想不同，讲述可能也就不同。如果说历史是任人打扮的小姑娘，似乎每个人的过去也是。你无法分辨，只能听之任之。

听完这些，我感到此行的目的算是全部落空了，在我甚至还没有提出来的时候——我庆幸没有提出来，否则真是不知道如何收场，不知道如何面对李一画。不过我觉得此行也是有收获的，了解了李爸对往事的另一种看法，还有就是把东北那个遥远的地方再一次拉近了，我甚至迫不及待地想去那个地方看看。我想，岁月不居，时节如流，不管往事是如何被讲述的，那遥远的地方是不变的，可能还有一位好姑娘。

时间不早了，李爸似乎觉得应该结束了，又吸了一口烟，说，一代人总觉得上一代人唠叨，可这唠叨是实打实的生活经历换来的。对我而言，能给你的，可能就剩下这些唠叨了。

我再次点点头，说了些保重之类的话，起身道别，出门。他送我到门口，还要下楼，被我婉拒，这无论如何都是我当不起的。匆匆走到夜色中，小区的路灯并不十分明亮，只是照亮

了周围的一小片地方，显得很不真实，就像天边的星星，星罗棋布，斑斑光点，遥不可及可又让人遐想。

132

我终究没有说服李一画她爸，可是这并不妨碍伟的公司火箭式发展。资本是可怕的，就像催肥剂，不断催着小何的流量暴涨，以及伟的商业信心的膨胀，似乎下一个收割流量商业变现的超级网红喷薄欲出。他们深知流量的稀缺性和不稳定性，如果不赶紧抓住这波流量，其他的稍纵即逝。很快，某一日，伟神秘地告诉我，在沈如花的推动下，经过C轮融资，在某大型资本的加持下，马良文化传播公司就要在创业板上市了。伟难掩激动地说。

马良文化？我一愣怔。

马良你不知道么？神笔马良，点石成金，家喻户晓。我们就是要傍这个知名度。伟不以为然。

可是……我本想说，马良是有知名度，我们从小学课本就知道此人，但这其中的寓意仅仅是"点石成金"那么简单么？如果被写这个童话的作者知道了，那不得气死。伟打住了我，说这个比"点石成金"还要厉害，如果按上市市值预估的话，我们都会成为千万富翁——当然，你会差点，毕竟这事你没参与多少——不过，我们也把你当创始人之一了，我们这么多年，你算是第一波跟我创业的，后来小何搞直播你比我参与早，沈如花也是你最早接触的——我后来才知道，原来你一直在追李一画呀，这是个好姑娘。这下你应该能搞定了，上市后你一套现，房子车子啥都有了，"三座大山"完全不是问题。兄弟，伟哥我可没亏待你呀，以后生了孩子得给我叫干爹。

我没说话。不知道该怎么说。

你还记得蕾么？那个贱货，不知道从哪里得知我公司马上要上市了，马上要发财了，主动联系，各种道歉各种赔不是的，甚至亲口说为了弥补当年的遗憾，只要我一句话，她立马来北京找我，想怎样都行——当然最后这句话不是她的原话，但是这个意思，甚至这个意思比原话更赤裸裸。哈哈。伟继续说。

我还是没说话。

庆幸她没说她的孩子是我的，要不然我会告她侮辱，就像当年她告我。人呀，还是得有钱。有了钱，怎么着都成；没有钱，怎么着都不成。

伟发完一通感慨，以早知今日何必当初的气概兴奋地挂了电话。似乎是被他的情绪感染，我沉默半天无动于衷后竟然也蠢蠢欲动起来，不管如何，"三座大山"第一次有了可能推翻的希望。或者说不叫希望，按伟的话说，这是马上就能实现的现实，坐等成为千万富翁就好了。当然要准备好接下来的生活，因为据说成了千万富翁后需要全方位的调整，否则很难适应千万富翁级别的生活，还不如继续穷着。

133

　　我倒没想这么多，我想的是赶紧告诉李一画，"三座大山"要解决了，我们得谈谈接下来的生活，属于我们的生活。可是李一画竟然没接我的电话，我发了微信给她，半天才回消息，以下是我们的聊天记录：

　　我：我想见你。

　　李一画：？

　　我：问题解决了。

　　李一画：什么问题？

　　我：你妈妈给我提的问题，房子、车子……

　　李一画：这是我妈提的问题，又不是我的问题。

　　我：？

　　李一画：你一直都不明白，房子、车子，这些都不是我要的，我都有，何必要你的呢？这么久了，我以为你会明白的。我当初在那么重要的时候跑到培训班学画，和你联系，甚至介绍你认识我爸妈，从英国回来，好不容易找到你，不是为了房子、车子的，否则我也不会回来，也不会去找你。你一直不明白我的良苦用心。

　　我：那你是为了那幅画？

　　李一画：是，但也不是。

　　我：这个怎么解释？什么叫是也不是？

　　李一画不说话。

我：也是为了让你父母复合，弥补当年的遗憾？

李一画不说话。

我：现在我们不也是在这样做么？

李一画不说话。

这话敲出去后我突然意识到应该撤回，无论如何不能把我和伟他们混在一起。李一画对拿她父母婚姻炒作这事是坚决反对的。可是这句话已经撤不回来了。

我：这里我得解释一下。

这句话刚点了发送，但聊天框显示：消息被对方拒收了。

我不甘心，继续拨打李一画的手机，显示所拨打的电话正在通话中，请稍后再拨。这是我和李一画之间第一次出现这样的情况。显然，李一画拒绝和我沟通。我不知她在想什么，一下子也不知道自己做这些的意义，陷入空前的无所适从中。

存在

134

通过朋友，我还是找到了李一画。好说歹说，我们相约去了西三环的东方世纪艺术学校，那是我们第一次见面的地方，一晃十多年过去了。学校现在变化很大，不仅培训艺术，还有文化课，俨然一个综合课外辅导机构。看来在望子成龙、望女成凤的心理驱动下，艺术已经成了点缀。

不过李一画很有兴致。她说尽管变化很大，但在她心里还是原来的样子，从来没变过。我理解她的意思，在她心里，一直存着当年在这里画画的美好经历，那是她第一次以自己的力量，试图去挽回父母之间的裂痕——当然，李一画这个名字似乎也注定这可能就是她的命运。从那时起到现在，她一直在为此努力，一画一世界，她似乎从来没有变过，但这却映照出这个变化多端的世界，以及面目全非的我。

女人总是感性的。此行消解了之前我们的争吵，似乎有一种推倒一切，回到起点重新开始的征兆。的确，当天晚饭时，李一画说，要不我们结婚吧。听到这话，我吃到嘴里的饭差点吐了出来，咳嗽了一下，喝了一口茶，愣怔地看着她，以为她在玩笑。

我是认真的，李一画说。可能是我一脸的疑惑提醒了她，于是她便继续说道：你看，我们经历了这么多，知道彼此都想要什么。其实这种事不用那么复杂，结婚么，两情相悦就好，你说呢？

我还是疑惑。

李一画继续：其实，房子、车子什么的，都不是我要的，那是我妈妈提出的，不代表我。这些说重要也重要，说不重要也不重要，我在英国留学和生活，深知这些都没有感情重要，都没有两个人彼此相爱重要。

我还是没说话。

你看，如果当时我没去英国，没准我们就结婚了，不会有后来这些的，不会有你的迷失，也不会有我的寻找。经历有时候是必要的，但有些经历会冲淡我们最初的念想。比如很多人都说失败是成功之母，但我从来不这样认为，我认为成功才是成功之母。如果我们在一起的初心，不会经历这么多年的分分合合，可能我们就不会把这件事弄得这么沉重了。爱情其实很简单，复杂的是人。或者说从爱情到婚姻是一个自然而然的过程，可是现实却把这个过程弄得漫长而遥远，似乎爱情和婚姻根本就是两回事，而且是不相干的两回事。这和我的认知，以及在英国的经历、认识是完全不相符的。

我还是没说话。

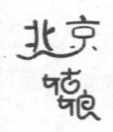

李一画喝了一口茶，继续：我觉得父母的婚姻是失败的，但你也知道，他们也有很美好的爱情，可他们美好的爱情没有为美好的婚姻打好基础，挺遗憾的，我虽然尽力弥补，但这需要过程。我想，我们可以给他们做榜样，让他们知道，只要两个人真心希望在一起，其他的都不是问题。什么房子、车子、什么挣钱、收入、工资等等，有句话不是说么，人心齐，泰山移。

看来李一画这段时间真是没闲着，想了不少问题，以致想得有点超现实了。我尽管被她这种理想主义打动，可是还忍不住问了一个问题：那我们什么都没有，结婚后靠什么生活呢？这个问题一出口我便有些后悔，按理这不应该是男生问的，而是女生问的。

李一画看样子有些诧异：我在英国工作这些年也有积蓄呀。再说了，你也可以通过画画挣钱。说完她看着我，又喝了一口茶，说，为了不给你那么大压力，我先把当年你未完成的那幅画预定了，可以付一些定金。这样不就可以了？

这的确是个颇有诱惑的条件，我不假思索就答应了，有人给掏钱，能让自己做想做的事情，这不是梦寐以求的么？李一画看起来也很开心，就像我们已经领证结婚了似的。

过了两天，李一画又告诉我，因为要从父母那里拿户口本，以及需要征得他们尤其是她妈妈同意，现在就结婚难度很大。但结婚无非就是一个证而已，我们年轻人，没必要弄那些形式，两情若是久长时，岂是一个结婚证比得了的。经她这么一说，我们在外面租了房子，开始了无名但有实的婚姻生活。当然，这一切都是瞒着她妈妈沈如花的，还有她爸爸，其他知道的人也很少。我们就像是两个社会学家，开始了一场静悄悄的婚姻实验。至于实验结果如何，则有待时间的验证了。我们需要做的，就是全力投入，真实地面对这场实验，否则对不起那些波折的经历，以及彼此希望在一起的真心。

135

李一画给了我半年时间创作那幅画，期间我可以不用挣钱，她负担我所有的花费。这是我梦寐以求的生活，几乎从我学画开始，我就希望过这样的生活。一切看起来都很美好，我们悄悄在外面租了房子，她每天上班，我则在她上班后宅在家里画画，晚上等她下班后一起吃饭，周末去北京各大展馆闲逛，或者去798参加艺术沙龙，男耕女织，夫唱妇随，不要说别人，就连自己都觉得羡慕。

可问题是，不是有这样的环境就能画出理想的作品，很多宅在家里的时刻，我都盯着画架无从下笔，一坐就是一整天，脑袋空空如也，晚上等李一画下班，只能强颜欢笑，或者解释仍处在构思阶段，不日就将有很大的进展——尽管李一画并没有问起，但是一个大男人在家里坐一整天，还是觉得应该解释一下。时间久了，就觉得像在牢笼，颇有压力。后来我才真正认识到，这种压力一开始就存在了，只是被欢愉和新鲜掩盖了

而已。你想，一个大男人，天天坐在家里，自己什么都没有，追求着虚无缥缈的理想，靠一个女人挣钱，不管怎么说都是压力山大的，何况我和李一画还是悄悄在一起的。我深知这场试婚将决定我们未来的生活，我期待能表现良好，给李一画一个更好的未来，让她为自己这个理想的决定感到庆幸。可是，现在，我除了压力就是压力。

136

不知怎么的，我想到了莎，鬼使神差地把这一切告诉了她。莎听后笑着说，你这算是被包养了呀，多少男生求之不得呢。

我半晌说，被包养了还好。要是真被包养了，大家各取所需，我就没有这么大压力了。

莎说，你的问题就是不纯粹，既想又想，可惜李一画一片痴心了。

我反驳，什么叫可惜一片痴心？我难道不也是么？

莎撇撇嘴，说你们这是何必呢？我本来觉得人家北京姑娘，出身环境等等和我们都不一样，你要的也是这个，没想到还是遇到了大家同样的问题。

什么问题？我问。

莎语重心长地说，男人和女人还是有区别的，比如我，我可以很好地处理这些事，房子、资源什么的，我付出了交换了，可以心安理得的。但你们男的不同，社会和传统都对你们有固定的印象，即使女人解决了你们的一切，长远看，该面对的你们总要面对的，否则会比女人更惨。

我没说话。

莎继续说，当务之急，你不能就这样在家宅着了，得跳出那个环境，出来画画也好，或者挣钱也好，得先把自己解脱了，要不然，早晚有一天，李一画会甩了你的。

我有点不相信莎的话。

莎似乎看出了我的心思：你还别不信。前车之鉴就在你身边。李一画爸妈是为何分开的？这个你该比我们更清楚吧。

他们不是——

都一样的。莎还没等我说完便强调，都一样的，没什么区别。你这么聪明的人怎么连这个都没看出来？

我极力思索、回忆着李一画父母的点点滴滴，借以佐证或反驳莎的观点。可莎并没有给我思考的时间，直接说，听我的，出来吧，我给你找个机会，先把自己活舒展了再说。要不然，还是我说的，不等你自己出来，就会被李一画赶出来的。

我无语。

137

莎利用她的资源，为我介绍了一份在培训中心兼职的工作。和之前不同，这次是教小孩子。没什么压力，就是一些基

本的美术训练，画画几何体，临摹一些卡通画而已，待遇还不错，我有一种如鱼得水、如释重负的感觉。莎也在这个中心兼职，不过她还有别的事，来得少——后来我才知道，我算是部分顶替了她的课，这更让我对她有一份感激。

我们每周会在中心碰面一次，课间的时候会聊聊天，有一次她调侃我：怎么样？这次不会再遇到另一个李一画了吧。我苦笑，一个都应付不过来。莎笑笑，过了一会儿说，你们不是一个阶层的人，要的东西也不一样，这是根本原因。我不太理解这话的意思，本想再问，这时她接到一个电话，匆匆走了。

莎这话让我又想起李一画。我出来工作的事没怎么告诉她，我只是说在家里闷得慌，去一个朋友那里待一下，也切磋下艺术，有助于创作。李一画没说别的，只是哦了一声，我理解她是同意的——后来我一直反思这件事，觉得可怕，不知从何时起，我甚至要靠李一画的同意与否安排生活了。这更让我觉得莎是对的，出来是对的。

某一次，培训中心组织老师们聚会，很多家长参加——意图很明显，中心是希望我们陪好家长，这样培训费增长的事就有着落了。我本来不想参加，但是挨不过莎的面子，只好硬着头皮去了。

结果，不胜酒力的我不到两圈就醉得一塌糊涂，第二天醒来时，发现躺在莎的床上。我一阵惊恐，正要穿衣服，这时莎从洗手间出来，笑笑说，不用担心，这是我自己的家，不会有人敲墙的。我想起当年和莎租房时的经历，以及后来为买房遭遇的种种，顿觉脸红，想说点什么，可是却无从说起。莎又笑道，不急，困了可以再睡会儿，你一男的怕什么呀，我这屋里又没有外人。这时我才想昨晚的事，还没问，莎便说我昨晚喝多了回不了家，只好把我接到她这里云云——不用问，我知道就是这个答案。我突然想起李一画，翻出手机一看，好多个未接电话和语音留言，当着莎的面，我来不及听这些留言，只顾匆匆穿衣服，想尽快离开这里。莎看起来有点不快：不至于吧，你们还没结婚呢！再说，我可是好心。我来不及回应莎这些话，匆匆穿了衣服就往外跑。跑到外面顿时清醒不少，犹豫再三给李一画打了个电话，无法接通。又给她语音留言，依旧没有回复。过了半天，我再次拨打过去，电话显示依然无法接通。再发语音过去，显示拒收。茫茫大街上，我顿时无措起来。

　　我后来才知道，当晚李一画电话过来时，莎在我酒醉不知情的情况下接了，这样，李一画拒接我电话便不奇怪了。可当时莎并没有告诉我——她为什么要这样做——可以想见，她的理由肯定很多很多，问也是没有意义的。很多事情一旦发生，只能面对，再去溯源或者假设是徒劳的。我思来想去，决定向李一画道歉——这是我当时能想到的最理性的办法，可是电话依然拒接，留言不仅没有回复，而且显示拉黑了。我回到我们租的房子时，发现已进不了家门，我索性没有等待，便离开了那里，没有再回去过。

　　这便是我和李一画试婚实验的经过，这种结果完全是我

想不到的，我本以为是房子、车子以及收入等等——后来我又想，这可能才是根本，和莎那次无非是个意外，即使不是莎，将来也有可能是别人。如果有房子、车子及不错的收入，有自己的生活，即使和李一画闹别扭也不至于弄到如此境地，最起码不至于无家可归。现在这种生活就像寄人篱下，一旦风吹草动就会一地鸡毛，所以长痛不如短痛，散了也好。

138

莎倒是打来了电话，一开始我没接，后来她再次打来，我犹豫着接了。莎倒没有安慰我，也没有说那些道歉或者类似的话，只是劝我无论如何要挣钱，这是根本。她以自己为例，说她是做了不少交换，利用了各方面的关系，可这一切都是为现在打基础。不管怎么说，现在我什么都有了，也自由了，不靠别人也能活得很好。现在我才觉得自己有了选择的自由，之前都是被迫的，这就是成长，这就是进步。莎说。

我没说话，不知道该说什么好。我们在电话里沉默了半天，她又说，我们第一次遇见时，的确，我是图你的钱，为了能让你帮我才跟你在一起的。可第二次，我看到你为了和我结婚而努力买房，我是感动了的，打心里想跟你在一起。可那时候我们条件达不到，我就暗暗下决心，一定要解决房子的问题。现在这个问题终于解决了，我们有了在一起的基础——但这事不能一厢情愿。

我还是没说话，心里却在想，什么是在一起的基础？房子么？这又不是我的，再说这和我与李一画在一起有什么区别？同样什么都没有，何必呢。

莎似乎看出了我的心思，说她不会给我压力的。最重要的，她说，小何与伟的事可能会成，这事要成了，你也会跟着发财。到时候这些都不是问题了。钱能解决的问题都不是问题，等着吧。莎说。

我依旧沉默。我觉得这些跟我关系不大，最重要的，这事还虚无缥缈的厉害，就像镜中花、水中月。

看我不说话，莎说让我好好想想，总之，要往前看，不要陷在过去不能自拔，然后便挂了电话。

我又恢复了之前的生活，一个人租住，闲散适宜，晚睡晚起，昏天黑地，可奇怪的是竟然可以画画了。但人就是这样，时间一长，我便又想起李一画来。觉得如果她此时在身边该多好，我可以把画好的作品给她看，两个人一番沟通，没准一幅作品就成型了。最重要的是，我觉得之前我们的关系是不平等的，是她在主导的，真的就像是一场实验，结果可想而知的。我想，如果按照正常的情形，我们是否真的会找到幸福呢。我想起那些岁月，觉得一切不应该就这样结束的。我思前想后，觉得应该再努力一番，这样将来才不会留下遗憾——尤其是莎和我通完电话后，我时不时就能得到小何与伟的消息，可能他们真的要上市了，没准我也能跟着挣钱。这又让我貌似有了底气，觉得应该做点什么。

139

我想了很久，决定找沈如花聊聊。现在我的身份很尴尬，也是迫不得已才决定这么做。

和第一次见面一样，沈如花约我在咖啡厅见面。不同的是，之前是上岛，这次换成了星巴克。我想起第一次见面时李一画的兴奋和我的忐忑，以及沈如花的自如。的确，她是自如的，从我们第一次见面至今，她从来都是如此。这是个让我觉得有压力的女人，在她面前，我就像个涉世未深的小年轻——尽管我自己不这么认为。不管从哪方面来说，她都有这样的实力。作为一个成功的中年女人，她的掌控是无处不在的——她可能也意识到了这一点，在咖啡厅，她主动点了咖啡，甚至都没有问我喜欢喝什么，似乎她对我的喜好了如指掌。我能想象到她在职场中在事业中的精干或者霸道，我甚至能想象到她为何能成功了。和这样的女人在一起喝咖啡就像在陪领导用餐，时时处处都得提着心。坐在咖啡厅，坐在她面前，不等我说话，她的气场已经把我拿下。不得已，我试图想起她失败的婚姻，也许这样才能稍微让我平衡。

前两次见面都有李一画在场，时不时还能缓冲，这也让我们的见面显得不那么尴尬，这次就我们两个人，我正担心从何聊起，没想到沈如花说话了：你去找一画她爸爸了？

我点点头，顺势喝了一口咖啡，借以让自己看起来是轻松的。

碰壁了吧！

我释然地笑了一下，又喝了一口咖啡。

我们在一起那么多年了，我比你了解他。那就是个老顽固，不知变通。其实，对你们年轻人没必要这样的。沈如花轻轻喝了一口咖啡，就像当时她在现场。

也没有，其实他挺好相处的，也聊了很多。这里我必须要说话了，因为这涉及对李爸的评价——这倒是小事，我担心的是接下来聊天方向完全被沈如花掌控，我只能被牵着鼻子走，挨一顿奚落和教育，悻悻离开。这不是我要的，否则我也不会约她见面。

我能猜到的，他是不是又给你聊了理想呀、时代呀、"激情燃烧的岁月"呀什么的，这些老生常谈了。这些是可以谈，可是这些和个人有什么关系呢？个人的生活是真实的，谈理想能填饱肚子？还不是得脚踏实地，一步一步经营好自己的生活？至于时代，这个和我们有什么关系？哪个时代会记住我们？我们又会记住哪个时代？这都是发展的、变化的，你不调整，你固步自封，时代也得把你抛弃。时代其实是最残酷的，要不大家怎么都说跟不上时代呢！再说"激情燃烧的岁月"就更甭提了，这是电视剧看多了吧。谁激情了？谁燃烧了？反正我没有，我是一点都不怀念那时候的，那时多惨呢！

沈如花说到这里，轻轻抿了一下嘴，似乎要把咖啡的残余完全抹掉——其实看得出来，这只是个缓冲动作而已，是为了后面要说的话做的准备：

一画他爸没给你说我们是怎么相识的吧——还没等我接话，似乎这不是个问句，而是个陈述，我只需要听着而已。沈如花继续说道：

我们是因为一幅画，可也不完全是他讲的那样。当时上山下乡是个运动，很多城里人到乡下，有男青年也有女青年。城里人自然和乡下不一样啊，男女青年都受关注，稍微有点才华的更是了。这其中有很多美好的爱情，可是也有很多悲剧，有城里的女青年被搞大了肚子只能留在乡下的，也有乡下的姑娘被城里的男青年睡了然后抛弃不管的。当然也有跟着回城的，不多，我算是其中之一吧。现在看，是幸运，也是不幸。幸运的是我从乡下走到了城市；不幸的是我的爱情破灭了，家庭破碎了。对于一个女人来说，究竟哪个更重要？不知道，也不能假设，假设是没有意义的，我们都得被裹挟着往前走不是？你改变不了时代，甚至改变不了一个人，我和一画她爸分开这么多年，难道都是我的错么？婚姻之间，夫妻之间，一家人之间，很多事情是很难说清楚的。所以后来我基本放弃爱情了，埋头在事业上，埋头在赚钱上，现在成了所谓的女强人，呵呵，其实也挺好——其实不管你做什么，总是会有人说三道四的。如果我的家庭是完整的，我可能一辈子就是相夫教子，平平淡淡，可能也会有人说，你看，她就会围着老公孩子转——时代是不可选择的，不过个人还是有机会的，基于现实，基于当下，做出符合自己的选择就好。其他的，无所谓的。

我没想到沈如花会给我讲这些，来之前，我曾做了无数次想象，但也没想到会是这样。也许她需要倾诉，也许她需要讲出自己的苦衷，可我哪方面都不是合适的对象。我后来想，她可能是觉得李一画她爸讲了这些，如果她不讲，那就是一面之词，可能会对她不利。其实对我而言，讲不讲都一样，历史是任人打扮的小姑娘，往事也一样，每个人都有自己的角度，说出来的自然也就不同。现实也好，理想也罢，个人也好，时代也罢，终究都会熔于一炉，难分彼此。

沈如花说完这些便不再说话了，抿了一口咖啡，静默不语，似乎在等着我说。我说什么呢？按理应该回应一番，或者来一番虽然作为晚辈但是也能理解之类大而无当的话，可是这些我实在说不出口，倒不是难为情，实在是因为太过遥远，无从谈起。不过此时我终于抓住机会，说了一直想说的话：

你还记得我追一画时你对我的要求么？房子、车子、学历等等，我们称之为"三座大山"。现在，这"三座大山"有望推翻了。

我之所以用你而不是您，是希望尽可能平等，她是出题

的，我是答题的，抛开其他，我们的关系就是这样。再说，我一直讨厌用您这个词，尤其在职场中，不自然地把领导和同事以及下级分了类，貌似还有尊重的意味，也是各方面关系的凸显，可是这个字总让自己觉得是个奴才，在看人下菜，职务论您你，自觉不自觉地便被贴上了势利的标签。这次见沈如花也是如此，如果说之前我可以用您，可是当她给我讲了和李爸的那段往事后，我觉得再用您就不合适了。我们是平等的，只是年龄不同而已。或者说，我用你显得更尊重她，因为我把她当成了同类。

沈如花笑了：是吗？据我了解，还没完全解决吧？说完她顺势喝了一口咖啡，就像没说过这句话似的看着我。

我最讨厌的就是沈如花这种貌似掌控一切的气势，以及一切都了如指掌的样子。可是她似乎浑然不觉，还很享受这一切，完全不顾我的尴尬，以及由此造成的心理阴影。可是我不仅有尴尬，还有不解和疑惑。她是如何知道这些的？李一画是断然不会说的，那么——

在我疑惑猜测之际，沈如花继续：你说的，是"马良文化"上市的事吧。看来伟他们都给你说了，嘴可真够快的，一点秘密都藏不住，我还提醒他们等上市了再告诉你。

我突然想到，沈如花才是"马良文化"的掌控者，投资人是她介绍的，项目是她推动的，一切都是她说了算，伟和莎他们不过是传话的。

我没说话。

沈如花继续说：考虑到方方面面，我做主给你分了点股份，按目前的预计，如果顺利上市，你是可以套现一千多万的，房子、车子都能解决，可能学历麻烦点，但这个也能办。

我还是没说话。

沈如花继续：做这个决定，是因为我觉得你这孩子还不错，最起码对一画是真心的。

我嗯了一声，感激地看了沈如花一眼。

沈如花继续：当初我是完全不同意你们在一起的，可是架不住一画执拗，于是大家见了一面，我顺势提出了房子、车子的要求，哦，还有学历，这就是你说的"三座大山"。我的本意是希望你知难而退，没想到你和一画一样执拗。

此时，我的感觉就像被人做了一个局，可是你还得感谢她。

沈如花继续：

姑且不说还没上市呢，套现还有个过程，拿到一千多万还得等等。即使拿到了这些钱，解决了你们所说的"三座大山"，你觉得就可以和一画在一起了？不是那样的，要是那样的话，阿姨成什么人了，一画成什么人了，有房子、有车子、有学历就可以娶我女儿么？那一个一画不够的。

我有点坐不住了，想反驳，可是还没想好怎么说。

沈如花继续：

　　阿姨也是过来人。爱情可能很简单，就像我和一画她爸，我们因为一幅画就可以挂念对方一辈子，可是婚姻很复杂，也像我和一画她爸。我们有爱情吗？有，我们有婚姻吗？名存实亡。我们有家庭吗？支离破碎。为什么，那是因为婚姻光有爱情是不够的，需要物质，需要经营，需要两个人不断付出，需要两个人共担风雨，相向而行，还需要足够的坦诚和信任。你看，婚姻需要的很多很多，即使如此也不一定能维持下去。原谅我用维持这个词，因为我实在觉得，很多人的婚姻就是在维持，名存实亡。我和一画她爸倒也干脆，连维持都不用了，可是这样的伤害更深。

　　这次伟和小何的活动，我为什么要参与，还不是想找个机会尽可能挽回一下？我们都年纪大了，不想留遗憾，可是现在看，不乐观。大家分开太久，都有自己的一套生活方式，思维习惯，想法观念，不是那么容易弥合的。

　　说远了，不说我们了。总之，我和一画她爸就是前车之鉴，活生生的例子。这样的结局，对大家都是伤害，但对我们女人伤害尤其严重。所以我不想一画重蹈我的覆辙，才在那次见面时，提出了房、车子、学历之类的条件，其实我是想让你知难而退，离开一画，找个适合的姑娘，好好过自己的生活，没想到你们竟然还这么坚持。

我还是没说话,不知说什么好。

沈如花也停了下来,喝了一口咖啡,看起来很平静,和我正好相反。我心里有无数的疑问飘过,我想一一提出,可是话到嘴边还是咽了回去。我觉得自己就像一个演员,入戏太深,以至于导演都收工了还是不能出戏。

沈如花又说道:

也是考虑到你是个不错的孩子,尤其对一画不错,你们认识那么长时间,恋爱也谈了那么久,我思来想去,决定给你一部分股份,让你以后生活也有基础。

如果再往大处讲,我是真的希望不要再出现我和一画爸爸那样的不幸。赢得了爱情,但输给了婚姻。我想起我们刚结婚那几年,我们的生活过得那叫一个苦,不挣钱能行吗?靠他文化馆那点微薄工资能养活孩子吗?早知道我何必从乡下来到城里呢?不就是希望人生有个改变,生活有个变化,一切都好起来,一家人幸幸福福的,圆圆满满的,这不就是一个女人最大的奢望么?可是一画爸爸宁愿守着他所谓的理想,所谓的热爱,不肯做出改变。可是生活是不能等的,错过了就是错过了,一画的教育和成长也是不能等的,错过了就会造成一辈子的遗憾。他不改变,我就得改变,谁让我生下了一画呢……

我到现在都相信,他和我的期待是一样的,甚至比我的期待更强烈,更希望一家人幸幸福福的,一画健健康康的，我无忧无虑……可是作为男人，得拿出行动来，得挣钱解决问题，得让女人看到希望，让家庭看到希望，而不是各种等待，逃避，无望……

现在说这些，也没有抱怨一画爸爸的意思，也没有早知今日何必当初的责难。好在一切都过来了，我也想与往事和解，想与一画爸爸和解，我还是希望我们能恢复家庭，弥合过失，一起过好余生，毕竟都不容易，太不容易了。当然，这是两个人的事，我一个人做不来的。

又扯远了。接着刚才，我是说刚好我现在有条件也有机会帮你一下，给你提供一些基础，以后如果再遇到自己喜欢的姑娘，就勇敢去追，谈好了就结婚——我刚才也讲了，结婚当然会面临方方面面的问题，可是有了物质就有了解决问题的基础，其他的逐步磨合，只要两个人心往一处想，劲往一处使，也许就能走到最后呢。

沈如花一下子说了这么多，完全是出乎我的预料的。我甚至想过她会拒绝我，甚至想过她会提出更多的要求和条件，可是没想到，竟然是以这样的方式收场。我就像一个执拗的孩子，拿着当初大人许下的诺言，用尽一切力气去兑现，可是发现这个诺言只是一个应付的托词，他们早已忘记——他们并不承认，而是把这当成为你好，和他们完全无关似的。

沈如花这些话说得太快，以至于没有给我机会回应，或者说是反驳，和她前面讲自己与李一画爸爸往事的时候完全不同。后来我想，如果她中间有停顿，没准我会讲出自己的一番想法。比如，那么多裸婚的不也过得很幸福？爱情很简单么？未必。婚姻很复杂么？也未必。那么多人在现实、理想、爱情、婚姻方面取得了圆满，那么多人过上了令人羡慕的生活，例子不胜枚举，再说时代也不同了。退一万步讲，是我主动约的沈如花，总不能听了她一通过来人的感慨就结束吧，那我何必呢。

可事实就是这样，这个女人的气场太强，掌控性太强，不管是不是她的主场，她都是当仁不让的主角，你只能配合，倾听或者给予恰当的回应，其他的做不了什么，也不允许你做什么。

我还有一个目的，想打听李一画的下落——一开始我不确定李一画是否给她讲了我们试婚的事——听了她刚才的话，应该是没有的——但似乎我再问就是多余的，她已经从根本上抽掉了我和李一画在一起的基础，让我对李一画的期待成了无本之木、无源之水，显得特别荒诞可笑。于是，为了不再使自己荒诞可笑，我便没有问出口。我想，如果连我都联系不到李一画，现在更不可能指望通过沈如花联系到了。

一时间我想到很多很多，过往像电影一般在脑海穿梭，直到逐渐模糊，直到化于虚无，洋洋洒洒随风飘去。可是往事并不如风，它还吹醒了我的思绪，让我变得无比清醒。我觉得一切都走到了终点，现实也好，理想也罢，爱情也好，婚姻也罢，都面临完结。人生这样的时刻不多，就像一部手机耗光

了电量，也像打开程序太多导致卡顿，需要重启一次。对我而言，这个过程是漫长的，可是我比任何时候都坚信，已经到了这样的时候。

140

在商业和资本包装下，沈如花和伟一系列运作，小何不出预料成了网红，直播画画变成了直播带货，什么都带，什么都卖，最重要的是什么都有人买，据说收入暴增，利润翻番，一众投资人不断追加投资，现在估值已经超过十亿。我偶尔也为自己那点股份沾沾自喜，可是又觉得空中楼阁、镜花水月，很不真实。我想小何也一样，他是无论如何想不到自己会成为网红的。如果说前者在我预料之中、后者却在我预料之外。之前小何直播画画的视频我还偶尔看看，之后带货的视频我从来没看过。我至今也没有通过直播买过东西，除了伟让我给小何当托。我至今也不明白，为何会有人看了别人一点表演含量都没有的视频，会下单买东西，这应该是两件没有逻辑的事情。可是它就发生了，就在眼前。

我有时候在想，这个不明白不理解，可能就像李爸不明白不理解沈如花为何会陷在资本里，用现实和金钱衡量一切。也可能就像沈如花不明白不理解李爸为何会陷在往事里，用理想和回忆安慰自己。想久了我逐渐明白，这世界上的事，可能不是我不明白而是这时代变化快那么简单，更多的是观念或者认知作祟。大家基于自己的理解，对一件事做出各自不同的判断，然后形成一锅烩。你需要做的不是认同或者判断，而是试图站在对方的角度思考原因，同时自省。你对了或者错了都不重要，重要的是你的认知提高了，思维开阔了，知道什么对自己而言是重要的，坚持该坚持的，修正该修正的，成长了成熟了，越过一个又一个人生的隘口，像剥洋葱，剥开一场又一场生活的迷雾，不断抵近生活的真相，还有比这更重要的事情么。

141

一连几日，我都陷在这样的思绪里，想来想去，想去想来，就像活在思绪里，现实竟也被混淆，甚至逐渐隐去。

我想起刚来北京那年，那是 2008 年，奥运会开幕不久，大家陷入一片欢腾，北京就像一个大型聚会现场，你方唱罢我登场，永远都有演不完的节目。大约每个人，无论什么样的，都觉得是其中一员，喜怒哀乐，悲欢离合，笑笑别人，看看自己，纸醉金迷或者含辛茹苦，高端人士或者三教九流，大家被节奏带着往前走。现在，十年过去，还是同一个世界，但已经不是同一个梦想，最起码我是这样。

我想起这十年的种种，想起红尘作伴潇潇洒洒，也想起红尘颠倒悲悲戚戚。在这种反复中，我一度迷失一度彷徨，一度不知从何而来，一度不知去向何方，一度不知该如何存在。现

在,幸好,我又找到了方向——但这种庆幸很快消失,随之而来的是无边的悔恨和自责,我想起这和曾经的心愿没什么两样,可为何要耽误十年光阴?如果当初……我后来又想,初心这种东西一般都是很难牢记甚至坚持的,大约都要经历一番曲折,经历一番淘尽黄沙始见金,才会愈加觉得初心的可贵,所谓不忘初心,重点强调的便是这个。我又在想,大约生活就是这样,有时候得经历一番颠倒,才能找到正常的模样,这可能也是经历的价值,存在的意义。所谓不经一番寒彻骨,哪得梅花扑鼻香,歌里早就唱得明明白白,只是我们往往醒悟得太晚,或者我们陷在梦里不愿醒来。道理都是简单的,至简至真,至精至远,远方,可能才是我们真正要去的地方。

  我收拾好行囊,退掉了租住的房子,给李一画留了言,然后离开浮沉了十年的北京。离开后不久我便得到消息,伟的公司因为偷税漏税被查,终止上市,一场商业迷梦瞬间崩塌。我不知道伟是否还会进去,不知道小何是否还要回到地下画室,我觉得他和我一样,都要经历这样的过程。我能做的,就是愿他们千帆过尽,不改当年。至于沈如花,更没必要担心,叱咤商场多年,她早已赚得盆钵满金。面对这样掌控力极强的女人,不管小何还是伟,都不是她的对手。即使如期上市,可能也不如他们想象的那样。商场如战场,两个学画的根本应付不了,甚至不要说他们,就连李爸不也如此?

  这个消息在我脑海里一晃而过,就像被窗外的风瞬间吹走。列车哗哗向前,没有人知道我来自哪里,将去向何处。我

靠在车窗上,对周围的一切无动于衷,任凭汪峰的一曲《存在》在我的耳朵里不断循环:

> 谁知道我们该去向何处,谁明白生命已变为何物
> ……
> 是否找个借口继续苟活,或是展翅高飞保持愤怒
> ……
> 是否找个理由随波逐流,或是勇敢前行挣脱牢笼
> ……
> 我该如何存在

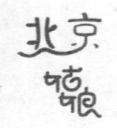

北京姑娘

142

高二那年,我在某一期的《中学生阅读》杂志上,看到了关于《月亮与六便士》的书讯,后来我找到这本书,仔仔细细看了一遍,记住了其中的两段话,一段是:

我逐渐厌倦了伦敦的生活,腻味了日复一日总做着同样的工作。我的朋友们平时都平淡无奇地干着自己的事情,他们再也不能引起我的好奇和惊讶,每逢碰到,我事先就清楚地知道他们要说什么;他们的爱情故事也都成了陈词滥调。我们就像是从一个终点到另一个终点往返的有轨电车,连车上的乘客也大体上算得出来。生活变得太有序、太按部就班了。我心里感到一种无名的恐惧。我退掉了我租的房子,卖掉了属于我的东西,决心开始一种新的生活。

另一段是:

为什么你认为美——世界上最宝贵的财富——会同沙

滩上的石头一样,一个漫不经心的过路人随随便便地就能够捡起来?美是一种美妙、奇异的东西,艺术家只有通过灵魂的痛苦折磨才能从宇宙的混沌中塑造出来。在美被创造出以后,它也不是为了叫每个人都能认出来的。要想认识它,一个人必须重复艺术家经历过的一番冒险。他唱给你听的是一个美的旋律,要是想在自己心里重新听一遍就必须有知识,有敏锐的感觉和想象力。

这些话和我之前听到的教诲全然不同,让我耳目一新,他就像种子,埋进了我那还不到18岁的脑袋里,越长越大。在紧张的学业外,我按图索骥,找到了高更的《我们从哪里来?我们是谁?我们到哪里去?》,据说这幅画的主题是"认识自己",是高更自身的感受和体会,以及他对自己、对家人、对生命的反思。作品向观者展现了人类从生到死的三部曲,是对生命本质与意义所进行的终极探索,是对人类、对世界本质叩问的回响……其中蕴含的哲理引发人们对人生的深层思考。

我还来不及深层思考,懵懵懂懂的,命运就把我带向了另一个方向。不久,我决定学画,于是便有了后来的一切。

143

在离开北京的火车上,我不断想起这些年的经历和生活,想着想着就想到了这个起点,就像又回到了那时候。我在想,

如果当初不学画又会怎样？是不是现在会成为一个改不完作业的人民教师，或者一个朝九晚五的职场打工人，或者一个按部就班的公务员……人生奇妙的地方在于某一阶段，你大抵只能选择一种生活，而这也是人生遗憾的地方，只能选择一种，这是选择的成本，也是机会的成本，其他的只能留给想象。

那么选择的这种应该怎样过？诗人说既然选择了远方，便只顾风雨兼程。也有人说选择大于努力……这可能就是生活，每个人拿到的剧本都不一样——现实又千变万化，各种随机，我们难免高低起伏、得失交错、功败垂成、亢奋失落……这些大抵每个人都是一样的，不可避免。有些人经历过这些，逐渐被生活埋没，混入滚滚洪流，泥沙俱下，一落千里，成为千万砂砾中的一分子。有人被冲刷后，洗净了身上的尘土，淘尽黄沙始得金，重新焕发生机，一往无前，一以贯之，活得其所，自成江河。

这些，在《月亮与六便士》中都能找到对应的人物。如果说我在高二的时候，认识到的是前面那两段话，现在我认识的则是后面的。这不能称之为成熟——我一直很反感这个词，就像麦子或者稻子熟了要被收割，就像果子成熟了要被采摘，就像人生到了尽头再也不会变化。可以称之为成长——是的，成长，我很喜欢这个词，这个词体现了一个过程，以及对应的变化，就像麦子在发芽、抽穗，稻子在插秧、扎根，就像蜜蜂刚采了花蜜，果子正在孕育，人生充满无限可能，想想都让人生起一股劲儿。

这是人生不同阶段的感悟，不能跨越，只能经历，然后体味。那些所谓的年少老成、年少世故从来都不是好词——即使在有些人看来是。这让人觉得就像给猪吃了催肥剂，给果子打了催熟剂，违背规律的。

断断续续，昏昏沉沉，一路上我的思绪就这样飘来飘去，一会儿飘到过去，一会儿又飘到将来，就像一个气球，远远近近，高高低低，缠绕着我，牵绊着我，让我不至于失了方向，尽管跟跟跄跄，磕磕绊绊，晃晃悠悠，反反复复。

144

我去的这个地方，是东北一个普普通通的小村庄，和东北大地其他村庄没有两样，可能只有乡镇级的地图上才有标示。行前我做了功课，知道这个地方大约位于中俄边境，人口不多，植被茂密，似若隔世。凭着这些简单的元素，我想象了下这个地方，竟然觉得有些熟悉。对未知的事物，我总是这样的，就像画画，还没动笔前，我便大致会想象画完的样子，这样便会踏实不少，就像这幅画已经画了出来。

循着简单的网络地图，我从北京出发，乘高铁一路向北，到达哈尔滨后，转绿皮车去了佳木斯。在佳木斯住了一夜，第二天早上坐大巴到了下面的桦南县。在县城吃饭，又坐那种在全中国随处可见的乡村客车，到达一个叫作五道梁的镇上。在镇上休息两天，我找了一个私家车，把我送到一个叫作致青村

的地方——我一度怀疑自己弄错了，是知青而非致青，但是司机特别强调，就是致青而非知青，我们这里是有过知青的。司机没话找话地说，也许，可能，是为了记住知青吧。不管怎么说，这个村子是因为知青来过才火起来的，尤其这几年，老多知青来了，在村里吃吃住住转转，啥也不干，可能就是你们城里人说的怀念吧。看我不说话，司机又继续说，你不会也是来吃吃住住转转吧？我给你说，这两年除了老知青，还有很多像你这样的年轻人，可能是老知青的孩子们吧，我都安排了好几波了。你要是有需要，我给你安排，别住农家乐，贼坑人，就住我们家里，吃好喝好住好，想去哪儿一句话的事。

我知道这是司机惯用的拉客方式，本来我是想先在村里看看，然后再做决定的，不过被他这么一说便应了。某种程度被宰是肯定的，不过就当多花钱找了一个向导，这也是尽快融入当地的一种方式。

145

司机把我拉到一个位于坡边的人家。他显然和这家很熟络，我知道，这就是他所谓的"我们家里"。根据我之前的经验，也许这家和他八竿子打不着，就是所谓的利益关系，他拉来了客人，然后在这家吃住，不仅能赚路费，还能赚一份住宿和饭费的抽成。

这家和我在路上看到的其他家没有太大不同，就是显得干净宽敞而已。据司机说，这些年来村子里吃住的知青多，当地抓住这波机会，都把房子里里外外翻修了一遍，显得干净和宽敞了，挂起了不少农家乐的招牌。光吃喝还不行，还得满足知青们的怀旧情怀，说白了就是得有个地儿走走转转，城里人多是这样，物质和精神都得满足。当然也是为了形成产业，据说当地已经把"知青怀旧之旅"当作头号项目来抓，建了知青博物馆，知青纪念碑，还有知青之家，知青农场，甚至多处知青当年工作和生活的纪念地等等，专供知青凭吊。怪不得一路上看到很多标语，比如：知识青年到农村去……很有必要。以及农村是一个广阔的天地，在那里是可以大有作为的，类似等等，恍然间，似乎又上山下乡了一回。

我住的这家是一个普通的农家，红砖平房，有四周围起来的院墙，院子里栽种着一些当地常见的蔬菜，豆角南瓜等等，这是秋冬交替季节，瓜菜已经成熟，房东似乎还来不及采摘，懒散地挂在藤秧上，像是为了装饰而不是食材。农忙已过，这家的夫妻据说已经去北京打工，孩子也在县城上学，只有一个老太太看家。司机对我说，他已经和远在北京打工的房东通过电话，听说来了北京知青的后代入住，他特别高兴，要好好招待，就把这里当作自己的家——我还没来得及澄清我并非知青的后代，司机已经替我做了安排，说是先在这里住着，他随后会把我的东西送来，有什么需要的可以随时和他联系。就这样，我在还没做好决定的时候一切都被安排，这让我不禁疑惑，东北人都是活雷锋么？

司机临走前撂下一句话,说:巧了,最近经常有北京的知青后代来,前段时间我还拉了一个姑娘,安顿在"知青之家"那里,哦,就是知青旅店。他笑笑,知青之家离这里不远,你有时间可以去找姑娘唠唠,都是年轻人嘛!这村子里现在没啥年轻人了。说着他讪笑着,像是有点不怀好意,又像有点自嘲和无奈,似乎不太理解我们这些年轻人,为何大老远跑到这个偏僻的村子里。

146

老太说自己快 80 了,可是并不显老,最起码从动作、说话和记忆上。看得出来,经常的劳动锻炼了一副好身体,处处显出东北人那种利落和精干,还有唠嗑的天赋。吃罢她做的下午饭,她告诉我了"知青之家"的位置,然后悄悄告诉我,那里比她这里贵很多,饭也不好吃,专门坑外地人的。我深知她的用意,笑了笑,说请她放心,我还会回来住这里的。她也笑笑,说要是遇到朋友,可以带着来这里吃饭,地道东北菜,不用加钱。我被老太逗笑了,点点头,出门,沿着老太说的大致方位走去。这时,我的脚才真正踏在这片土地上,觉得我算是终于离开了北京,一切往日都被抛到了脑后,眼前呈现出一个不一样的世界,一个我曾在李爸的讲述里多次听说过,似曾相识可又觉得新鲜的世界。这个世界可以用平静、寥廓、悠远来形容,就像想象中的诗和远方的田野。

这是一个典型又普通的东北乡村。村子在完达山余脉边上，山坡上只要有土的地方，都长满密密麻麻说不清楚名字的树，笔直笔直的，枝丫又互相交错，就像高峰期的北京地铁，密不透风。坡下玉米和不知道为何物的庄稼已经收割完毕，秸秆像小山堆在黑乎乎的土地上，像是在为新一年的丰收积蓄力量。土地的边上似乎有一条河，可是听不到水声，远远看去，弯弯曲曲的，像是大自然留在这片土地上的一个标记。再远处是一户又一户的民居，不规则地坐落在河岸两边，颇合依山而建、依水而居的中国传统。看不到人，看不到炊烟，只有若隐若现的牛羊在晃动。再远处便又是山，又是树，山连着山，树连着树，只是在交替间有一条通往外界的公路，水泥泛白的地面似乎有些耀眼，不时有一辆农用三轮车，拖着柴油的叭叭声穿过，倏然转过山弯就不见了，似乎那就是路的尽头。的确，平静、廖廓、悠远，这个感受再一次被验证。时间和空间仿佛在这里凝固，你甚至能从这一刻看到过去和未来。这里就像一个神奇的连接点，时间、空间、过去、现在、未来都连在一起，一切跃然眼前。

147

　　我是在"知青之家"院门外见到李一画的。当时她提了个画箱，从拐角的路上走来时，我一下子就认出了她，毕竟这个人太熟悉了。尽管如此，我还是慌神无措，以为自己出现了幻觉。的确，自上一次李一画拒接我电话后，我就经常不由自主

出现这样的幻觉。恢复平静后，我确认这个人是李一画无疑，不要说在这只有我们两个人的地方，即使在北京的滚滚人群中，我也能一眼找到她。这个人几乎是我十年的倒影，毕业这些年，我的所有生活似乎都有她的痕迹。认出她，就像认出另一个我自己。

李一画看起来也有些突然，毕竟时间空间，完全没有为我们的重逢做任何铺垫，就像我们特意离开北京，来到这个之前从来没有来过的地方相遇，不可思议。

我们谁也没有说话，默默相视一下，然后她径直走进了"知青之家"的大门，我也跟着走了进去，走进了她的房间。房间里有些杂乱，衣服随便晾着，还有一些换洗的堆在凳子上，地上摆了一些画框，多是半成品，风景居多，也有一些人物，有些是临摹，有些是写生。她把衣服抱着扔到了床上，示意我在凳子上坐下，然后转身倒了一杯大麦茶递给我，坐在我对面的床沿，轻轻笑了。刚才我有很多话想说，比如原来你也在这里，比如这么巧，比如……想说的话很多很多，可是却不知从何说起。直到接了大麦茶，我们语言的闸门才算打开，像久别重逢那样，各自说了彼此想知道的一切。

原来，在那次我酒醉夜不归宿后，李一画对一切感到失望。她本来想直接去伦敦，毕竟她在那里工作生活过，抛开这一切，重新回到原来的状态。走前她去看了他爸，他爸希望她到当年他下乡当知青的地方看看，给那里的孩子捐点钱，给老人买点东西，算是替他了个心愿。眼看爸爸年龄大了，身体不好，如果自己去了伦敦，那见面的机会就更少了，本来她在爸爸身边的时间就少，可是她一直感受到爸爸的宠爱，比如当年偷偷学画，就是爸爸给她的钱报的培训班，而我们也是在那里认识的。李一画不想留下遗憾，于是退掉了机票，只身一人来到了这个村子，甚至连她妈妈都没告诉。

到这里后，她按照爸爸的交待做了能做的一切，原来打算做完就走，可是待了一段时间，她竟然喜欢上了这个村子。她说这里似乎让她看到了父母的当年，她爸的那些讲述，以及和她妈妈认识的那些经历，一下子都有了影子，而且还有那幅画——他们也是因此相爱的，后来才有了她，这是她存在的由来……冥冥之中，她觉得和这个村子有各种联系，千丝万缕般的。于是她便留了下来，租住在这里的"知青之家"，想尝试一下父母当年的生活。最重要的，是把当年那些画再拾起来，比如那幅在培训班上没画完，后来经历了种种曲折的画。越想她越觉得这事有意义，便从网上买了一堆画材，可是拿起来不是那么容易的，边学边画，边画边学，一晃到了现在，没想到今天遇到了你。

说完李一画喝了一口大麦茶，把灯打开，屋子里顿时亮堂了起来。我侧目望去，外面已经黑了，我看了一下表，不过才六点不到，可能乡村黑夜来临比较早吧。如果忽略窗外，置身其中，我觉得这与以往我和李一画在一起的情景没有区别。我又想到，也许时间和空间是没有意义的，只要和喜欢的人在一起，此刻即永恒，此地便永远。

我给李一画说了此行的种种：

被你拒之门外后，我感受到了事情的严重性，可是无奈，在"三座大山"的压迫下，我还是去找了你爸爸。他给我聊了很多，大意和你说的一样，不同意伟他们那么做（我刻意避开了沈如花）。后来他又回忆了当年在这里的岁月，遗憾自己不能再来看看——其实这不是他第一次说了，之前没有太在意，这次，觉得这个心愿沉甸甸的，我放在了心上。

再后来，为了和你取得联系，我找你妈妈聊了一次，她说"三座大山"就是一个理由而已，不管我能否解决，她都不同意我们在一起。我们聊得很不愉快，自然也没得到你的消息，觉得一切都是自己想当然，就像一个自己编织的梦，陷在里面，以为这个梦要实现了，可是别人告诉你，这就是个梦，实不实现都没有意义。我觉得自己的生活乃至一切突然空了，不知道在北京待下去的理由何在。那些日子我一直陷在各种思绪里，难以自拔，过往不断在眼前晃，可是未来不知道在哪里。想来想去，竟然想到了高二那年学画的情景，那是一切的起点。我就像突然找到了方向，结合你爸的那个心愿，就决定来这里看看，最好能住下来，重拾画笔，回归最初，画出自己喜欢的东西来，为这些年的经历画上一个句号。我想起毛姆那句话："满地六便士，他却抬头看见了月亮。"我希望自己能清醒过来，不留遗憾。当然，最重要的，是为了实现对你的承诺，那幅画遗失之后我一直想再画一幅给你，可惜各种原因——主要是陷在生活里太深，后来又被"三座大山"压得喘不过气来，所以……

这话被李一画截断：我可没有给你"三座大山"，一直都没有，这些是你自以为的。

我喝了一口大麦茶，不自然地一笑，没有说话。李一画说的没错，她妈妈似乎也是个玩笑话，可是我从来都感受"三座大山"的压力，无时不刻，这是谁给的？难道这是一种自以为是、自作自受么？

为了缓解这个暂时的尴尬，我又提起话茬：伟的公司因为偷税漏税被查了，你知道么？

李一画没说话，看起来没一点反应，似乎这一切与她没有任何关系。

接下来我们又聊了些别的，其实都是李一画在说，主要是她在这里生活的经历和趣事等，边说边笑，边笑边说，似乎这才是她愿意聊的，也是她真正感兴趣的，前面的都是在为此铺垫而已。一瞬间，我觉得这个姑娘才是生活的智者，她去了那么多地方，遥远的曼彻斯特，伦敦，更不用提北京，现在又到了这个地图上找不到的小山村。不管空间变化多大，不管时间过去多久，她一直在按照自己的方式生活，活成了她高二时希望的那样。反观我自己，随波逐流，面目全非，不知今夕

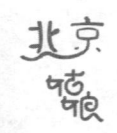

何夕。

夜已深，村子愈发显得宁静、深邃。我说不能打扰李一画休息，尤其在这里，我们最好都能过上日出而作日落而息的生活。说完李一画笑笑，她站起身，我也从凳子上站起来，也笑笑，转身往门外走。我走得很慢，我内心大约在渴望李一画挽留——其实我自己想留下，如果此时能发生一个小插曲，让这一切顺理成章该多好，可是这究竟没有发生。我们都知道，自从上次酒醉没有回家后，我们可能都想过此生不再相见的结局，可是万万没想到我们能重逢，而且在这个万万没想到的东北乡村，想必是冥冥之中的约定。我们也都知道，这需要一个过程，自然而然最好，如若不能，重新开始也好。总之我是乐观的，就像当年在培训班刚认识那样，只是需要时间而已。

李一画送我到门口，我看着她又返回房间关了门，才循着星光往自己住的那家走。一路上我走得特别欢快，完全不担心山村夜里的危险——后来据房东老太说，坡边经常有野猪和狍子等野兽出没，让我还是要留心——我听了一笑，除了感觉老太的好意，觉得没什么可担心的，野猪和狍子多是盘中餐而已。再说，只要李一画在身边，这个世界即使再危险，我也觉得是安稳的。

148

和当年在培训班相比，李一画画画进步很大。而她还是业余的,我更感到压力。我调侃,也许她是那种天赋型的,从她爸爸那里继承了画画方面的基因,至于技法,熟练工种而已。我一直觉得,艺术甚至各个方面最重要的是认知,或者称之为感觉,认知到位,感觉到位,其他都好办。我呢,可能是那种所谓理想型的,这种类型的最倒霉,因为理想往往都是难以实现的。不过这也是一种认知——对理想的认知,只要不迷失,总会有可能实现的一天。现在,兜兜转转,我们又走到了一起,在遥远的地方,我做梦都没想到的地方。

李一画说,我们是在开始一种新的生活,同时也是在延续她爸妈当年的生活。她说:父母的爱情并不只有结婚后的争吵和分居,甚至这么多年的隔阂,也有当年在这里美好的相遇相知相爱。我知道不可能永远停留在这个阶段,可这也是他们爱情的一部分,最美好的一部分,是值得纪念的。我们现在重温并延续,就是要回到一切的初心,再次出发。将来即使我们也争吵、隔阂,想想现在,想想父母当年,我们也许会有不同做法。尽管时代变化很大,可一代代人都是这么过来的,不是吗?这可能就是最让人心潮澎湃的地方,男女为什么要相识相遇直至走到一起,相约白头,不也是因为这些么?我们现在经历的这些,感受的这些。

这些话我似懂非懂,于是没来由地问了一句:那你还要去英国么?话一出口我就觉得不妥,应该顺着她那番话继续往下说才是,没准她就能默认我们和好如初了。

李一画没说话。过了一会儿,她指指远方的山梁,说,你

看，那多像我爸卧室里的那幅写生，莫非画的就是这里？我极力想着李爸卧室的那些画，觉得不仅是这个地方似曾相识，李一画刚才说的那些话也言犹在耳，只是我当时感受不深，没有留意罢了。

我和李一画支起画架，对着那道山梁写生。山还没有变，树木漫山遍野，可是写生的人已是另一代。我想象着当年李爸在这里写生的情景，也许那是某个在农场劳动的间隙，坐在树下歇息，点燃了一根烟，快抽完了，偶然一抬头，看见远处的山梁是一幅绝好的写生风景，山和树本来形成一个整体，可是被一道山梁一分为二，就像大自然不想它们太拥挤了而故意分开，像极了法国巴比松画派代表人物卢梭、米勒笔下的那些乡村风景。面向自然，对景写生，于是李爸收工后准备了纸笔和颜料，找了一个休息的时间，坐在山梁上，一边抽着纸卷的土烟，一边描摹着大自然瑰丽的景色。

我和李一画拎着画箱，带着零食，在村子里跑来跑去，循着她手机里拍摄的那些李爸画作的照片，似乎要把当年的写生全部再来一遍。我明白李一画的意思，这不仅仅是写生复制，更是寻找父辈当年的生活轨迹，完成他爸重回现场的心愿。

可是，毕竟快五十年过去了，山还是那些山，树还是那些树——尽管被不断砍伐后，一茬一茬又长了起来，村子还是那个村子——尽管当年是一个林场，河还是那条河，尽管水量已没有当年丰沛、清澈……毕竟还没有沧海桑田，很多还能找到当年的影子，但是，毕竟快五十年过去了，一代人已经老去，很多都埋在了山脚下，其中不乏留在这里的知青，还有当地的很多同龄长者。

　　知道往事的并不多，何况村子里现在本来人就很少，我和李一画像两个异类，在村里那些孤寡老人，或者留守儿童要么不解、要么嬉笑的眼神里，试图寻找五十年前的点滴，注定多是徒劳的。其实我们无非就是想听听老人们讲讲过去的事，就像听"妈妈讲那过去的事情"，可是过去消失或者遗忘的速度要比我们想象的快很多。我突然想起伟的那个视频栏目某种程度上是有意义的，只是方式李爸不能接受，现在看，这是两种角度而已。忘记过去很容易，回到过去很难。这又涉及一个过去和将来的哲学命题。总之，来到这里，我才深切感受到过去和将来是一个难以割舍的整体，至于现在，最重要的就是把这个整体连在一起，让过去的过去，让未来的到来。

149

　　就在我们快要放弃的情况下，房东老太给我们带来了好消息，原来她的记忆里装满了往事，只是我一直没有在意。难怪，我住到她家后很快就遇到了李一画，此后只是把她家当成了睡觉的地方——有时候甚至睡觉都不回去，白天多和李一画在一起，吃饭就在"知青之家"——按之前的约定，住宿是按时间收费的，期间住不住都是先交钱，饭费则不同，吃一顿记一顿，最后统一结算。老太看我在她家吃饭少，就在某一日逮

住我，让我多在家吃，她给我做拿手东北菜，小鸡炖蘑菇，保准我吃得香。这样的机会当然不能错过，我叫了李一画，晚上围着老太太家的小木桌，边吃边聊，聊着聊着就聊到了那些知青岁月，聊到了沈如花。

老太说：

如花我知道呀，按辈分还给我叫姑呢，那当年我可没少抱，一把屎一把尿的。姑娘后来出落的也好看，真的是我们这里的一朵花，要不咋能嫁到北京呢。前些年还回来过，这些年家里没啥人了，就没回来了。不过村里的事没差事过，大事小情的，婚丧嫁娶，都转钱回来，修那知青博物馆，修那知青桥，都有份的（我插话：这个我们倒是见过，功德碑上有名单的）。真是不差事，现在像这样的人不多了，这里走出去多少呀，要不人家咋能走到北京呢，还是人好。

要说当年呀，那是真的不容易。家里穷，兄弟姊妹多，啥都缺。她本来可以上大学的，吃公家饭，可是学到一半就供应不上了，只能回来当会计，挣工分。那时候她就很好看了，好多人看上，村长哦不对，那会儿叫队长，几次提亲，要让如花嫁给他三儿子。可是如花嫌呀，她眼光高，心里早就有人了，就是北京来的那个知青。会画画，一表人才，各方面都不错，如花动心了，早早就把自己给了那知青，把村长气的。后来全队都知道了，好多人说如花不是黄花大闺女了，没人要了，如花在村里抬不起头了。后来知青要回城，当时的政策，户口在城里的才能走。知青说回城等安顿好了再来接。谁知道这知青回城一晃几年不来接，如花在村子里待不下，只好一人去北京找，没想到还真找到了，那个知青还算有良心，算是结了婚，如花总算成了城里人。结婚后就不知道了，估摸着应该过得不错吧，经常给村子里转钱的，听人说是挣了大钱的。

那些留下的，可就没法比了。村里有个知青，上海来的，来的时候说一嘴上海话，叽哩哇啦的，谁都听不懂，好像是个大学生，在队里当了代课老师，自然被人高看一眼，娶了队长的小姨子，就扎根在这里了，一直想也没走。他是想走的，走不了，上海啥都没了，这边拖家带口的，媳妇怕去了上海不受待见，知青怕回去拖油瓶，吵吵闹闹要离婚，吵了好多年，后来年龄大了就那样了，吵不动了，可是光景一天不如一天。代课老师后来没转正，也没退休金，又没力气，干不了农活，老了成了别人的累赘，老婆孩子都嫌弃，病了都没人管，耽搁死了，就埋在坡脚那边，坟堆边上一堆桦树，叶子落了坟堆都看不见了。

你说这是啥，是命？是运？见得也不见得。我老婆子活了这一把年纪，是觉得呀，人年轻的时候不能信命，得拼，得挣，不能得过且过，不能被周围给干趴了，你像如花，愣是给自己拼出了一条路。可是那个上海知青呢，当

了代课老师，娶了队长小姨子，看着很高级，人人羡慕，可是后来那叫一个惨。总之，这世上没有好走的路，没有好活的命，没有好过的光景，啥时代都一样，年轻人呀，一开始就得守住心，得拼，得挣，不能糊里糊涂，不能吊儿郎当，得踏踏实实干，一步一步的，这样老了，才能过个安生日子。

就像我吧……

老太最后又以自己为例，把上面自己的老话验证了一遍，没有自夸也没有自责：年轻时找了个村里的庄稼人嫁了，男主外女主内，她养儿育女，拉扯孩子。丈夫忙时种地砍树，闲时打工挣钱，把儿女都养大了，他们也老了。不过孩子也孝顺，他们看病没耽误，老伴身体不好，走得早，她身体还行，现在还能挪腾，给儿子看看家，给客人做做饭，挣俩小钱，买个烟抽足够了，其他也没啥花销。一辈子也就这么过来了。

老太最后感慨。

有失有得，平平静静，安安稳稳，老有所乐。我和李一画觉得，这就是生活，这就是幸福。

150

那晚李一画和我一起住在老太家。我们没有向老太透露我们的身份，想必老太是知道的，那么多知青，我们为何单单打听沈如花？这是个耳不聋、眼不花的老太，尽管年龄大，可她是与社会同步的。在我叫李一画过来吃饭时她就猜到了我们的关系——或者不用猜，我们在村子里晃荡这么久，她早知道了。那晚李一画甚至还担心老太会敲门，毕竟这是农村。我说，不需要的，你想想你妈妈沈如花，四十多前就和你爸在一起了，也是在农村，当时什么环境，现在什么环境。

一听这话，李一画不说话了。过了一会儿她说，今天老太讲的，和我之前听过的父母爱情所有版本都不同，有些挺不可思议的，心里有无数的疑问，当时想问来着，想想还是没开口。我沉默了一会儿，说，是不是对父母有了新的认识？往事就是这样的，每个人的角度不同，讲述自然不一样。他们讲的也许都是真的，无非是不同片段而已，需要组合起来，这样就完整了。但不管怎么说，这次来一趟，我挺为他们感慨的。每代人的经历都不同，但是他们活出了他们的样子，尽管有时代、环境等等各种因素，可是他们为自己希望而尽力活过，这就足够了。

李一画静静听着，呼吸均匀而平静，像是在沉思。

我倒是不断想起那个上海知青。我接着说，不知怎么的，我想起了《月亮与六便士》中的人物，查尔斯。我在想，如果他后来离开这里回到上海会怎样？或者说查尔斯没有离开伦敦去巴黎和塔希提岛，一辈子干着股票经纪人会怎样？人生真的很奇妙，不能假设，只能经历，一晃就是一辈子，尽管都知道最后那个结果，可是……

李一画这时翻了个身，说，你说什么呢，听不太懂。我不再说了，躺了下来，翻身抱着她，很快就听到了她起起伏伏的呼吸声。山村的夜已深了，黑咕隆咚的，我们像被另一个世界包围，不再挣扎，沉沉睡去。

151

我和李一画终于做好了准备，拿起画笔，像李爸当年那样，画沈如花。我们没有用李一画拍的照片，也没有参考之前的画作，想象着画。我们决定不再画沈如花的当年，也不画现在，就画我们想象中的。奇怪的是，这样一来，沈如花在我脑海里的样子倒越发清晰起来，就像站在我们面前，就像蒙娜丽莎，特别立体，特别具体，特别真实。当然这毕竟是想象的，拿不准的时候，我就参考李一画，尤其是一些细节和表情。我调侃，这幅画是李一画和她妈妈的混合体。李一画不以为然，说，我本来和我妈妈就是一体的嘛。

起稿、敷色、刻画、调整，时而李一画是模特，时而我脑海中的沈如花是模特，反反复复，来来回回，前后用了近两个月时间，我们终于完成了这幅画，算是了了李一画的心愿，完成了我的承诺。我感觉如释重负，豁然开朗，像是打开了一扇窗，又像是走进了一道门，感觉一切都和原来不同，就像高二时我刚学画那样。

之后，我抱着试一试的心态，通过一个美协的朋友，将这幅画递交到当年的全国青年美展上。递交前我们需要给这幅画取个名字，我们想了半天，觉得叫沈如花或者李一画都不合适，后来索性就叫《北京姑娘》。因为这个名字，我想起很多带姑娘的作品，比如《南方姑娘》，比如《姑娘漂亮》，比如《花房姑娘》，比如《十八岁给我一个姑娘》，类似等等。我觉得姑娘这个名字挺好，像一个符号，又像一个图腾，寓意丰富，充满了想象。

我没想到这幅画竟然顺利入选，展出地点就在北京东四附近的中国美术馆，那是我梦寐以求的地方，我和李一画应邀参加。展览开幕那天，当我和李一画站在《北京姑娘》前面时，竟然看到了两个熟悉的身影，沈如花和李一画爸爸，他们的手像是牵着的，又像是挽着的，形影不离。李一画说，这是她很多年来第一次看到父母站在一起。我微微看向她，也像李爸那样牵起她的手。我们静静地站在他们身后，希望他们转身时，也能看到我们。

初稿 2019 年 12 月 16 日
二稿 2021 年 1 月 9 日
三稿 2023 年 3 月 27 日

后记

这是个让人无所适从的时代。个人、生活、工作、社交,一股脑儿来袭,各种变化接踵而至,一切都糅杂在一起,让人应接不暇、眼花缭乱,常生出"何以自处"的感慨。

无所适存,只有回到原点,看看自己到底要什么,试着把"自己"画成一个圆。

这个圆由三部分组成,工作、写作、跑步。偶尔放逐,把自己抽离出来,给生活做切面,让随机和偶然发生,看看会发生什么?这为写作创造了机会。跑步,把这种感觉具体到若干细节,找一段时间写出来,一部小说便成型了。

工作挣到了房子,写作安放了灵魂,跑步锤炼了身体,这就是把"自己"画成一个圆,也就是所谓的自洽,我称之为内循环。

在无所适从中寻找适从,在工作、写作、跑步中循环,除了自己的坚持,一路走来,值得感恩的人有许多。

中国言实出版社社长冯文礼先生为这本书的出版创造了机会。正是他对一个在写作上还没有什么成就的年轻人的信任、鼓励、支持,才有了这本小说的面世。责编郭江妮老师为书稿的修订、完善做了大量工作,期间多有沟通,这份专业精神值

后记

得钦佩。作家石一枫、未夕、籽月、情何以甚、常小琥做了倾情推荐，有好几位虽未曾谋面，但通过小说神交至深。

我第一本小说《春去阑珊》的出版人刘立峰，责编金贝伦；《别人家的孩子和我》的出版人崔付建；何镇邦、吴秉杰；孙云晓、李云雷；邱华栋、董涛、金涛、云菲；寇洵；彭明榜、张少兴等对我写作有指导和鼓励。傅世青、张克、王重娟、颜凡清；谢顶杰、韦巧玲、周计文、郝伟、吴继明；孟卫兵；段安安、郭朗、朱智明；鲍云帆；林涛；韩永坤、赵萱，林蔚；吴文君；杨登明、徐民和、张闽等对我有知遇和栽培之恩。童岱，程允江、张凌宇、李建峰；孙满意；齐琪；黄龙；周美春、张佳；周伟；冯书红、吕玉柱、朱涛、吉海军、刘荣远、胡红伟、陈佟；刘晓华、林玲玲、孙小平；宋高峰、王渭营、刘白眉等对我多有帮助和支持。很多跑友给予了我诸多激励。在朋友圈中，我点赞最多的，就是比我跑得快、跑得远的朋友了。

余华说："一位真正的作家永远只为内心写作，只有内心才会真实地告诉他，他的自私、他的高尚是多么突出。"但愿我写出了自己的内心。

止戈（张小武）

2024 年 5 月于北京